本书获2017年江苏省高校“青蓝工程”资助、苏州科技大学师资培养科研资助

柯 英 著

存在主义视阈中的 苏珊·桑塔格 创作研究

内容提要

本书以存在主义为主线来解读美国女作家、文艺批评家苏珊·桑塔格的虚构作品，试图还原桑塔格在众说纷纭中逐渐模糊了的形象。本书把桑塔格的小说、戏剧、短篇小说创作都纳入研究范围，梳理存在主义的几个核心概念——存在、自由、"他者"、超越——在这些作品中的具体阐发，指出桑塔格在自己的文学作品中思索存在，探讨自由，书写"他者"，畅谈超越，坚持文学的社会功能和文学家的社会职责，是一个视"介入"为己任的入世的知识分子。

本书可作为从事外国文学研究、教学的学者和高校师生的参考书目，也适合热爱外国文学的普通读者阅读。

图书在版编目(CIP)数据

存在主义视阈中的苏珊·桑塔格创作研究/柯英著.—上海：上海交通大学出版社，2018

ISBN 978-7-313-18632-4

Ⅰ.①存… Ⅱ.①柯… Ⅲ.①苏珊·桑塔格—小说创作—文学创作研究

Ⅳ.①I712.074

中国版本图书馆 CIP 数据核字(2017)第 329294 号

存在主义视阈中的苏珊·桑塔格创作研究

著　　者：柯　英

出版发行：上海交通大学出版社　　地　　址：上海市番禺路 951 号

邮政编码：200030　　电　　话：021-64071208

出 版 人：谈　毅

印　　制：上海春秋印刷厂　　经　　销：全国新华书店

开　　本：710mm×1000mm　1/16　　印　　张：13.25

字　　数：212 千字

版　　次：2018 年 1 月第 1 版　　印　　次：2018 年 1 月第 1 次印刷

书　　号：ISBN 978-7-313-18632-4/I

定　　价：68.00 元

苏珊·桑塔格部分作品名称缩写及所参考中译本一览表

缩写	英文原名	中文译名	版本	译者
TB	*The Benefactor*	《恩主》	上海译文出版社 2007 年版	姚君伟
DK	*Death Kit*	《死亡之匣》	译林出版社 2005 年版	李建波、唐岫敏
IE	*I, Etcetera*	《我，及其他》	上海译文出版社 2009 年版	徐天池、申慧辉等
VL	*The Volcano Lover*	《火山情人》	上海译文出版社 2012 年版	姚君伟
AB	*Alice in Bed*	《床上的爱丽斯》	上海译文出版社 2007 年版	冯涛
IA	*In America*	《在美国》	译林出版社 2008 年版	廖七一、李小均

注：本书中凡出自桑塔格以上作品的引文，主要参考以上中译本，只用作品名称缩写与页码表示（如 TB，133），除特别说明之外，不再另注。

目　录

绪论　桑塔格与存在主义

20 世纪西方的知识界如果少了以下三位女性，那该是多么单调的一幅图景。正是因为她们精彩纷呈的思想与学术争鸣，苏珊·桑塔格（Susan Sontag，1933—2004）、西蒙娜·德·波伏娃（Simone de Beauvoir，1908—1986）与汉娜·阿伦特（Hannah Arendt，1906—1975）被并称为西方当代最重要的女知识分子，而三者中最年轻的桑塔格也同时得到了其他两位杰出女性的高度评价。[①] 自 20 世纪 60 年代[②]初登上美国文坛，桑塔格就一直以其独特的风格吸引着来自

---

① 汉娜·阿伦特曾对桑塔格的处女作《恩主》毫不吝惜地给予了极高的评价，她给出版人回信说："我刚看完桑塔格小姐的这部长篇，感觉写得不是一般的好。我表示真诚的祝贺！你可能是发现了一个大作家。当然，她非常有创新性，她已经学会运用其与法国文学相一致的创新风格。这很好。我尤其佩服她能做到前后严丝合缝，她决不让其幻想'跑野马'，她是怎么能够从梦里提炼出一个真实的故事的……我高兴极了！我很乐意去参加首发式。"至于西蒙娜·德·波伏娃，在桑塔格 1971 年逗留巴黎期间，由于赏识这位后起之秀，她将自己的电影制作权无偿地给了桑塔格，从而"表明了后者新的身份"，也就是"像其他欧洲国家一样，法国欢迎作家……当导演，而这正是桑塔格所企盼的身份"。当时的桑塔格正在向电影界进军，虽然影片最后并未拍成，但波伏娃的支持给了她巨大的支持和鼓励。详见：ROLLYSON C，PADDOCK L. The Making of an Icon[M]. New York：W. W. Norton，2000. 译文参考罗利森，帕多克. 铸就偶像：苏珊·桑塔格传[M]. 姚君伟，译. 上海：上海译文出版社，2009：89，184.

② 此处及下文中所说的 20 世纪 60 年代，是表示通常意义上的纪年，而非美国历史上被称为"The Sixties"（本书中统一表述为"六十年代"）的一个特定的年代。前者始于 1960 年，止于 1969 年；而后者的上下限学界仍有不少纷争，比较统一的观点是始于 1960 年肯尼迪总统上台，终于 1974 年尼克松总统辞职。具体参见：斯泰格沃德. 六十年代与现代美国的终结[M]. 周朗，新港，译. 北京：商务印书馆，2002：导言 1；郑春生. 拯救与批判：马尔库塞与六十年代美国学生运动[M]. 上海：上海三联书店，2009：350 - 351.

学界和同行的关注，赞誉和毁谤也从未离其左右，但也正因为争议不断，她从来不曾淡出公众的视野。在长达四十余年的创作生涯中，桑塔格尝试了多种文学样式，其作品包括九部论文集、四部长篇小说、一部短篇小说集、三个剧本、两个电影脚本，以及一部汇集各类文体的读本（*A Susan Sontag Reader*，1982）。此外，后人根据其日记和笔记还整理出版了两部日记，另有一部已在筹划之中。

桑塔格于 1933 年 1 月 16 日出生于纽约的曼哈顿，是家中的长女，她一直认为自己的生命是孕育于中国的，因为当时她的父母大部分时间都在中国天津经营皮毛生意。生父杰克·罗森布拉特（Jack Rosenblatt）在她 5 岁时便因病客死天津；母亲在她 12 岁时改嫁，她便随继父更姓为桑塔格。1949 年春，年仅 16 岁的桑塔格在加州大学伯克利分校开始了大学生活，同年秋，转入芝加哥大学。在这里，她大一时就获得了一般学生大四时才能取得的资格——选修研究生课程；也是在这里，17 岁的桑塔格嫁给了比自己年长 11 岁的菲利普·里夫（Philip Rieff，1922—2006）。1951 年，桑塔格获学士学位，次年怀孕生子，初为人母。1953 年，桑塔格在康涅狄格大学注册英语研究生，但第二年便转至哈佛大学，攻读哲学专业的研究生课程。1957 年获哲学硕士学位后，她以博士候选人第一名的身份开始攻读博士学位，并得到美国大学妇女协会的奖学金资助，赴牛津大学，后又前往巴黎，继续求学。1959 年，已经离异的桑塔格带上不到 7 岁的儿子开始在纽约奋斗，边工作边创作长篇小说《恩主》（*The Benefactor*，1963）。1962 年，她得偿所愿，在著名的《党派评论》（*Partisan Review*）上发表了第一篇评论文章，这篇文章“显示出她对当代思想和文学的把握令人印象深刻，也显示了她迅速捕捉重要问题的能力”[①]。此后，桑塔格陆续在各种重要刊物上发表文章并继续写作长篇小说。可以说，20 世纪 60 年代是桑塔格的黄金时期，除了《恩主》之外，还出版了另一部长篇小说《死亡之匣》（*Death Kit*，1967）。她在这个阶段的突出成果包括《反对阐释》（“Against Interpretation”，1964）、《关于“坎普”的札记》（“Notes on ‘Camp’”，1964）、《论风格》（“On Style”，1965）、《一种文化与新感受力》（“One Culture and the New Sensibility”，1965）等论文，论文集《反对阐释》（*Against Interpretation and Other Essays*，1966）和《激进意志的样式》（*Styles of Radical Will*，1969）更是囊括了她绝大部分论及文化、政治等方面

① 罗利森，帕多克. 铸就偶像：苏珊·桑塔格传[M]. 姚君伟，译. 上海：上海译文出版社，2009：82.

的精彩之作。进入 20 世纪 70 年代，桑塔格便踏上了直至生命最后一刻的与病魔战斗的征程，她以常人难以想象的毅力坚持读书和写作，先后创作了《论摄影》(*On Photography*，1977)、《疾病的隐喻》(*Illness as Metaphor*，1978)、《在土星的标志下》(*Under the Sign of Saturn*，1980)、《艾滋病及其隐喻》(*AIDS and Its Metaphors*，1989)、《重点所在》(*Where the Stress Falls*，2001)、《关于他人的痛苦》(*Regarding the Pain of Others*，2003)、《同时：随笔与演说》(*At the Same Time*：*Essays and Speeches*，2007，桑塔格去世后整理出版)等，另有电影脚本《食人生番二重奏》(*Duet for Cannibals*，1970)、《卡尔兄弟》(*Brother Carl*，1989)，剧本《一个帕西法尔》(*A Parsifal*，1991)、《床上的爱丽斯》(*Alice in Bed*，1993)、《海上夫人》(*Lady from the Sea*，1999)，短篇小说集《我，及其他》(*I*，*Etcetera*，1978)，短篇小说《我们现在的生活方式》("The Way We Live Now"，1986)，以及为其奠定了小说家地位的两部长篇小说《火山情人》(*The Volcano Lover*，1992，又译《火山恋人》)和《在美国》(*In America*，2000)。

2004 年 12 月 28 日，桑塔格与世长辞。接下来的日子里，各类讣告和悼念文章出现在各大报纸杂志和网站上，人们尚未从印度洋发生的地震海啸的哀痛之中平复下来，又不得不接受一位具有国际影响力的知识分子的陨落。美国女作家西格丽德・努涅斯(Sigrid Nunez，1951—　)在回忆录中写道，对于桑塔格的去世，说得最恰当的是伊丽莎白・哈德威克(Elizabeth Hardwick，1916—2007)："最终，想到她一个个夜晚不再能亲临'事件现场'、舞会、歌剧院、电影院，不禁令人黯然神伤。"[①]的确，桑塔格是一个时时刻刻乐于"亲临"的人，"无论在书斋里，还是奔波在世界各地的穷街陋巷或战争废墟上，她都不知疲倦又实实在在地维护着一个知识分子应有的价值观：信仰普遍正义，承担对弱者的责任，支持多元文化，追求国际团结"[②]。桑塔格获得过的称谓令人目眩：有突出性别色彩的，如"文学美人""美国文坛黑女郎""我们非正式的文坛女盟主""当代美国文坛的坏女孩""文学界的美丽杀手""坎普王后""曼哈顿的女预言家"等等；还有五花八门的类比式的，如"美国先锋派的纳塔莉・伍德[③]""文学界的肯尼・基[④]"

① 努涅斯. 永远的苏珊：回忆苏珊・桑塔格[M]. 阿垚，译. 上海：上海译文出版社，2012：63.

② 刘禹. 美国著名文艺评论家苏珊・桑塔格逝世[EB/OL]. 新华网，2005-01-11[2012-03-03]. http://news.xinhuanet.com/herald/2005-01/11/content_2443878.htm.

③ Natalie Wood(1938—1981)，美国影视演员。

④ Kenny G.(1956—　)，美国音乐家。

"新潮思想中的玛丽·贝克·埃迪[①]""批评界的帕格尼尼[②]"等等;而玛丽·麦卡锡(Mary McCarthy, 1912—1989)则谓之"我的翻版"(The Imitation Me)。就社会责任的承担而言,她还被称为"美国公众的良心""一个真正知识分子的标本""当今最智慧的女人"等等。其身份也多彩多姿:文学评论家、随笔作家、小说家、专栏作家、电影脚本创作人、导演、社会活动家。而与此相对应,她的研究兴趣亦是惊人地广泛:文学、哲学、政治、文化、电影、戏剧、艺术、摄影等等。当然,她个人对其身份有所侧重和偏好,那就是作家。她认为:"一位作家首先是一位读者。我从阅读中建立标准,再通过这些标准来衡量我自己的作品,也正是根据这些标准我看到自己可悲地不足。我是从阅读——甚至早于写作——而开始成为一个群体——文学群体——的一部分的,该群体的作家中死者多于健在者。因此,阅读,以及有了标准,也就是与过去和有别于我们的东西建立关系。"[③]她是一位贪婪而谦虚的读者,更是一位严肃而勤奋的作家,她把自己的阅读化为无穷无尽的写作资源,在一个"阅读的价值和内向的价值都受到严重挑战的时代"[④],几乎是固执地追寻着自己心中的文学之梦。

国内第一个指出桑塔格与存在主义的关系的应该是盛宁,他认为在 20 世纪的美国文学批评中,"比较自觉地接受存在主义的某些观点,并用以考察文学现象的批评家则大有人在,其中比较有代表性的比如苏珊·桑塔格"[⑤],她在《沉默的美学》(*The Aesthetics of Silence*)[⑥]中"系统阐发她的存在主义文学观……所谓'归于沉寂',实际上是希望在感知和文化方面恢复到原初纯洁无瑕的状态;鼓吹'沉寂',实际上又反映了要求全面彻底解放的理想——艺术家从他的自身解放出来,艺术从具体的艺术作品中解放出来,从历史中解放出来,精神从物质中解放出来,思想从感性和理性的局限中解放出来"[⑦]。当然,从《沉默的美学》中引申出的解读数不胜数,盛宁的理解也只是其中的一种,他从寻求解放的意义上将其与存在主义联系起来。由于其著作聚焦于大范围的 20 世纪的美国文论,盛

---

① Mary Baker Eddy(1821—1910),基督教科学运动的发起人。

② Niccolo Paganini (1782—1840),意大利小提琴/吉他演奏家、作曲家。

③ 桑塔格. 同时:随笔与演说[M]. 黄灿然,译. 上海:上海译文出版社,2009:184.

④ 桑塔格. 同时:随笔与演说[M]. 黄灿然,译. 上海:上海译文出版社,2009:213.

⑤ 盛宁. 二十世纪美国文论[M]. 北京:北京大学出版社,1993:144.

⑥ 其他两个译法是"归于沉寂的美学"和"静默之美学",但在近年的桑塔格研究中,"沉默的美学"出现的频率略高一些。

⑦ 盛宁. 二十世纪美国文论[M]. 北京:北京大学出版社,1993:145.

宁并未就此展开进一步的论述。王予霞则认为，桑塔格以其标志性论文《反对阐释》为核心的文艺理论“集中展现了以存在主义思想为底蕴，反文化、反理性的后现代主义思潮，它必将在小说创作中得到体现。文艺思想自觉指导创作实践，成为桑塔格小说创作的一个主要特色。可以说，桑塔格小说创作是其批评理论的样板，自觉体现‘形式即内容，内容化为形式’的文艺主旨”[①]。她以《恩主》《死亡之匣》和短篇小说集《我，及其他》为例，通过文本细读，具体分析了这些作品，不过，她真正触及的不是其中的存在主义思想，而是着力表明其中所谓的后现代性的一面。

存在主义(Existentialism)，又译为“实存主义”和“生存主义”等，是20世纪西方哲学中影响最大的流派之一，其基本特点是把孤立的个人的非理性意识活动看成最真实的存在，并作为全部哲学的出发点。需要说明的是，存在主义有广义和狭义之分，广义的存在主义是由许多观点不尽相同的思想家所汇合成的某种思想倾向，这些思想家在与西方传统的主流思想相比较中呈现出一致性。所谓传统的主流思想，被有些存在主义者或其研究者名之为“本质主义”，意指从西方思想史开端发展出的、在19世纪末之前占主导地位的追求事物客观“本质”、规律的思想倾向。[②] 狭义的存在主义指的是第二次世界大战后由让-保罗·萨特(Jean-Paul Sartre, 1905—1980)、波伏娃和阿尔贝·加缪(Albert Camus, 1913—1960)等人发起的，以法国为中心进而蔓延到世界各国的一场思想运动和文学运动，认为人的问题，特别是人的尊严、价值、责任、自由和个性问题，具有首要意义。[③] 就狭义的存在主义而言，很多研究者和学界人士几乎将其与萨特画上了等号，称之为“萨特的存在主义”(Sartrean Existentialism)，乔治·考特金(George Cotkin)针对存在主义在美国的深远影响如此评论道：“二战后随着萨特和法国存在主义的到来，(美国人)与存在主义的对话达到了一个狂热的巅峰。对于诸多知识分子来说，萨特的存在主义完美地捕捉到了人类的总体处境，更具体地说，捕捉到了人类在极权主义大屠杀和潜在的核灭绝的阴影中生存的现

---

① 王予霞. 苏珊·桑塔格纵论[M]. 北京：民族出版社，2004：124.

② 李均. 存在主义文论[M]. 济南：山东教育出版社，1999：2.

③ 庞元正，丁冬红. 当代西方社会发展理论新词典[M]. 长春：吉林人民出版社，2001：42-44. 该词典梳理了存在主义的源头、历史沿革以及主要代表人物和思想。

实。”[①]在《非理性的人：存在主义哲学研究》(*Irrational Man：A Study in Existential Philosophy*，1958)中，威廉·巴雷特(William Barrett，1913—1992)追溯了存在主义的源头，提出萨特所代表的其实只是极为广泛的哲学的一个学派，“只是存在主义的一个极其细微的片段”[②]。但是他又表示：“自始就唤起人们对‘存在主义’一词这种宽泛意义的关注固然十分重要，但是，要把这种意义详细贯彻到底，就将势必冲淡存在主义的特殊要旨。”[③]正是为了避免头绪过多，概念过杂，本书的研究依托狭义的存在主义，即以萨特的思想为主要观照，同时也包含对加缪和波伏娃重要思想和理论的具体运用，围绕存在主义最重要的几个概念——存在、自由、“他者”、超越等来分析桑塔格的文学创作。

1947年，年仅14岁的桑塔格在日记中写道：

> 我相信：
>
> (a) 没有人格神(personal god)，也没有来生；
>
> (b) 世上最令人向往的是忠实于自己的自由，即诚实；
>
> (c) 人与人之间唯一的差异在于智力；
>
> (d) 评判一个行动，唯一标准在于它使人幸福或者不幸福的最终效果；
>
> (e) 剥夺任何人的生命都是错误的；
>
> (第“f”条和“g”条缺失)
>
> (h) 此外，我相信，一个理想的国家(除第“g”条外)应该是个强大的中央集权国家，政府控制公共设施、银行、矿山以及交通和艺术资助等，一笔令人安逸的(comfortable)最低薪资，扶助老弱病残。国家照顾孕妇，不区别对待婚生子和非婚生子。[④]

早慧的桑塔格小小年纪便将目光投向了“人”的存在，开始思考很多成年人

---

① COTKIN G. Existential America [M]. Baltimore：The Johns Hopkins University Press，2003：7.

② 巴雷特. 非理性的人：存在主义哲学研究[M]. 段德智，译. 上海：上海译文出版社，2007：18.

③ 巴雷特. 非理性的人：存在主义哲学研究[M]. 段德智，译. 上海：上海译文出版社，2007：22.

④ SONTAG S. Reborn：Journals and Notebooks 1947—1963[M]. New York：Farrar，Straus，Giroux，2008：3. 译文参见：桑塔格. 重生：苏珊·桑塔格日记与笔记(1947—1963)[M]. 姚君伟，译. 上海：上海译文出版社，2013：1.

都未必会感兴趣的社会问题，一颗少年老成、胸怀天下的赤诚之心可见一斑。1948年她便开始阅读《党派评论》，并憧憬着能够向该刊物投稿。徐贲在论及存在主义在美国的情况时进行了一番考证，指出《党派评论》是当时纽约非常有名的激进知识分子刊物，它的特点是把前卫艺术与激进左派政治结合起来，打破艺术与其他题材的隔阂。而值得一提的是，萨特、波伏娃和加缪于1946年和1947年访问美国，推动了美国20世纪40年代末的存在主义热，而真正与他们进行了思想交流的是与《党派评论》来往密切的一些纽约知识分子。[①] 巴雷特当时就供职于该刊物，并担任副主编。桑塔格后来的确如愿成了《党派评论》的撰稿人，她那篇引起轰动的《关于"坎普"的札记》就是初次发表在这家刊物上的。与桑塔格本人多有接触的王予霞也注意到了这一点，她指出，第二次世界大战后，《党派评论》开始译介存在主义文学。1946年，《党派评论》刊登了萨特的《责任文学的实例》("The Case for Responsible Literature")的英译文章。随后又刊登了加缪的《西西弗斯神话》("The Myth of Sisyphus")，大力介绍法国的存在主义文学，并围绕着知识分子的职责问题展开讨论。[②] 她还提到，桑塔格自1958年踏入法国之后，就完全沉浸在法国文化和先锋艺术之中，她从萨特、波伏娃、罗兰·巴特(Roland Barthes, 1915—1980)等人身上汲取思想养料。[③]

存在主义对桑塔格以及对美国人的影响自然不会仅仅局限于20世纪40年代末。考特金在研究存在主义在美国的产生和发展历史中，惊讶地发现："一时间，似乎在20世纪五六十年代的美国长大成人的所有人都起而呼应法国的存在主义。'我会戴着长长的黑手套……抽着骆驼牌香烟，阅读萨特的作品，'吸血鬼畅销小说作家安妮·赖斯(Annie Rice, 1941—)如是回忆说，'这感觉太棒了。'"[④]考特金不由感叹"存在主义的意义、刺激和风尚改变了许多人的生活。20世纪60年代的大学生几乎人手一本翻得都卷了边的瓦尔特·考夫曼(Walter Kaufmann, 1921—1980)编辑的论文集《存在主义：从陀思妥耶夫斯基到萨特》(*Existentialism: From Dostoevsky to Sartre*, 1956)"[⑤]。这样一来，存

---

① 详见：徐贲. 人以什么理由来记忆[M]. 长春：吉林出版集团有限责任公司，2008：125.

② 详见：王予霞. 苏珊·桑塔格与当代美国左翼文学研究[M]. 北京：中国社会科学出版社，2009：128.

③ 详见：王予霞. 苏珊·桑塔格与当代美国左翼文学研究[M]. 北京：中国社会科学出版社，2009：218.

④ COTKIN G. Existential America [M]. Baltimore: The Johns Hopkins University Press, 2003: 1.

⑤ COTKIN G. Existential America [M]. Baltimore: The Johns Hopkins University Press, 2003: 1.

在主义成了时髦的代名词，似乎并未被严肃地对待。那么赴美宣讲存在主义的三位大家又是如何看待它的接受情况的呢？徐贲写过这样一段话：

> 有人说过这样一则法国见闻，美国发动伊拉克战争前夕，看到美国国防部长拉姆斯菲尔德在电视上说法国人属于落伍的“老欧洲”，这人的法国朋友挖苦道，你要和美国人说“5000 年文明”，他们会不知道“5000”是个多大的数字，你只有说“5000 美元”，他们才能反应过来。把美国或美国人放在文化和物质二元对立的物质一端，这在法国是很普遍的想法。20 世纪 40 年代末、50 年代初，萨特、波伏娃和加缪认为美国人无法真正理解存在主义，所持的就是美国人太物质主义、太乐观的理由……他们对美国人是否真正弄懂存在主义相当怀疑。[①]

美国缺少历史重负和乐观地追求物质丰裕的状况，使萨特、波伏娃和加缪都感觉到了在这片土地上深思存在的困境并不相宜。巴雷特同样注意到了存在主义被当成了从大洋彼岸吹来的浅薄的时髦风，尽管他认为存在主义是非常重要的，是“一种能够走出学院大门进入大千世界的哲学”[②]，因此“这对专业哲学家们本来应该是个可喜的兆头，因为它表明，如果你给普通人啃的是些看来与他们的生活密切相关的东西的话，他们还是会渴求哲学的”[③]，可是遗憾的是“哲学家们对这个新运动却一点也不热诚”[④]。巴雷特分析了个中原因。一方面，“存在主义的确是欧洲的表达方式，它的阴郁情调与我们美国人朝气蓬勃和乐观主义的性情格格不入……像存在主义那样讨论问题的情调，必定被美国人看做失望与挫败的征候”[⑤]。而另一方面，更主要的是：

> 存在主义常常是在人们没有对之进行详细研究的情况下，就被当作激情主义或纯粹的“心理分析”，当作一种文学态度、一种战后的绝望

---

① 徐贲. 人以什么理由来记忆[M]. 长春：吉林出版集团有限责任公司，2008：123.
② 巴雷特. 非理性的人：存在主义哲学研究[M]. 段德智，译. 上海：上海译文出版社，2007：9.
③ 巴雷特. 非理性的人：存在主义哲学研究[M]. 段德智，译. 上海：上海译文出版社，2007：9.
④ 巴雷特. 非理性的人：存在主义哲学研究[M]. 段德智，译. 上海：上海译文出版社，2007：9.
⑤ 巴雷特. 非理性的人：存在主义哲学研究[M]. 段德智，译. 上海：上海译文出版社，2007：10－11.

> 情绪、一种虚无主义，或天知道别的什么东西而遭到拒斥。存在主义的主要论题，对英美哲学超然的庄重态度来说，恰恰是某种丑闻似的令人反感的东西。诸如焦虑、死亡、伪造自我与本真自我之间的冲突、民众的无个性、对上帝之死的体验等问题，几乎都不是分析哲学的论题。然而，它们却是人生的课题：人确实要死，人确实终生在本真与伪造自我的需求间奋斗挣扎，而且我们也确实生活在一个神经过敏、焦虑增长得很不相称的时代。[①]

从时间上来看，桑塔格在考特金所描述的那个视存在主义为流行风尚的年代，也正是一个意气风发、求知欲强的知识青年，但是她的态度却要严肃得多。1957年，她获得哈佛大学哲学硕士学位后，继续攻读哲学博士学位，赴英国牛津大学圣安妮学院学习，师从哲学家A. J. 艾尔(A. J. Ayer，1910—1989)和作家艾丽丝·默多克(Iris Murdoch，1919—1999)[②]，拟写题为《伦理的形而上学推测》的博士论文(虽然在博士资格考试中取得第一名的成绩，她后来还是放弃了博士论文的写作)。可是“对于一个研究包括法国文学在内的欧陆学生来讲，牛津显得实在陌生不过了”[③]。于是在1958年，她毅然离开英国，负笈巴黎——她儿时的偶像居里夫人的梦想求学之地。正如传记作家们所说：“与生活在巴黎的其他美国人相比，桑塔格更深地浸润于法国思想界和电影界。像诺曼·梅勒(Norman Mailer)和詹姆斯·琼斯(James Jones)这样的小说家当然也与法国作家交朋友，并从萨特的存在主义哲学中获益匪浅，但是，桑塔格实际上是唯一一个努力在那里讲着法国哲学家、小说家和影评人语言的美国人。”[④]1960年，桑塔格在哥伦比亚大学宗教学系教书，在比较宗教课上，她还谈及自己在巴黎大学的经历，并与学生讨论萨特。事实上，桑塔格自欧洲学成回到美国后，从未真正远离过法国知识界，每年都要奔赴巴黎，寻找灵感。而也“正是凭借对法国先锋文

① 巴雷特. 非理性的人：存在主义哲学研究[M]. 段德智，译. 上海：上海译文出版社，2007：9.

② 默多克的早期作品深受萨特存在主义的影响，继1953年第一本哲学著作也是首次向英伦思想界介绍欧陆的存在主义思潮的《萨特：浪漫的理性主义者》(*Sartre: Romantic Rationalist*)之后，此时她正在创作一部存在主义色彩浓厚的小说——《沙堡》(*The Sandcastle*，1957)。参见：许建. 于无声处觅弦音：从《沙堡》看艾丽丝·默多克的另一种自由[J]. 外国文学评论，2010，(3)：84-93.

③ 罗利森，帕多克. 铸就偶像：苏珊·桑塔格传[M]. 姚君伟，译. 上海：上海译文出版社，2009：51.

④ 罗利森，帕多克. 铸就偶像：苏珊·桑塔格传[M]. 姚君伟，译. 上海：上海译文出版社，2009：59.

艺的体察，站到了时代感受力的前沿上，从而使其批评能够凌空俯瞰美国文化发展的态势，敏锐地洞察了智性的变化。因此，迪克斯坦(Morris Dickstein)在《伊甸园之门》一书中，把桑塔格与豪(Irving Howe)视为当代美国目光最犀利的批评家"[①]。

1963 年，桑塔格实现其作家抱负的长篇小说处女作《恩主》出版，在小说第一章的第一句赫然就是"Je rêve donc je suis"，意为"我梦故我在"，与萨特一反勒内·笛卡儿(René Descartes)强调理性思维的"我思故我在"(Je pense, donc je suis)而提出的"我××故我在"几乎是同声共气，直接触及存在。她的第二部小说《死亡之匣》可以说是《恩主》的续集或姊妹篇，由生及死，饱含着深沉凝重的哲学思辨。1971 年，桑塔格在巴黎有机会与"存在主义二号""最美丽的存在主义者"、萨特的终身伴侣波伏娃进行了密切的联系，与萨特也有过不少接触，因此，"正如 1972 年 5 月桑塔格对一位采访者所说的那样，她已成巴黎知识界的一分子了"[②]。如果说她在这座城市头十年(1958—1968)间断性地居住时还是个局外人，是美国人中间的一个美国人而已，那么"如今她却几乎完全融入了法国人的圈子"[③]。欧洲，尤其是法国的哲学和文学成了桑塔格取之不尽的写作题材。

在经过了风云变幻、波澜壮阔的 20 世纪 60 年代，显露出过人的批评才华之后，桑塔格已经标示出了自己在欧美知识界的醒目坐标。进入 20 世纪 70 年代，意外的身体恶疾和死亡的威胁使她更深刻地反思存在的方方面面。1978 年面世的短篇小说集《我，及其他》就像一个万花筒，折射出社会生活的各个层面。通过细察这些故事中形形色色的人物，王予霞认为，全书以无意义的中国之行开始，以盲目的旅行告终，首尾遥相呼应。所有人物都在做精神上的旅行，他们从无意义走向盲目，又从盲目奔向无意义，"周而复始，痛苦徘徊。桑塔格自己也一样，她的心灵旅行不过是在存在主义的'毫无意义'的荒诞世界观中，兜售没有出口的圈子。也正是这种思想，才使她一面在狂热地宣称'反对释义'，一面却在创作实践中反复地诉说'毫无意义'之'义'"[④]。此番评论虽然点明了这部短篇小说集的存在主义内涵，但是似乎只看到了"荒诞"的一面，并且据此来推测桑塔格

---

① 王予霞. 苏珊·桑塔格与当代美国左翼文学研究[M]. 北京：中国社会科学出版社，2009：218－219.
② 罗利森，帕多克. 铸就偶像：苏珊·桑塔格传[M]. 姚君伟，译. 上海：上海译文出版社，2009：183.
③ 罗利森，帕多克. 铸就偶像：苏珊·桑塔格传[M]. 姚君伟，译. 上海：上海译文出版社，2009：184.
④ 王予霞. 苏珊·桑塔格纵论[M]. 北京：民族出版社，2004：185.

所做的不过是徒劳的考问。其实桑塔格如果真是止步于此，那么在公众视野中也不可能出现一位积极参与社会生活，为反对美国对越南的战争而一度被捕，甚至冒着生命危险 11 次前往波黑战场，在萨拉热窝与当地人民一起同呼吸、共命运的勇敢的“美国公众的良心”——桑塔格女士了，她实际上坚持得更多的是在荒诞的世界中进行一种积极的反抗。王予霞并非没有看到这一点，她同时也指出：“桑塔格的政治立场基本上还是西方自启蒙运动以来的人道主义价值观，这一点与萨特极为相似……可以说她是一位萨特式的特立独行的知识分子。”[①]虽然也许完全是无意要说明桑塔格与萨特的相似点，但是贝尔纳-亨利·列维(Bernard-Henri Lévy, 1948)记载的一件事或许比任何文字更能说明二者在被围困的萨拉热窝是并行的精神力量。在萨拉热窝，当时是波黑战争的第一年，一些波斯尼亚的大学教师们决定留在被围困的首都，而且每到星期三的晚上，冒着被塞族狙击手打死的危险，来到离战线不远处的一个地窖里，在十分虔诚的气氛中一页一页地阅读和讨论萨特的《方法问题》。列维写道：“这些萨特的信徒们，躲在地下室，冒着枪林弹雨，为了逃避死亡而读萨特的作品；他们不仅从萨特的作品中汲取思想的力量，也汲取抵抗和斗争的力量。”[②]而此时的桑塔格亦在热情洋溢地与萨拉热窝的青年们一起在地下室排演《等待戈多》，随后冒着随时被炸弹袭击的危险公开上演，鼓舞人们在战火纷飞之中坚定信心，于荒诞而残酷的现实中顽强地“等待”明天的到来。

20 世纪 80 年代，桑塔格在继续写作评论文章的同时，完成了《我们现在的生活方式》。该短篇小说立刻成为吸引公众眼球的作品，约翰·厄普代克(John Updike)将其列为首篇，收入《1987 年美国最佳短篇小说集》出版。与此同时，桑塔格还在酝酿和着手写作剧本《床上的爱丽斯》、长篇小说《火山情人》和《在美国》，将厚重的历史感融入其中，继续表达着自己澎湃的思想激情。可以说，存在是她思考和写作的肇始而不是终结，她真正要做的是利用并丰富存在主义这个“进入大千世界的哲学”，大无畏地肩负起文学介入现实的责任。她这种立足现实的写作态度也正是人们敬佩她的原因之一，黄梅对其散文引起自己触动的评论，又何尝不是大多数读者的内心写照：

---

① 王予霞. 苏珊·桑塔格纵论[M]. 北京：民族出版社，2004：68.

② 列维. 萨特的世纪：哲学研究[M]. 闫素伟，译. 北京：商务印书馆，2005：序 7.

> 喜爱桑塔格散文的一个更重要的原因是，她的作品总是画出一个一个问号，引发读者的思索。她不是象牙塔里的学者。从她的作品不难看出她四十多年的写作一直与社会的现状和发展纠结在一起，对美国乃至欧洲社会内部外部的很多问题做了尖锐、直白的评论……对我来说，桑塔格的见解和分析，不论是谈文学文化还是评时事政治，也不论我由衷赞服还是难以认同，都能引起惊叹，触发思考。她不仅仅通过写作不断地探讨问题，引导甚至逼迫读者进一步思索，而且以自己一生活动构成触目的“桑塔格现象”，发人深省。[①]

桑塔格的散文如此，她的虚构作品亦然。走进她的虚构世界，就像她“走近阿尔托”[②]那样，我们走近的是一座坚实的“文化丰碑”[③]。她立足于哲学思辨，扎根于存在主义的精神土壤，以美国为主要的写作背景，对美国社会的人、事、物进行了深刻的观察和剖析，或委婉或犀利地予以了批判，以入世之心，积极地介入到社会生活中。

纵观桑塔格一生的创作，虽然表面上看来内容庞杂，形式多样，但是她对虚构作品的关注却贯穿始终。1967 年桑塔格在引起批评界震动的文集《反对阐释》的英国版自序中表明，自己最钟情的依然是虚构创作。这个立场始终未加改变，例如在谈及 1992 年出版的《火山情人》时，桑塔格毫不掩饰自己重拾小说题材的喜悦之情，称自己在写作时“深陷其中，就像漫游仙境的爱丽斯”[④]。而在完成最后一部小说《在美国》之后，这位勤于笔耕的作家向媒体表示她将继续开始下一部小说的写作，人物和题材都已基本确定，遗憾的是病魔使得这一计划提前终止。她认为“在虚构作品里可以采用多重视点，能让不同的人物有不同的感受，展示不同的情感或价值观”[⑤]，有更大的发挥空间。虽然桑塔格自己看重作为小说家的身份，但是评论界总是不约而同地将视线投向她的批评论著，甚至有

---

① 黄梅. 桑塔格与《沉默的美学》(桑塔格散文选前言)[EB/OL]. 人民网《读书》频道，2006 - 09 - 08[2012 - 09 - 15]. http://book.people.com.cn/GB/69839/70769/70792/4796531.html.

② 桑塔格于 1973 年写作了长篇论文《走近阿尔托》(Approaching Artaud)，具体论述法国戏剧理论家、演员、诗人、“残酷戏剧”(Theatre of Cruelty)的发起人安托南·阿尔托(Antonin Artaud, 1896—1948)。

③ 桑塔格. 在土星的标志下[M]. 姚君伟，译. 上海：上海译文出版社，2006：70.

④ ROLLYSON C. Reading Susan Sontag: A Critical Introduction to Her Work [M]. Chicago: Ivan R. Dee, Publisher, 2001: 162.

⑤ BROTHERS C. Educating the Heart [J]. Meanjin, 2004, 63(1): 73 - 86.

人认为她的专长就在于此。然而,如果我们对作家自己的声音充耳不闻,不将研究焦点进行适度的调试,那么我们至少将无法了解桑塔格留给后世的精神遗产的全貌。

本书的主体部分一共分为四章。

第一章以桑塔格20世纪60年代的两部长篇小说《恩主》和《死亡之匣》为研究对象,结合时代特征与作者本人的创作背景分析其中包含的对存在的深刻思考。在《恩主》中,桑塔格将自欺归结为存在的一种状态,依托不可靠叙述,借由扑朔迷离的梦境刻画出一个自欺者的形象,既揭示了她对自欺的理解,也表露了她对自己的一种嘲讽。《死亡之匣》里的主人公企图了结自己荒诞孤独的生命历程,但在死亡的临界状态,他将死亡恐惧寄托于血腥的想象,以谋杀一个素不相识的人来证明"我在"。其实在一个孤独的个体自杀与谋杀背后,还隐藏着一个宏大的时代叙事,即美国与越南之间的那场战争以及由此带来的大规模屠杀。桑塔格以个人行为的荒诞为书写对象,矛头却直指战争的恐怖与荒唐,由此为小说镌刻下深深的时代烙印。在这两部早期的小说中,桑塔格除了深切关注人类的存在状态之外,还赋予写作另一重意义:宣告自己的存在,将"我写作故我存在"的口号付诸了实践。

第二章聚焦于桑塔格的短篇小说集《我,及其他》,并将中文版选入的《我们现在的生活方式》包含其中,剖析桑塔格在不同时期对存在主义的一个核心概念——"自由"的不同理解和表达。发表于20世纪60年代的《假人》和《美国魂》分别从带着时代特色的新兴"复制"技术和妇女解放运动出发,寓言式地描述了两个颇具典型意义的中产阶级男女主人公在自主选择中踏上的自由之路。前者戏说了现代都市人"强说愁"式的精神困惑,后者则反思了妇女解放运动中的"性解放"的误区。桑塔格写于20世纪70年代的《杰基尔医生》是对《化身博士》的改写,刻画了一个在战争的阴影中无所归依的现代人,为追求所谓的自由而求助于神秘的力量,甚至愿意变身为邪恶的人,以恶行来寻求救赎。主人公的自由征程之所以徒劳无功,是因为人不可能享有不具任何道德约束力的自由。直视个人的处境,理解自由的限制,自由其实并非遥不可及。《我们现在的生活方式》是桑塔格在20世纪80年代艾滋病开始为人所知并谈"艾"色变之时发表的一部短篇小说,不可避免地镌刻着鲜明的时代印记,探讨了自由与责任的关系,并与其后的《艾滋病及其隐喻》相互呼应。在放浪形骸地享受所谓的自由后,小说中的人们不得不吞咽下这种不负责任的自由的苦果，但与此同时，他们又战胜了内心的恐惧，勇于承担责任，以温情化解疾病带来的各种心理危机，迈向了真正的成熟。

第三章研究的是桑塔格 20 世纪 90 年代的小说《火山情人》和剧本《床上的爱丽斯》，以“他者”作为解读的切入点。《火山情人》虽以男性为标题主人公，但真正关注的却是在男性的影响之下作为“他者”的几位女性人物。桑塔格在传统历史小说的叙事基础上进行了大胆的创新，让这些无法自我言说的“他者”在小说里发出了自己死后的声音，这是她们的生存之辩，也是她们倾诉出的生存之痛。在剧本《床上的爱丽斯》中，桑塔格戏仿《爱丽斯漫游奇境记》虚构了一场疯狂的茶会，邀请几位具有代表性的女性前来参加，试图表达女性遭受性别压迫的愤怒之情，但这场茶会最终不过流于一场空谈。女主角爱丽斯将自己囚禁于室，卧床不起，与一个入室行窃的夜贼展开言语的交锋，在想象中大获全胜，但是所谓想象的胜利只是女主人公掩盖其无力抗争的事实，性别反抗也仅仅停留于意识层面。在这两部作品中上演了一幕幕精彩的“他者”故事，然而遗憾的是，我们从中只看到了作为“他者”的女性群像，而没有看到一个团结起来共同奋斗的女性群体。

第四章具体研究桑塔格最后一部长篇小说《在美国》。在这部以历史人物和历史事件为蓝本的作品中，超越是一个至关重要的着眼点。桑塔格将女性、戏剧和美国这三个她热衷的元素结合起来，分别从自我重塑、发现美国和写作中时空的自由转换等方面延续了她对“他者”问题的持久关注，宏观地回答了在新旧世界的冲突中，如何寻求调和途径的问题，也表明了她追求写作的积极意义、借由笔下人生而超越自我的立场。在桑塔格看来，作家还应该是一个时空旅行者，能够自如地在历史与现实中穿梭，以史为鉴，关注现实问题。

本书在结论部分指出，桑塔格在自己的文学作品中思索存在，探讨自由，书写“他者”，畅谈超越，坚持文学的社会功能和文学家的社会职责，是一个视“介入”为己任的入世的知识分子。她在不同阶段创作的虚构作品远非象牙塔里的遁世想象，而是时刻关注社会现实的结果。不妨说，她以自己的实际行动，诠释了她对存在主义的深刻认识，将这种“能够走出学院大门进入大千世界的哲学”贯彻到行动与写作之中。她不乏谬误之处，但她始终坚守着知识分子的精神家园，重视并绝对捍卫精神生活，是当之无愧的知识分子的典范。

第一章 反思存在：《恩主》与《死亡之匣》的严肃追问

当莎士比亚借哈姆雷特之口发出“To be, or not to be?”的千古一问时，“存在”便戏剧性地与一直回荡在人类文明史上的深远凝练的“Know thyself”（认识你自己）形成了接力式的疑问，继续在人类的思维中产生不绝的回响。巴雷特指出：“存在一直是2500年西方哲学中心的和主导的概念……当代有些哲学家告诉我们，存在问题只是语言学上一起偶然事件，这一事件起因于这样一个事实：印欧语系的语言中有‘to be’这个联系动词，而别的语种则没有这样一个词，从而也就没有任何关于存在一词意义的空洞无谓的词语之争。”[①]他在《非理性的人》中论及存在主义的大师们时，唯有在写到马丁·海德格尔（Martin Heidegger）的那一章专门以存在为题，探讨了这个“显然非常遥远而抽象的题

---

① 巴雷特. 非理性的人：存在主义哲学研究[M]. 段德智，译. 上海：上海译文出版社，2007：224. 可以与此印证的是，海德格尔的《存在与时间》英文译为 *Being and Time*，而萨特的《存在与虚无》英文译为 *Being and Nothingness*。不过，《存在与虚无》的中文译者在该书的《中译本前言》中对书中出现的“存在”一词予以了说明，被译成该词的不仅有“être”，还有“existence”及其同根词，还有“il y a”。遗憾的是，“它们之间的区别还是相当大的，不能以中文中有区别的词来表示，不能不说是一大缺陷……‘existence’一词本可译为‘生存’或‘实存’。但第一，‘être’也可有生存之意；第二，‘存在主义’一词在中国已经通行，‘存在主义’一词与‘existence’既然同根，我们也就倾向于一般援例，将其译为存在了”。详见萨特. 存在与虚无[M]. 陈宣良，等，译. 北京：生活·读书·新知三联书店，2014：中译本前言 3.

目”[①]，因为海德格尔在发表于1927年的一部重要的著作《存在与时间》里“提出了一项至少是‘重复’存在问题的任务：这种重复却是彻底的更新，把这个问题从过去的淡忘状态中唤醒，就像最初的古希腊哲学家遭遇到它时那样……直接面对存在”[②]。海德格尔重新将存在的命题置于人们面前，此举的确具有深远的意义，在他之后，萨特也承认“存在还没有得到应有的估价”[③]，其洋洋洒洒几十万言的《存在与虚无》也正是为了彰显存在的重要性而进行的一次“应有的估价”。海德格尔感叹对存在的考量“曾使柏拉图和亚里士多德为之思殚力竭”[④]，可是“从那以后，它作为实际探索的专门课题，就无人问津了”[⑤]。究其原因，主要是出于三种对存在的成见。其一，存在是最普遍的概念；其二，存在这个概念是不可定义的；其三，存在是自明的概念。海德格尔意欲表明的是，纵然存在确实有这三种特质，但这并不意味着人们无需探讨存在。然而，存在到底是什么？就其定义而言，即便是海德格尔也在这个无法定义的概念面前选择了让其不言自明。巴雷特认为海德格尔虽然“不曾说这么多话告诉我们什么是存在，但是任何一个把他的原著读了一遍的人都会从中获得一种对存在的具体感受……体会到人是个他生命的每根神经和纤维都是透明的和对存在开放的生物”[⑥]。巴雷特在此基础上强调存在的在场，总结道：“我们思考存在也必须让存在对我们在场，尽管我们不可能有它的心理图像。存在其实就是这个在场，虽然看不到却又弥漫于一切，不可能把它封入任何一个心理概念里。”[⑦]海德格尔以柏拉图《智者篇》中论及存在的隽语为《存在与时间》的引子[⑧]，而耐人寻味的是，“柏拉图的学说是对我们现在所谓‘本质主义’哲学的古典的和真正原型的表达，本质主义是主张本质在实在性上先于存在的。相比之下，‘存在主义’是主张存在先于本质的哲学”[⑨]。

---

① 巴雷特. 非理性的人：存在主义哲学研究[M]. 段德智，译. 上海：上海译文出版社，2007：224.

② 巴雷特. 非理性的人：存在主义哲学研究[M]. 段德智，译. 上海：上海译文出版社，2007：225.

③ 萨特. 存在与虚无[M]. 陈宣良，等，译. 北京：生活·读书·新知三联书店，2014：18.

④ 海德格尔. 存在与时间[M]. 陈嘉映，王庆节，译. 北京：生活·读书·新知三联书店，1999：3.

⑤ 海德格尔. 存在与时间[M]. 陈嘉映，王庆节，译. 北京：生活·读书·新知三联书店，1999：3.

⑥ 巴雷特. 非理性的人：存在主义哲学研究[M]. 段德智，译. 上海：上海译文出版社，2007：252.

⑦ 巴雷特. 非理性的人：存在主义哲学研究[M]. 段德智，译. 上海：上海译文出版社，2007：251.

⑧ 其引文为：“当你们用到‘存在’(being)这个词时，显然你们早就意识到它的意思，不过，虽然我们也曾以为我们是懂得的，现在也感到困惑不安了。”详见 HEIDEGGER M. Being and Time [M]. Trans. JOAN S. Albany：State University of New York Press，1996：xix.

⑨ 巴雷特. 非理性的人：存在主义哲学研究[M]. 段德智，译. 上海：上海译文出版社，2007：109.

姑且撇开存在与本质的关系不谈，存在主义，如其名所示，正是供奉“存在”的一座哲学殿堂，“对存在的思考是存在主义最深沉的思想，是存在主义在形而上层面的思考”[①]。与萨特、加缪同时代的法国哲学家埃马纽埃尔·列维纳斯(Emmanuel Lévinas，1906—1995)很形象地描述了存在的困扰：“从本质上说，存在是奇特的，它撞击着我们，如黑夜一般，将我们紧紧地裹挟，令我们窒息，痛苦万分，却不给我们一个答案。”[②]而存在的魅力也正在于此，它的“黑夜”般的神秘的吸引力既决定了探寻者必经的艰难困苦和无所依托，也决定了孜孜以求者需要达到的智性深度。20世纪60年代初，桑塔格经过了欧洲思想的浸润之后，信心十足地踏入纽约知识界，意图在文坛大展宏图，她要做的，首先就是创作一部熔哲学与文学为一炉的作品，因为正如叶廷芳所言：

> 西方现代文学一个显著的特点，是哲学与文学的联姻。在这一过程中，存在主义扮演了最活跃的角色……而在哲学与文学的这一双向追求中，本质上更属于文学的加缪就曾这样说：“伟大的文学家也是伟大的哲学家。”存在主义者的这一观点，给现代作家和批评家提示了一个重要的价值尺度，即不管你采用什么形式或风格进行创作，作品的水平高低，最终要看你的作品的哲理含量。[③]

同样，本质上更看重文学成就的桑塔格也将哲理含量的追求贯彻到虚构文本的创作之中，她的处女作《恩主》也因此应运而生。

第一节 《恩主》中的存在与自欺

桑塔格在20世纪60年代初登上美国文坛，作为知识分子的新锐力量，跻身于纽约文人集群(The New York Intellectuals)，《恩主》是她奉上的第一部长篇敲门之作，翌年随着《反对阐释》和《关于“坎普”的札记》这两篇颇具影响力的论

---

① 李均. 存在主义文论[M]. 济南：山东教育出版社，1999：8.

② 列维纳斯. 从存在到存在者[M]. 吴蕙仪，译. 南京：江苏教育出版社，2006：11.

③ 叶廷芳. 加缪：把哲学变成美学[N]. 文汇报，2010-02-28(8).

文问世,"桑塔格时年31岁,就已成了明星"[①]。尤其是《关于"坎普"的札记》将桑塔格先锋张扬、独特敏锐的智性发挥得淋漓尽致,以至于美国作家菲利普·洛佩特(Phillip Lopate, 1943—)由衷地感叹"好一个随笔家!"[②]并颇为失落:"这使得我不由怀念起仅凭一篇随笔就能功成名就的那段时光。"[③]其实桑塔格真正看重的是小说家的身份,不过从《恩主》引起的反响来说,怀揣着小说家梦想的年轻的桑塔格似乎并未能在试笔之作中得到多大的鼓舞,因为"评论界对《恩主》坚持否定的意见,结果,人们都几乎想象不出弗雷·斯特劳斯·吉劳出版社出版它的理由是什么"[④]。这样的评论未免有失偏颇,至少汉娜·阿伦特、约翰·巴斯(John Barth, 1930—)等人都不会加入到这样的苛评中,相反,他们对初出茅庐的作者给予了充分的肯定。[⑤] 40年后,当桑塔格为这部小说的中文译本写序言的时候,她还是强调了它对自己的重要性,认为她从此开始了"真正的生命之旅和精神之旅"[⑥]。《恩主》开门见山第一句就是"我梦故我在",讲述的是一个梦想与现实迷离不清的故事,采用第一人称的同故事叙述。叙述者希波赖特(Hippolyte)沉迷于自己的梦幻世界,利用梦中的情景来解决生活中的问题,"日有所思夜有所梦"被颠覆,变成"夜有所梦日有所为",梦的荒诞导致了生活的荒诞。但是到了小说的尾声部分,却出现了逆转,希波赖特所讲述的梦境与现实进行了互换,到底什么是虚幻什么是真实就成了一个难以解开的谜团。

萨特坚持认为,一种小说技巧总与小说家的哲学观点相关联。批评家的任务是在评价小说家的技巧之前首先找出他的哲学观点。[⑦] 对梦境的书写在浩如烟海的世界文学作品中可谓屡见不鲜,那么这部小说到底将梦境赋予何种哲学之思,或者说具体落在何种哲学概念之上?桑塔格在酝酿《恩主》时反复提到和不断思考的一个符号泄露了个中玄机。1960年1月27日到2月29日期间,桑塔格在日记中连续对"X"进行了解释,并且将其运用到自己的生活状态之中。

---

① 罗利森,帕多克.铸就偶像:苏珊·桑塔格传[M].姚君伟,译.上海:上海译文出版社,2009:108.
② LOPATE P. Notes on Sontag [M]. Princeton: Princeton University Press, 2009: 9.
③ LOPATE P. Notes on Sontag [M]. Princeton: Princeton University Press, 2009: 37.
④ 罗利森,帕多克.铸就偶像:苏珊·桑塔格传[M].姚君伟,译.上海:上海译文出版社,2009:88.
⑤ 罗利森,帕多克.铸就偶像:苏珊·桑塔格传[M].姚君伟,译.上海:上海译文出版社,2009:88-89.
⑥ 桑塔格.恩主[M].姚君伟,译.上海:上海译文出版社,2007:中文版序3.本书引自SONTAG S. The Benefactor [M]. New York: Farrar, Straus, Giroux, 1963的内容参考该译本,除非特别说明,页码以该译本为准。
⑦ 萨特.萨特文集:第7卷 文论卷[M].施康强,译.北京:人民文学出版社,2000:22.

她还颇有创意地生造出"X"的各种词性和形式,如"X-y""X-rily""X-cide""X-ing""X-prone"等等。在这些零碎的记录中间,她两次极其简短地提及"X"的真实面目:一是"2 conferences on Sartre, bad faith, X"[①];二是"X is Sartre's 'bad faith'"[②]。由此可见,这个神秘的纠缠着年轻作者的符号原来是萨特提出的"自欺"。所谓自欺,英语谓之 bad faith,法语谓之 mauvaise foi,直译为"坏的相信",是"一种被规定的态度,这种态度对人的实在是根本的,而同时又像意识一样不是把它的否定引向外部,而是把它转向自身"[③]。自欺不是谎言,因为"说谎的本质在于说谎者完全了解他所掩盖的真情"[④],而"在自欺中,我正是对我自己掩盖真情。于是这里不存在欺骗者和被欺骗者的二元性。相反自欺本质上包含一个意识的单一性"[⑤]。因此,自欺在自身之内消解了二元对立,它是真诚的:"既然意识的存在就是对存在的意识,体验到自欺的人就应该有(对)自欺(的)意识,因此,似乎至少在我意识到我的自欺这点上,我应该是真诚的(真诚,bonne foi,即与 mauvaise foi 相对,对应为 good faith)。"[⑥]

《恩主》围绕着希波赖特的梦境展开,而萨特将自欺喻为入睡和做梦:"人们如同沉睡一样地置身于自欺之中,又如同做梦一样地是自欺的。一旦这种存在样式完成了,那从中解脱出来就与苏醒过来同样地困难:因为自欺就像入睡和做梦一样,是在世界中的一种存在类型,这类存在本身趋向永存,尽管它的结构是可转换的。"[⑦]

作为一种存在类型,自欺不仅难以解脱,而且"趋向永存",希波赖特在寻梦、释梦、演梦的循环往复中以不可靠的叙述将自欺演绎得淋漓尽致,这就要提到在桑塔格的构思阶段,一部影响极其深远的论著的问世:韦恩·布思(Wayne C. Booth)的《小说修辞学》(*The Rhetoric of Fiction*, 1961)。他在书中提出了几个非常重要的概念,其中包括当代西方叙事理论的一个中心话题——"不可靠叙述/叙述者"(unreliable narration/narrator),申丹称其为"一种重要的叙事策略,

① SONTAG S. Reborn: Journals and Notebooks 1947—1963[M]. New York: Farrar, Straus, Giroux, 2008: 251.

② SONTAG S. Reborn: Journals and Notebooks 1947—1963[M]. New York: Farrar, Straus, Giroux, 2008: 256.

③ 萨特. 存在与虚无[M]. 陈宣良,等,译. 北京:生活·读书·新知三联书店,2014: 78.

④ 萨特. 存在与虚无[M]. 陈宣良,等,译. 北京:生活·读书·新知三联书店,2014: 79.

⑤ 萨特. 存在与虚无[M]. 陈宣良,等,译. 北京:生活·读书·新知三联书店,2014: 80.

⑥ 萨特. 存在与虚无[M]. 陈宣良,等,译. 北京:生活·读书·新知三联书店,2014: 80-81.

⑦ 萨特. 存在与虚无[M]. 陈宣良,等,译. 北京:生活·读书·新知三联书店,2014: 103-104.

对表达主题意义、产生审美效果有着不可低估的作用”[①]。《恩主》共计17章，第一章和最后一章的标题分别明确地标出“本书叙述之种种难处”和“本书收尾之种种难处”，而在中间部分的第八章则探讨“梦的恰当叙述形式”。对叙述的关注是这部梦想之作的一个特点。洛佩特指出，准备向小说界发起冲击的桑塔格对于四平八稳的传统现实主义叙述手法不感兴趣，而不可靠叙述是当时的一股写作风潮，她也就被吸引进去了。[②] 的确，作为一个时刻关注批评界和文学界动向的青年学者，桑塔格对不可靠叙述的现象不会没有察觉。她还特意提醒读者：“他（希波赖特）不是一个非常可靠的叙述者。小说以第一人称叙述，但我希望读者别因为他是怎样的人，或者他自称是怎样的一个人就对他的话信以为真。”[③]在《恩主》中不可靠叙述的运用为这部作品预留了无限的阐释空间，而这一点与桑塔格高擎的“反对阐释”的旗号并不抵牾，因为她反对的是“唯一的一种阐释，即那种通过把世界纳入既定的意义系统，从而一方面导致意义的影子世界日益膨胀，另一方面却导致真实世界日益贫瘠的阐释行为”[④]，《恩主》的开放性挑战了这样既定的意义系统。

詹姆斯·费伦（James Phelan）和玛丽·帕特里夏·玛汀（Mary Patricia Martin）补充和完善了布思的不可靠叙述理论，扩展为三个轴向的不可靠叙述：事实/事件轴上的不可靠报道；知识/感知轴上的不可靠读解；伦理/评价轴上的不可靠评价。[⑤] 当我们细察《恩主》的具体文本时，不难发现基于这三个层面的不可靠叙述，而正是通过它们，希波赖特的自欺表露无遗。按文本的涉及顺序，以下的分析依次为不可靠读解、不可靠评价和不可靠报道。

一、不可靠读解

萨特在研究自欺的行为时，举了如下一个例子，如果按不可靠叙述理论来分析，应该归为知识/感知轴上的不可靠读解。一个初次赴约的女子，她知道迟早要对约会者对她抱有的企图做出决定，但她不想理解人家对她说的话所透露出

① 申丹.叙事、文体与潜文本：重读英美经典短篇小说[M].北京：北京大学出版社，2009：77.

② LOPATE P. Notes on Sontag [M]. Princeton: Princeton University Press, 2009: 135.

③ 桑塔格.恩主[M].姚君伟，译.上海：上海译文出版社，2007：中文版序 1-2.

④ 程巍.译者卷首语[M]//桑塔格.反对阐释.程巍，译.上海：上海译文出版社，2003：7-8.

⑤ 费伦，玛汀.威茅斯经验：同故事叙述、不可靠性、伦理与《人约黄昏后》[G]//赫尔曼.新叙事学.马海良，译.北京：北京大学出版社，2002：41-43.

来的言外之意,如果人家对她说"我如此钦慕您",她消除了这句话深处的性的含意,把被它认作是客观品质的直接意义赋予她的对话者的话语和行为。她对对方话语的表层读解消除了其真实意图,"从而解除了她的同伴的行为的危险性"[①],但这种危险性并不会因此而真的不存在。《恩主》的不可靠读解比较典型地集中在希波赖特对情人安德斯太太的认知上,他也像萨特所举例子中的那位女子一样,宁愿相信表面的东西,目的是解除危险性,但导致的却是更大的危险,所不同的是他是将危险加于同伴,而非自身。

依照梦的指示,希波赖特俘获了安德斯太太的芳心,与她一起出门旅行,过着醉生梦死的生活。在一座阿拉伯城里,他与一名垂涎她的商人讨价还价,在她不知情的情况下以不菲的价格出卖了她,但他这么做却不是因为贪恋金钱——这笔钱一直不曾动用,后来还原封不动地交给了安德斯太太的女儿转寄给她。他的动机出乎意料地单纯:因为他认为沦为阿拉伯人的玩物乃是安德斯太太的愿望,而他只是帮助她实现对性自由的追求。尽管出面花钱购买她的人是个身材肥壮、头发花白的中年男子,但希波赖特宁愿相信这个人真是像其声称的那样是为了治疗儿子的相思之苦。所以对于这桩生意,他做出了这样的读解:"对安德斯太太产生欲念的是一个雄性十足、长着一口白牙的阿拉伯小伙子,而她则高高兴兴地委身于他……我认为对那个永远充满期待的身体不会有暴力、恐怖、强奸和摧残行为发生"(TB, 86)。希波赖特甚至为自己的举动感动了:"我把情妇打发掉……但那更多的是为她好,而不是为我自己。转让安德斯太太也许是我做出的唯一的无私之举"(TB, 87)。只是事与愿违,安德斯太太饱受凌辱,落得个身体残缺,狼狈回国后又无家可归,所谓高高兴兴更是无从谈起。

希波赖特的感知不仅与其后的叙述不符,而且也受到"隐含作者"[②](the implied author)尖锐的批评,反映出与隐含作者的思想规范之间存在的差异,这里是通过希波赖特在送安德斯太太去商人家之后的内心独白反讽性地表现出来的:他让蒙在鼓里的安德斯太太先进了门,但是自己并没有跟着进去,她就这样

---

① 萨特. 存在与虚无[M]. 陈宣良,等,译. 北京:生活·读书·新知三联书店,2014:88.

② 按照布思的论述,不可靠叙述又与另一个关键概念"隐含作者"密不可分,衡量叙述是否可靠的标准是当叙述者在讲述或行动时,与作品的思想规范也就是与"隐含作者"的思想规范是否相吻合:如果吻合,那就是可靠的,反之就是不可靠的。详见 BOOTH W C. The Rhetoric of Fiction [M]. Chicago: The University of Chicago Press, 1961: 159.

被当成一个物品被出售了，此时“我不知道这是否能让她清楚歪曲了欧洲男女间关系的那些对妇女表现出的正式礼节的真实价值。假使男人在女人前面进门，假使进门不分先后，那么，情况就不会这么简单了”(TB, 86)。体现西方男性对女性的谦让和爱护的“女士优先”的礼节成了一个陷阱，无情地吞没了像安德斯太太这样轻信的女人。希波赖特促成她堕落的一番“美意”只不过是一厢情愿的臆想，桑塔格称这种给他人带来无法弥合的身体与精神的双重创伤的行为为“X, the scourge”，即“自欺，大害也”[①]。在安德斯太太伤痕累累地再度出现之前，他的臆想甚至染上了愤愤不平的色调：“安德斯太太远在沙漠国家和她的情人尽情地享受生活，而我却待在房间里，孤枕难眠，聆听我的梦”(TB, 127)。在如此怨天尤人的哀叹里隐含的作者冷峻的讥诮，不难分辨。

安德斯太太被出卖后的第一次现身全盘推翻了希波赖特在自欺中为她勾勒出的“美好”生活，也剥夺了他对自己继续歌功颂德的权利。为了摆脱安德斯太太，他求助于作家朋友让·雅克，结果不欢而散，他感到自己“真的是孤立无援了，除了我的梦还能给我出出主意”，而果不其然，“幸运得很，那天晚上，梦来帮我了”(TB, 138)。在梦里，他大开杀戒，杀掉了以一个女修道院院长为首的一群人。梦醒后，他如获至宝，全身心地投入到梦的解析之中。不妨说，对于如何处理安德斯太太的问题，他心里已经有了一定的筹划，他的读解不过是将这个筹划一一对应于梦里的情景，借此来坚定自己的决断。比如他认为在梦中杀掉女修道院院长意味着应该置安德斯太太于死地，为此他牵强地将二者联系起来：

> 尽管女修道院院长不像安德斯太太那样身上有令人感到遗憾的疤痕，但在身材和肤色方面，她还是与我的旧情人有几分相像的。当然，女修道院院长就和前天安德斯太太一样，基本上是包得严严实实的，这也符合修女的身份。而且，在安德斯先生的印象中，他妻子不是进修道院了吗？我得出的结论是：这个梦关涉安德斯太太以及我要给她带去的命运。(TB, 143-144)

① SONTAG S. Reborn: Journals and Notebooks 1947—1963[M]. New York: Farrar, Straus, Giroux, 2008: 243.

于是他认为自己有权裁决安德斯太太存于人世与否，对于她想开始新生活的诉求，他断然加以否决："过一种新生活？她带着现在这种被糟蹋的身子，能过什么样的生活？看起来只有一条出路，即结束这条已经结束却还在贪婪地希望延续的生命。"（TB，144）安德斯太太对生的欲望被他理解为一种无谓的贪婪。他精心地着手谋杀她的准备工作，买了煤油和破布，算好时间，用浸了煤油的破衣服做成布条，绕安德斯太太暂时落脚的住处围成一圈，再点火引燃，而在邻居们惊慌失措的奔走中，他安然地站在远处观望，多少有些得意，因为"安德斯太太这下肯定葬身火海了"（TB，145）。从出卖情人到谋杀情人，希波赖特似乎总是振振有词，心安理得地为自己开脱。桑塔格也不免质问："也许有自欺倾向的人是习惯性地不负责任？"[①]

二、不可靠评价

在布思提出"隐含作者"的四个动因中，其中一条是对伦理的强调，他"为批评家忽略伦理修辞效果（作者与读者之间的纽带）而感到'道德上'的苦恼"[②]。桑塔格与布思不可不谓同声共气，在创作《恩主》的过程中她在深入希波赖特内心的时候"不得不允许自己成为最不愿意成为的那种人"[③]，正好也表明了隐含作者与叙述者之间的距离。

《恩主》里描述的一件小事涉及两个评论者：希波赖特和他在抛弃安德斯太太之后新交的女朋友莫妮克。有一天，当他们走在路上时，有人从窗口往外吐痰，差点吐到他们身上。莫妮克不由大叫起来："人怎么能做这种事情！"（TB，133）这也许是在这种情况下，一般人再正常不过的自然反应，但是希波赖特却抬头向吐痰者表示感谢，他向莫妮克解释说这位吐痰者"只是把他身体本身的一个宝贵部分送出来，这样做，不管是多么微不足道，他就重新安排了宇宙的秩序。他用最经济的方法，以最细小的途径，让某件事发生了。对这一示范性行为，我们应该感谢才对，而不是生气"（TB，133－134）。这种完全有悖常理的道德评判

① SONTAG S. Reborn：Journals and Notebooks 1947—1963[M]. New York：Farrar，Straus，Giroux，2008：255.

② 布思. 隐含作者的复活：为何要操心？[G]//费伦，拉比诺维茨. 当代叙事理论指南. 申丹，译. 北京：北京大学出版社，2007：65.

③ SONTAG S. Reborn：Journals and Notebooks 1947—1963[M]. New York：Farrar，Straus，Giroux，2008：280.

也许只是不可靠评价的一个无伤大雅的小例子，但希波赖特对待感情生活失败的评论就会令人愤怒和鄙视了。他和莫妮克之间由于横亘着安德斯太太的阴影，两人的情感并不和谐，终于到了破裂的边缘。这时希波赖特的父亲病重，他返乡看望和照料父亲一段时间以后再去找莫妮克却发现她有了新的伴侣并且已经结婚，他言不由衷地表示“祝贺他们”（TB, 160），可是静下心来思考这段无果而终的爱情时却如此评论道：“可怜的希波赖特！我是在抛弃这一行为最伤害人的情况下被抛弃的，因为我还在想，应该是我抛弃她，现在倒好，我连单相思的人所能做的事都不能做，要不然，还能自我安慰一番。”（TB, 160－161）他关心的只是自己的感受，只有他抛弃别人时抛弃这一行为才不是“伤害人”的，而一旦他被抛弃，那就是“最伤害人”的了。

在希波赖特的情感生活中唯一与他相处和谐的是他从家乡娶回首都的年轻的妻子，但他之所以娶这个温顺柔和的女子，只是为了躲避死里逃生的安德斯太太的纠缠。安德斯太太逃过希波赖特的纵火谋杀之后还是找上门来，为了补偿，希波赖特精心装修了一幢住宅供安德斯太太疗养之用，结果安德斯太太竟然要求与他结为夫妇，他不得不拼命寻找结婚对象以断其念头，为了结婚而结婚能含有多少爱的成分自然毋庸猜测。这个妻子的存在使他名正言顺地拒绝了安德斯太太的求婚，而与他曾经交往过的女性伴侣不同的是，他的妻子几乎是一个没有思想的物体，一个透明的人，无法激发起他的任何欲望。他有段时间培养自己白天也赤身裸体的习惯，抚爱自己的身体，而他的妻子就在房间里走来走去，有若无形。他承认妻子的纯洁可爱，却不能肯定对她怀有爱意，因为他对爱的评价阻止了爱的行动：“从骨子里讲，爱是一种合并的欲念。爱一个人并非是去寻找一个被爱的，而是寻找一个更大的自我。可是，他因此加重了自己的负担。他现在也得担负起另一个人的重量来。”（TB, 211－212）他把爱理解为负担，如何处理这个负担呢？他提出了两个解决方法：一是恨，二是超脱。前者与伦理的背离无需详论，因此文中亦省去了笔墨；至于后者，他解释为“既不爱别人也不恨别人，既不承受负担也不卸下负担”（TB, 212）。在这种爱情观的影响下，他成了一个对感情无动于衷的情人和丈夫，一切都是以自我为中心，还振振有词地加以辩白：“爱与恨唯一的对象是人自己。这样，我们才能自信我们称颂的感情是没错的，我们才可以肯定对象不会逃跑，不会改变，也不会死亡。只有这样，我们才会满足。”（TB, 212）为了验证他的这套歪理异说，他举了一个例子。他看出送煤的壮小伙对妻子有意，而妻子似乎也对这个英俊的小伙子有点好感，于是他让妻子请小伙子吃晚饭，用餐时大加称赞自己妻子的魅力，随后借口出去散步，邀请小伙子留下来陪妻子。等他半夜回家时，小伙子已经走了，妻子也睡了，他为自己的大度和成全之心感到骄傲："我也没有检查床单，看看有没有送煤小伙子被肥皂水弄潮的煤灰留下的痕迹"(TB，213)。这实际上与出让以至出卖安德斯太太如出一辙，希波赖特掩盖的是他没有能力去爱去恨，其自以为是的无私行为说穿了只不过是一种变相的观淫癖而已。

小说里还有一个不容忽略的情节，典型地反映出希波赖特迥异于常人的思维模式，他特地交代"这是真人真事"(TB，263)：有天夜里，一个持枪青年闯进家里盗窃，他发现之后，几乎是兴高采烈地邀请青年用手中的枪去射击他想要的任何物品，凡是击中的都统统归其所有，子弹不够的话他可以提供。青年的战利品多得无法搬动，第二天叫了一辆卡车才把所有挑中的东西拉走。希波赖特对此事的评价简直就是荒诞不经了："挺体面的一个小伙儿，真的，多亏这下认识他，要不，我会后悔的。"(TB，264－265)面对窃贼采取如此荒唐的做法，类似情形在桑塔格30年后发表的剧本《床上的爱丽斯》中再度出现。当一个年轻的小偷"光顾"爱丽斯的房间时，本来因病卧床不起的她竟然不慌不忙地起了床，为其掩饰形迹，而且还慷慨地任其拿走值钱的物什。她对小偷畅诉心曲，展开言语交锋，在一番雄辩之后陷入自我陶醉之中，只能想象自己成为胜者。无论从哪个方面来衡量，"爱丽斯的胜利都是子虚乌有的，在与小偷的这次相逢中爱丽斯获得的是拒绝、贬低和深深的失落"[①]。《恩主》中的希波赖特何尝不是如此呢？由衷赞美一次与窃贼危险的相遇只能是他自欺欺人的表现，其评价的不可靠性调用基本的伦理常识便可解决。倘若读者真的如布思所担心的那样，认同叙述者的道德观，那么他的效仿者就连最起码的判断力都缺失了。利用他的不可靠评价，隐含作者延续了不可靠读解的反讽风格。自欺的直译——"坏的相信"用在希波赖特的不可靠评价上真是恰如其分。

三、不可靠报道

《恩主》的第17章将事实/事件轴上的不可靠报道推到了最高峰。耐心的读

① 柯英.狂想与沉迷：论《床上的爱丽斯》中的性别反抗意识[J].戏剧(中央戏剧学院学报)，2010，(3)：112.

者追随希波赖特梦里梦外的人生读完前16章后才在这最后一章里发现前面所叙述的梦境和生活完全有可能相反:"梦成了我真实的生活,生活则成了梦。"(TB, 288)也就是说,将前16章颠倒了看或许才是本来的面目。如此安排恰恰符合了开篇"我梦故我在"的点题,以希波赖特真真假假的生活体验烘托出一个非理性的人,与笛卡儿"我思故我在"的理性的人形成鲜明的对比。在第16章,"我梦"向"我思"发出了挑战,在指称笛卡儿的时候,还刻意地不指名道姓:"一位大哲学家……发现,他绝对敢肯定的也就是他存在,如此而已。他肯定自己存在,因为他思考;否认这一点,本身就是一种思考。我考察下来,却得出了相反的结论。出现确定性的问题的唯一原因就在于我存在,也即我思考。一个人要达到某种确定性就是去发现他不存在。"(TB, 265)这段话的内涵极为丰富,从理性主义过渡到了存在主义,从笛卡儿的"我思故我在"到索伦·克尔凯郭尔(Soren Kierkegaard)的"我思故我不在",推翻"我思"与"我在"的因果关系,以便顺着这条线走向希波赖特的"我梦故我在"。

其实,若从基本概念说起,笛卡儿的"我思故我在"乃是欧洲近代哲学的起点,也是包括萨特在内的许多存在主义哲学家的哲学思想的起点。① 桑塔格选取漫无边际的"梦"来探讨"我在"或许还别有深意。首先,"梦"与笛卡儿的理论建构不无关联。笛卡儿的手稿表明,他坚定走哲学道路的决心源自同一个晚上所做的三个梦,他认为梦是神向他告知创立一门科学的神圣使命。② 梦既然可以催生笛卡儿的哲思,那也同样可以激发年轻作者探寻哲理的激情。其次,如何厘清梦与现实,笛卡儿"认为他已经找到一种非常显著的东西可以将醒与梦区分开来,这就是记忆"③。在《恩主》里,不可靠报道正是与记忆密不可分的,只是桑塔格放大了记忆的混乱性,从而也就反驳了笛卡儿的记忆区分法。此处的焦点在于叙述者希波赖特的精神状况:他的哥哥证实他有六年的时间被关在精神病院里,他的朋友们也都相信这一说法,而他也终于开始怀疑起自己的记忆来。为

① 冯俊.开启理性之门:笛卡儿哲学研究[M].北京:中国人民大学出版社,2005:62-68.冯俊指出,存在主义哲学家差不多都是从改造"我思故我在",赋予"我思""我在"以及它们的关系以不同的内容而开始他们的哲学的。麦纳·德·比朗(Maine de Biran, 1766—1824)说:"我希望故我在。"克尔凯郭尔说:"我思故我不在。"米格尔·德·乌纳牟诺·胡果(Miguel de Unamuno y Jugo, 1864—1936)说:"我在故我思。"加缪说:"我反叛故我在。"如此等等,不一而足。

② 冯俊.开启理性之门:笛卡儿哲学研究[M].北京:中国人民大学出版社,2005:4-7.

③ 冯俊.开启理性之门:笛卡儿哲学研究[M].北京:中国人民大学出版社,2005:119.

了说明这一点,第17章提供了一些信函和日记,它们的出现彻底否定了希波赖特记忆的正确性或准确性,但是至于情况是否真是如此,则又需要读者自己判断。比较有趣的是,有一本笔记本记录了希波赖特这部自传的草稿,"从中不难看出,当时的我处于某种紧张状态之中",这份草稿"也许就是一部小说",与实际存在的《恩主》那冗长的标题一样,"拟用的标题列在一起占了好几页,看得出来,作者是在尽心尽力,希望写出一部大作品"(TB, 281)。透过这份草稿,希波赖特本意要写的自传的内容与他已经讲述的内容彻底置换,是对讲述中的梦的清点,而在另外一封不知写给何人的信件上提到的信息不仅确认了草稿的内容,而且补充了已讲述到的生活的细节,这一切原来不过是梦中的情景。

如果读者以为自己只是遭到了作者的戏弄,掩卷一笑,那么年轻的桑塔格日后也不会以常人难以企及的深邃和宽广的思想一再地引起轰动和争议了。事实上,希波赖特精神是否正常不是一个能够明确的问题。在颠覆性的结局中,何为梦,何为现实,依然是一个悬而未决的谜团。他在信函和笔记面前没有心慌意乱,在"考虑了很长时间以后,我坚持认为我当时没有精神失常"(TB, 288),他认为自己不过是"古怪"而已,他的依据不乏哲学思辨的味道:"也许古怪的人行动起来跟疯子一样。但是古怪的人有所选择,精神失常的人则没有……我认为我当时做出了选择,而且还的确是一个非同寻常的选择——我当年选择了我自己。"(TB, 288-289)

桑塔格在处女作中力图融合哲学元素,不过她因何以自欺为落笔点?在希波赖特难以分辨的梦境与生活中,让·雅克对他实施的"非礼行为"(TB, 65)是一则容易被一哂而过的不可靠报道,但其中却隐含着这一问题的解答。希波赖特在安德斯太太的沙龙中结识了让·雅克——一个非常有个性的作家:"白天,他穿着拳击短裤坐在房间里,创作他那些为评论家看好的小说;喝开胃酒的时候、傍晚时分,他就穿上黑西服去听歌剧,或者造访安德斯太太;到了夜里,他就到城里大马路上游荡,勾引男人……"(TB, 20)希波赖特对让·雅克的生活方式颇为着迷,频繁地与他见面,从一开始只是在傍晚与他待在一起发展到晚上陪他出门。在此期间,他见识了形形色色的同性恋,而让·雅克"为了向我表明他能做些让人始料未及的事情,他能让我大吃一惊而我无法让他吃惊,那天晚上,他把我带回家,上了床"(TB, 65)。希波赖特声称对这次性关系毫无心理准备,似乎这是让·雅克的单向诱惑,但如果仔细推敲这件事情发生的时间段,就不难理解这不过是他的不可靠报道而已。按照梦的指示，希波赖特使尽浑身解数成功地使安德斯太太变为自己的情人后便急于摆脱她，于是劝说她与安德斯先生一起外出游历。也就是在此期间，他倍感兴趣地旁观让·雅克的冶游，即他的同性恋行为和从事男妓、出卖色相的工作，因为“对我来说，当观众的乐趣与我亲历亲为相比，渐渐地让我觉得更有趣”(TB，56)。与安德斯太太的恋情证实了希波赖特有异性恋的能力，可是当这个性伙伴不在身边时，希波赖特意识到“我不该忽视自己的性要求”(TB，56)，但是他没有像以前那样“定期去逛一下花街柳巷”(TB，7)，其对同性爱的渴望已然萌动，所谓的观众身份只是掩盖其隐秘欲望的借口而已。与其说是让·雅克诱惑了他，不如说是他暗示、期待并默许让·雅克的这一行为。

当我们对照桑塔格创作《恩主》时的日记时，我们会发现她在希波赖特身上倾注了对自欺的自我批判。桑塔格早慧也早熟，1949 年，16 岁的她陷入情网，发现自己的同性恋倾向并且有了心仪的爱人，她很痛苦，为了说服自己不单单是同性恋，至少是个双性恋者，她甚至与一个男孩亲昵，“但是一想到要与一名男子肌肤相亲，除了耻辱与堕落之外，别无他念”[①]。同年她放任了自己的倾向，有了同性的性体验，在日记中以“重生”(reborn)这个词来纪念这段情事。一年后，她草草与菲利普·里夫结婚生子，很大程度上也是为了克制对同性的爱，证明自己是个符合主流观念的女性。不过她的努力随着 1959 年婚姻的解体而付诸东流，尤其在《恩主》写作前后的 1959 年至 1963 年，她与两个同性恋人之间的三角关系发展到了至高点，《恩主》就是献给其中的一位——玛丽亚·艾琳·福恩斯(Maria Irene Fornes，1930—　)的。然而，在当时这种恋情无法言说(这离著名的石墙酒吧骚乱事件还有至少 6 年的时间，即使是到了同性恋已被社会关注、许多知名人士纷纷出柜的 20 世纪 90 年代，桑塔格仍然拒绝公开承认其同性恋身份)，因此，不难理解她在日记中的倾诉和在小说中的自我指涉：希波赖特想获得解脱，冲破自在之物的束缚，在梦境里一意孤行，妄求以此建立确定性，而她在塑造这个自欺的形象时却无法使自己真正得到释放和解脱。她肯定“存在主义的主旨是求索真实的身份”[②]，可是希波赖特在梦幻与自欺中迷失了方向，她也

---

① SONTAG S. Reborn：Journals and Notebooks 1947—1963[M]. New York：Farrar，Straus，Giroux，2008：15.

② SONTAG S. Reborn：Journals and Notebooks 1947—1963[M]. New York：Farrar，Straus，Giroux，2008：234.

在听从与掩饰内心渴望的挣扎中难以自拔。她曾寄希望于以不羁的高蹈姿态来卸除自欺的沉重负累,用其标志性的不容置辩的语气写道:“骄傲,抗击自欺的秘密武器,即自欺的杀手锏。”[①]可就是紧接着这句话之后,她慨然长叹:“除了分析,调侃等等,我如何真正治愈自欺呢?”[②]

困扰着桑塔格的是面对自欺时深深的无奈,用书中希波赖特评价同性恋的话来说,“我禁不住要把这一充斥着不正当欲望的世界看作一场梦,他们的所作所为有技巧,但同时也是沉重而危险的”(TB, 61)。这种危险而隐秘的欲望就此伴随了作者一生。萨特早在希波赖特被创造出来之前就预见了他的看法:“一个同性恋者常常有一种无法忍受的犯罪感,他的整个存在就是相对于这种感觉而被规定的。人们往往猜测他是自欺的。”[③]希波赖特宣称:“我比世界上所有人都更想成为我自己。”(TB, 65)[④]但他和他的创造者一起仅仅止步于这个被着重标出的“想”上。

以上论述涉及希波赖特自欺的三种形态,但有一个问题仍有待解决:他为何自欺?萨特指出,“在自欺中,没有犬儒主义的说谎,也没有精心准备骗人的概念,而是自欺的原始活动是为了逃避人们不能逃避的东西,为了逃避人们所是的东西。然而,逃避的谋划本身向自欺揭示了存在内部的内在分裂,自欺希望成为的正是这种分裂……自欺力求在我的存在的内部分裂中逃避自在”[⑤]。要理解萨特这段话的意思,需要了解他的存在观:存在分为自在的存在和自为的存在。前者“是其所是”,表示一种自然状态;后者“是其所不是”,表示精神与意识状态。两者是对立的,但又统一于人的存在中。人是自在与自为的统一体,自欺的人就是要逃避这种统一,希望在存在内部达到自在与自为的分离并且逃避自在。那么自欺为什么存在呢?萨特的答案是“因为它是人的存在的所有谋划的直接而永恒的威胁,是因为意识在它的存在中永远包含有自欺的危险。这危险的起源就是:意识在它的存在中是其所不是同时又是其所是”[⑥]。人既然有意识,那就

---

① SONTAG S. Reborn: Journals and Notebooks 1947—1963[M]. New York: Farrar, Straus, Giroux, 2008: 245.

② SONTAG S. Reborn: Journals and Notebooks 1947—1963[M]. New York: Farrar, Straus, Giroux, 2008: 245.

③ 萨特. 存在与虚无[M]. 陈宣良,等,译. 北京:生活·读书·新知三联书店,2014: 97.

④ 强调为原文所加。

⑤ 萨特. 存在与虚无[M]. 陈宣良,等,译. 北京:生活·读书·新知三联书店,2014: 106.

⑥ 萨特. 存在与虚无[M]. 陈宣良,等,译. 北京:生活·读书·新知三联书店,2014: 106.

无法将自在与自为分裂，因为意识在其自身中又包含了自在与自为，人就是在不断地超越自在的努力中追求自为，但又难以实现。巴雷特关于这一点的分析可谓鞭辟入里：

> 萨特坚持认为，人只有把自己同自然分开，才能够达到存在，他既身处一个对他一无所知的宇宙，这就必定是他的命运；这当然是正确的；但是，问题在于：这种分离究竟走出多远，才不至于使人的筹划变得疯狂，变成精神病态，或是脆弱得不允许有任何人性内容。我们自己的生命，当在最好情况下进行时，那“自在”，无意识的，或者说自然，不断地流溢并且维系着我们意识的“自为”。[①]

也就是说，在理想的存在中，自在是不能或缺的。对应希波赖特的情况，他的自欺是因为竭力摆脱自在，然而他在分离的道路上走得过远，以致变得疯狂，变成精神病态。文中他的一番追问颇为惊悚：“假使脸不见了，而微笑还在，情形会是怎样的呢？如果梦所寄寓其中的生活枯竭了，而梦却常做不衰，情形又会是怎样的呢？”(TB, 102)在这个类比中，脸可视为自然存在之物，是自在，而微笑乃是脸上的表情，可视为自为，生活与梦的关系也同样如此。在两种情形之下，完全分离自在与自为并无可能，但是自欺的人却乐于相信“那样的话，人就会真正地自由，人的负担就会真正地减轻”(TB, 102)。

桑塔格在书写自欺时饱含了对自己的调侃和反省，比如她分析自欺行为的典型症状是“轻率——要么对自己，要么对他人（在我身上，这二者是并行的）”[②]；她还极为明确地表示出对自己的自欺性的不满：“我所鄙视自己的都是自欺的：道德上的懦夫，撒谎者，对自己和他人轻率，是个骗子，消极被动。”[③]尽管自欺不是说谎，但结果并无不同，因此萨特补充说：“真正说来，自欺不能够相信它要相信的东西。但是恰恰是因为承认了不相信它相信的东西，自欺才成其为自欺的。真心诚意想在存在中逃避‘不相信人们相信的东西’，自欺在‘不相信

---

① 巴雷特. 非理性的人：存在主义哲学研究[M]. 段德智，译. 上海：上海译文出版社，2007：282.

② SONTAG S. Reborn: Journals and Notebooks 1947—1963[M]. New York: Farrar, Straus, Giroux, 2008: 244.

③ SONTAG S. Reborn: Journals and Notebooks 1947—1963[M]. New York: Farrar, Straus, Giroux, 2008: 255.

人们相信的东西'中逃避存在。"[①]有人认为萨特的论述风格是"侵略性的、容易引起争议的"[②]，但是"他对自欺这个概念的坚持把自我矛盾(self-contradiction)置于分析的中心"[③]，突出了人在生存中的矛盾心理。

可以说，桑塔格通过其钟情的小说样式和希波赖特的不可靠叙述将一个自欺者的形象惟妙惟肖地刻画出来，这个小说版的解读表露了经受严格哲学训练再踏上文学征程的作者认可存在主义哲学将自欺归为一种存在形态，并在自己的创作中更细致地展示自欺的表现方式，在谴责小说里的自欺者的同时也对自己——自欺世界中的一分子进行了反省和批判。

第二节　《死亡之匣》中的存在与荒诞

《死亡之匣》初版于 1967 年，是桑塔格继《恩主》之后的第二部长篇小说，这一年亦是她在美国知识界引起巨大反响的文集《反对阐释》问世后的第二年。可以说，此时的桑塔格已经成了一个家喻户晓的人物，而且"她在美国有名，在英国也几乎同样有名——翻开任何一份文学周刊或小杂志，你似乎都不可能不看到她的文章，或者至少是涉及她的文章"[④]。遗憾的是，看重小说家身份的桑塔格并未能从《死亡之匣》中获得继续创作长篇小说的信心，相反，她不得不承认，出版《死亡之匣》之后，她失去了作为小说家的自信。[⑤] 这个打击的直接后果就是她在此后的 25 年间没有小说问世，直到 1992 年才携《火山情人》激情澎湃地返回小说界，重新追逐成为一名小说家的梦想。

《死亡之匣》是否一经面世便完全被评论界忽视了呢？事实上，该书还加印了几次，而且从销售的数量来看，"对一本纯文学作品而言，这是相当不俗的表现了"[⑥]，虽然这多少含有出版社造势的成分，但小说的确还是引起了比较大的关注。它出版的具体时间是 1967 年 8 月下旬，据考证，除去一些简评不算，截至

① 萨特. 存在与虚无[M]. 陈宣良，等，译. 北京：生活·读书·新知三联书店，2014：105.
② BLOOD S. Baudelaire and the Aesthetics of Bad Faith [M]. Stanford: Stanford University Press, 1997: 4.
③ BLOOD S. Baudelaire and the Aesthetics of Bad Faith [M]. Stanford: Stanford University Press, 1997: 4.
④ 罗利森，帕多克. 铸就偶像：苏珊·桑塔格传[M]. 姚君伟，译. 上海：上海译文出版社，2009：109.
⑤ 罗利森，帕多克. 铸就偶像：苏珊·桑塔格传[M]. 姚君伟，译. 上海：上海译文出版社，2009：148.
⑥ 罗利森，帕多克. 铸就偶像：苏珊·桑塔格传[M]. 姚君伟，译. 上海：上海译文出版社，2009：150.

1967年底的评论文章已有21篇。[①] 这个数据还远远不够全面，至少美国著名的电影戏剧评论家斯坦利·考夫曼(Stanley Kauffmannn, 1916—)所写的《解读桑塔格小姐》(“Interpreting Miss Sontag”)还没有被列入其中，而他的观点是具有一定的代表性的。他将该小说的失败主要归因于桑塔格的资质，揶揄她虽然“粗通文墨，但迄今尚未展示出多少文学创作的才华”[②]。这似乎印证了出版方的看法：一些恶意的评论并不是针对这本书，而是针对作者。在考夫曼看来，《死亡之匣》语言枯燥，作者过度运用一些表现手法以达到“含混”(ambiguity)的效果，但是“诗性的含混远非这部小说所能及也”[③]；人物刻画也非常木讷、老套，最难以容忍的是这部小说意义晦暗不明，所以他不禁恼怒地质问它“到底要表达什么”[④]。《纽约时报》的一篇书评也持相似的观点，认为桑塔格写写随笔尚算不错，但是其小说都让人失望，甚至委婉地建议桑塔格不妨细细思量一下人物的发展、小说的节奏、语气的真实性等问题。该书评作者尤其反感《死亡之匣》中反复用括号标示的“现在”(Now)一词：它的实际效果到底是什么？(What is its real effect?)最后他不无挖苦地说《死亡之匣》的惊悚结尾也许是按照经典的英国恐怖电影《死亡之夜》(*Dead of Night*, 1945)敷衍而成的。[⑤] 12年过后，针对此类指责，拉里·麦卡弗里(Larry McCaffery)在细读《死亡之匣》之后予以反击，指出对它所作的评论几乎清一色地表明评论者们误读了桑塔格的本意，小说中饱受诟病的表现手法，其实是桑塔格根据叙事对象而做出的选择，归根结底整个故事是发生在主人公迪迪的大脑中的，是“梦叙述”(dream narrative)，所以作者采用了多种形式实验，以求用语言来表现人物思想中发生的事情。大多数评论家反对的所谓“雕虫小技”并非没有必要，桑塔格正是借此搭建起迪迪从梦境走向死亡的形式结构。[⑥]

辛西娅·奥泽克(Cynthia Ozick)认为《恩主》“没有受益人(beneficiaries)，(这种写作方式和风格)在桑塔格自己的作品或在她的崇拜者的作品中都没有再

---

① POAGUE L, PARSONS K A. Susan Sontag: An Annotated Bibliography 1948—1992[M]. New York and London: Garland Publishing, Inc., 2000: 463 - 468. 文中列出了相关文章的简要介绍，数据为笔者统计。

② KAUFFMANN S. Interpreting Miss Sontag [J]. New Republic, 1967, 157(10): 24.

③ KAUFFMANN S. Interpreting Miss Sontag [J]. New Republic, 1967, 157(10): 45.

④ KAUFFMANN S. Interpreting Miss Sontag [J]. New Republic, 1967, 157(10): 46.

⑤ FREMONT-SMITH E. Review of Death Kit [N]. The New York Times, 1967 - 08 - 18(31).

⑥ MCCAFFERY L. Death Kit: Susan Sontag's Dream Narrative [J]. Contemporary Literature, 1979, 20(4): 487.

现过”[①]。其实不然,无论评论界对《死亡之匣》的褒贬如何,有一个共同点值得关注,那就是将其与《恩主》进行比较,而且达成的共识就是《死亡之匣》被认为是《恩主》的姊妹篇。对此,桑塔格的传记作者也承认:事实上,《死亡之匣》读起来就像是她出版的第一部长篇的继续。[②]《恩主》采用的是第一人称叙述,主观性很强,与其相比,《死亡之匣》的“我”被第三人称取代,采用主人公迪迪的有限视角来展开故事情节,这在学界已成定论。通过广泛地收集各类研究材料,我国学者在国内第一本研究桑塔格的专著中明确地指出《死亡之匣》是“以第三人称的叙述方式,讲述了一位寻找双重自我的美国青年迪迪与社会和自我生存本能相疏离的故事”[③]。但令早期的评论者不满的是除了第三人称,小说还影影绰绰地将“我们”不时地穿插进文本中,视点出现了混乱。麦卡弗里坚持视点问题乃是本部小说最重要的形式特色,表面上的第三人称并不是传统意义上的用法,迪迪只是被伪装成一个第三人称的叙述者,而从他的叙述转到“我们”的叙述也没有什么怪异之处,反而是相宜的,因为作为一部“梦叙述”之作,“身处其中的迪迪既是梦的旁观者又是梦的参与者”[④]。不过,从单数的“我”走向复数的“我们”,又何尝不是桑塔格跨过自欺的小“我”,严肃地思考小“我”之外的世界,迈向了少年时代便默然关注的整个人类的存在问题,即大“我”。

的确,《死亡之匣》同《恩主》一样充斥着迷离的梦境,但与《恩主》由荒诞不经的梦所构成相比,它围绕的中心是由自杀、谋杀和屠杀导致的死亡。如果说《恩主》是通过梦来追寻存在的话,那么《死亡之匣》就是更往前迈进了一步,通过或隐或现地表现三种致死的方式来继续叩问存在。

一、自杀:“局外人”的生存困境

在信奉基督教的西方国家,自杀者往往会在死后受到极其严厉的惩罚。[⑤]

---

① OZICK C. Susan Sontag: discord and desire [J]. New Criterion, 2006,24(7): 79.

② 罗利森,帕多克. 铸就偶像: 苏珊·桑塔格传[M]. 姚君伟,译. 上海: 上海译文出版社,2009: 144.

③ 王予霞. 苏珊·桑塔格纵论[M]. 北京: 民族出版社,2004: 147.

④ MCCAFFERY L. Death Kit: Susan Sontag's Dream Narrative [J]. Contemporary Literature, 1979,20(4): 488.

⑤ 陆扬. 死亡美学[M]. 北京: 北京大学出版社,2006: 235. 文中提到,比如在中世纪的法国,如果男子自杀,其尸体或者被倒吊示众,或者装入樊笼,拖过长街,以戒世人。路易十四于 1670 年公布的刑法在法律上正式规定了对自杀者的三种惩罚: 其一,将自杀者的尸体脸朝下放入樊笼,拖过长街,而后高挂起来,或抛于垃圾堆上示众;其二,自杀者的财产一律充公;其三,自杀者若是贵族,全家贬为平民,毁尽林地,拆毁城堡,打碎家族徽章。在英国,自杀曾经是与抢劫和谋杀并列的罪名。

但是自杀现象自古有之，从未间断过，因而常常激起人们的反思。到了 19 世纪，实施自杀的行为被当成一种精神上的迷狂，因而“风靡整个 19 世纪的观点是，将自杀视为精神错乱的一种独特形式并相信只有在精神错乱的情况下才会出现自杀”[①]。当历史前行到 20 世纪时，甚至还有一段与自杀有关的乐坛公案。匈牙利作曲家赖热·谢赖什（Rezsö Seress，1889—1968）在 20 世纪 30 年代创作的钢琴曲《黑色星期天》（“Gloomy Sunday”）被制作成唱片在全球发行之后，据说直接引发了无数的自杀事件，在英、美、法等国的干预下被列为全球禁曲。这未必能说明这首曲子的恐怖，但足见自杀的人数之众和在公众中的影响之大。20 世纪还尤其沉痛地见证了作家们的自我摒弃：杰克·伦敦（Jack London）、海明威（Ernest Hemingway）、叶赛宁（Sergei Yesenin）、马雅可夫斯基（Vladimir Mayakovsky）、茨威格（Stefan Zweig）、弗吉尼亚·伍尔夫（Virginia Woolf）、西尔维娅·普拉斯（Sylvia Plath）、芥川龙之介（Ryunosuke Akutagawa）、川端康成（Kawabata Yasunari）、三岛由纪夫（Yukio Mishima）……这一个个在文坛上光彩照人的作家最后都选择了放弃自己的生命。自杀现象也是学术界和思想界经常关注的话题。加缪在其著名的《西绪福斯神话》（又译《西西弗斯神话》）中就直奔自杀的主题：“只有一个真正严肃的哲学问题，那就是自杀。判断人值得生存与否，就是回答哲学的基本问题。”[②]《死亡之匣》亦在开篇对迪迪的情况略作交代之后便写到了他的自杀，故事则是从他自杀后真正开始的。

加缪认为人们自杀是源于“局外人”般彻骨的孤独感和荒诞感，在“突然被剥夺了幻觉和光明的宇宙中，人就感到自己是个局外人”[③]。“局外人”是存在主义代表作之一《局外人》的核心词汇，加缪在这部小说中刻画了一个时年 37 岁、名叫莫尔索的人，他是一名公司职员，对一切都漠然置之，还无缘无故地杀了人，即便在被处决的前夜，他也依然是一副事不关己的姿态。那么在《死亡之匣》中，迪迪又是如何成为一个“局外人”的呢？我们不妨将小说里有关迪迪的信息综合起来，拟一个前传：迪迪，男，文质彬彬，一表人才，性情温和，受过良好的教育，现年 33 岁，离异，无子女，父母双亡，弟弟是知名的钢琴家，偶尔有来往。他远离家

① 帕佩尔诺．陀思妥耶夫斯基论作为文化机制的俄国自杀问题[M]．杜文鹃，彭卫红，译．长春：吉林人民出版社，2003：31.

② 加缪．加缪文集[M]．郭宏安，等，译．南京：译林出版社，2001：624.

③ 加缪．加缪文集[M]．郭宏安，等，译．南京：译林出版社，2001：626.

乡，供职于纽约一家显微镜制造公司，任广告部副主任，中规中矩，生活很有规律。他是人们眼中的“好人儿”，而且“人们很难不喜欢这样的人，灾祸也避他三分”①。但就是这样一个大好人，决定以自杀终结一生。离婚后，迪迪的感情生活就像是一张被橡皮擦过的白纸，但已经无法回到最初的纯白了。文中也没有提到他有什么朋友，同事之间也是公事公办的关系。他虽然人缘和口碑都不错，但是从不曾进入别人的内心，别人也不曾在他的心中占据重要的地位，他就像一个生活在生活之外的局外人。

《死亡之匣》的故事创作于、发表于并发生于20世纪60年代的美国，这是一个无法回避的信息点。用2008年诺贝尔经济学奖得主保罗·克鲁格曼（Paul Krugman）的话来说，“六十年代”是“嬉皮士与激进学生的年代，是极右工人殴打长发青年的年代，也是战争与抗议的年代”②。在这个不平凡、不平静的年代，存在主义自20世纪40年代末跨越其诞生地——悲情的欧洲——着陆美国后依然施展着难以抗拒的魅力。程巍对这一现象的考察可谓切中肯綮：

> 中产阶级的孩子们往往是以直观的方式，来体验这个既给他们带来富裕又带来恐怖的时代。这导致了存在主义情感的流行。加缪、萨特这些法国存在主义者的著作在50年代被陆续介绍和翻译到美国。一时间，人人嘴边都挂着“绝望”“自杀”“荒诞”“烦”这些字眼，往日无忧无虑的中产阶级公子哥儿和千金小姐们如今都变得满脸忧伤，心事重重了。③

迪迪正是这样一个“中产阶级的孩子”，但是在“六十年代”中期，33岁的他可谓处于一个尴尬的年龄，既不是“极右工人”也不是“长发青年”，不仅在情感生活上置身局外，在社会生活上似乎也只能袖手旁观，因而作为“局外人”的他所体验的荒诞感远比“局中人”们更为沉重，与他人的关系也更为疏离。

迪迪将自己最初的自杀企图与儿时保姆送给他的名叫安迪的布娃娃联系起

① 桑塔格，苏珊. 死亡之匣[M]. 李建波，唐岫敏，译. 南京：译林出版社，2005：1. 本书引自 SONTAG S. Death Kit [M]. New York：Farrar，Straus，Giroux，1967 的内容参考该译本，除非特别说明，页码以该译本为准。

② 克鲁格曼. 美国怎么了？一个自由主义者的良知[M]. 刘波，译. 北京：中信出版社，2008：74.

③ 程巍. 中产阶级的孩子们：60年代与文化领导权[M]. 北京：生活·读书·新知三联书店，2006：99.

来。从迪迪的回忆中可以得知,即便是父母双全、有弟弟陪伴、有保姆照料的儿童时代,他也是无所适从,极其孤独。对于父母的感情,他是用“害怕”来描述的,而安迪胜过父母、弟弟和保姆,成了他最亲的伙伴。他将依恋之情交付于物,而不是人。然而令人不安的是,他视若珍宝的安迪经常会沦为他虐待的对象,每当他自己受到惩罚或侮辱,他就会对安迪施暴,或者每当他对安迪的独占权受到威胁,他也同样对安迪进行摧残。这个布娃娃变得千疮百孔,残缺不全:头发被拔掉,眼睛被剜掉,衣服被扯烂,四肢被拧断……正因为如此,“安迪每添一次新伤,就越发成为一件珍贵的历史图腾,一本记录迪迪无助的悲哀的画册……正是在惨遭损毁的过程中,这只布娃娃才变成了迪迪的宝贝”(DK, 60)。迪迪 11 岁的时候,为了在其他男孩子面前逞英雄,掩饰自己对安迪的恋物癖,假托它是从一个想象出来的堂妹那儿偷来的爱物,把它扔进了万圣节的篝火,等到这些男孩子幸灾乐祸地大喊“迪迪焚烧了安迪! 迪迪焚烧了安迪!”,他才知道他不仅自欺欺人,遭受了更大的侮辱,而且永远失去了安迪,也就是在那以后,“迪迪感到他那颗坏了的心变成了一只铁皮保险柜”(DK, 61),深深地封锁了起来。安迪事件的影响是如此之深,以至于迪迪成年后只要能睡着,梦见的就是那只布娃娃。更为甚者,“迪迪近来意识到,那是自己第一次自杀的企图”(DK, 64)。从自己所拥有的东西来看,人最宝贵的莫过于自己的生命,而当生命中最重要的东西被自己亲手摧毁时,那种痛彻心扉的感觉也无异于一次自杀。

孤独封闭了迪迪的心扉,使他在失去安迪之后陷入深深的追悔之中,成为他日后自杀的一个诱因,但是加快了这一行为的却是无处不在的荒诞感。“局外人”是人们的一种遭受放逐的感觉,而“这种放逐无可救药,因为人被剥夺了对故乡的回忆和对乐土的希望。这种人和生活的分离,演员和布景的分离,正是荒诞感”①。在《死亡之匣》中,迪迪就是处于这样一种分离的状态之中:“迪迪与世无争,难说他活在这世上,但却有其生命。活着和有生命可大不一样。有些人就是生命本身。而另有一些人,譬如迪迪,只是寄居在自己的生命里。”(DK, 2)这个抽象的寄居之所却面临着溶解和坍塌,乃至污水横流,肮脏不堪,难以呼吸。深夜和凌晨是迪迪难熬的时间段,就连“窗户和镜子都带有死亡的诱惑”(DK, 6)。迪迪朝九晚五的生活在波澜不惊中隐含着深刻的危机:“仅仅有一天,产生了‘为

① 加缪. 加缪文集[M]. 郭宏安,等,译. 南京:译林出版社,2001:626.

什么’的疑问，于是，在这种带有惊讶色彩的厌倦中一切就开始了。”[①]当生活日复一日地简单重复着，生存的意义无从觅得时，由此产生的厌倦情绪便使周围的一切笼罩在百无聊赖的色彩中。人们往往把自杀当成一种社会现象来处理，这固然有道理，不过加缪首先强调的是个人的思想与自杀的密切联系，因为自杀“这样的一个行动如同一件伟大的作品，是在心灵的沉寂中酝酿着的”[②]。如前所述，迪迪的自杀企图从儿时便埋下了祸根，一旦他环顾身边的世界，回顾自己的过去，一直蛰伏在心底的自杀情结便被激活了，荒诞感更是有如鬼魅附体，挥之不去。就算是看着街上闪烁的霓虹灯，迪迪的心中也“涌出一种荒诞不经的想法——他知道这是荒诞不经的想法——招牌灯一旦在黎明时分熄灭，他的心脏也会停止跳动”(DK，56)。

加缪则用非常形象的语言描述了每个普通人都有可能遭遇的、随时都会不期而至的这种感觉：荒诞感可以在随便哪条街的拐弯处打在随便哪个人的脸上。它就是这样，赤裸得令人懊恼，明亮却没有光芒，它是难得有把握的。[③] 随着荒诞感的不断加剧，迪迪已经无法直面自己的生活，因为“在他看来，没有一件工作是有意义的。没有一块地方是好客的，几乎所有的人都奇形怪状，任何气候都不合季节，任何处境都充满危险”(DK，4)。他不能为继续活下去提供一个充分的理由，终于在某个深夜 12 点 30 分屈从于死亡的召唤，服下一瓶安眠药自杀。

死亡，是每个人都无法逆转的必然结局。萨特在谈论这个问题时否定了自杀的意义：

> 求助于自杀来逃避这种必然性是徒劳的。自杀不能被认为是以我作为自己基础的生命的终止。事实上，作为我的生命的活动，自杀本身要求一种只有将来才能给予它的意义；但是由于它是我生命的最后一个活动，它排斥了这个将来；因而，它仍然是完全不确定的。如果我事实上逃避了死，或者如果我“自杀未遂”，我后来会不会把我的自杀判断为一种懦弱呢？结局不能向我表明另外的结果也是可能的吗？但是，

---

① 加缪. 加缪文集[M]. 郭宏安，等，译. 南京：译林出版社，2001：631.
② 加缪. 加缪文集[M]. 郭宏安，等，译. 南京：译林出版社，2001：625.
③ 加缪. 加缪文集[M]. 郭宏安，等，译. 南京：译林出版社，2001：629.

> 由于这些结果，只能是我自己的谋划，所以它们只能在我活着的时候显现出来。自杀是一种将我的生命沉入荒谬之中的荒谬性。[①]

萨特此处所言的荒谬是荒诞的对等物。"局外人"本身生活在荒谬之中，若要以自杀来解决荒谬，那只能沉入更巨大的荒谬之中。加缪在这一点上与萨特是高度一致的，他同样反对以自杀作为抗击荒诞的手段，相反，他提倡正视荒诞，以活着来进行真正的对抗，而"自杀表现不出反抗的逻辑的结局"[②]，荒诞的生活自有其高贵之处，人的反抗突显的是生存的尊严，就像受到惩罚的西绪福斯执着地一次次将巨石推上山顶，永无终结，却永不放弃。通过人的活动，"人类骄傲的景象是无与伦比的。任何贬值都莫奈它何"[③]。

二、谋杀："他人就是地狱"的人际关系

自杀无法证明"我在"，相反，只能证明"我"的不在。桑塔格在《死亡之匣》中将迪迪自杀的结果悬置起来，直到小说的最后一句，读者也不能肯定迪迪到底是自杀未遂还是自杀成功即将死亡，这正是萨特所分析的自杀的不确定性，也是故事赖以展开的基础：假如他侥幸逃脱死亡，他接下来的生活又将呈现何种景象？

随着小说情节的推进，迪迪自杀后被邻居发现，立刻被送往医院，脱离了危险，又回到了从前的生活状态之中。不久公司派他去北方总部开一个为期一周的会议，他乘坐的火车中途出了故障，停在一个隧道里。他下车察看时与一个在隧道里干活的工人话不投机，产生了摩擦。迪迪害怕工人会置他于死地，情急之下将工人杀死。等他返回车厢，准备向他的旅伴——去他开会的城市做眼部手术的美丽的盲女孩赫斯特倾诉这次可怕的经历时，女孩却否认他离开过车厢。就像莫名其妙地杀死工人一样，迪迪又在莫名其妙中与初次见面的赫斯特在火车的卫生间里有了肌肤之亲。在短短一周的交往后，迪迪决定向她求婚，并把手术失败的赫斯特带回了纽约，自己则辞去工作，日日与她厮守在一起。奇怪的是，平静安宁的婚姻生活却使迪迪一天天地委顿下去，工人之死在他心头愈发挥之不去，于是他拖着病体，带着赫斯特再一次回到那条他无法忘怀的隧道，竟然

---

① 萨特.存在与虚无[M].陈宣良，等，译.北京：生活·读书·新知三联书店，2014：654-655.
② 加缪.加缪文集[M].郭宏安，等，译.南京：译林出版社，2001：659.
③ 加缪.加缪文集[M].郭宏安，等，译.南京：译林出版社，2001：660.

又遇到了一个与他认为已经杀死的工人非常相像的人，杀人的场景重新上演。更为匪夷所思的是，迪迪与赫斯特就在距离工人尸体几英尺远的铁轨中间大尽鱼水之欢。随后迪迪撇下似乎昏睡过去的赫斯特在隧道里探索，却来到了一个巨大的墓穴，里面停放着一口口棺材或者干脆就说堆放着一具具尸体。迪迪就这样"往前走着，寻找自己的死亡"(DK，328)，小说到这里也就戛然而止了。

由此可见，假如迪迪死里逃生，迎接他的仍然是如影随形的死亡，而且后果更为严重，从剥夺自己的生命转为剥夺他人的生命，由自杀恐惧转为异己恐惧，落入了"他人就是地狱"的泥淖之中。"他人就是地狱"是萨特在独幕剧《隔离审讯》(*No Exit*，1944)中提出的一个著名的观点，他后来对这个观点进行了解释："这句话总是被人误解，人们以为我想说的意思是，我们与他人的关系时刻都是坏透了的，而且这永远是难以沟通的关系。然而这根本就不是我的本意，我要说的是，如果与他人的关系被扭曲了，被败坏了，那么他人只能够是地狱。"[①]迪迪由自杀迈向谋杀，其间与他人的交往可谓龃龉不断，隔阂重重。他人是他的地狱，反之亦然。

迪迪的商务旅行充满了象征意义。他所在的六人间车厢是"旅途中的小囚室"，大家"被迫为邻"(DK，11)。在他的观察之下，同车厢的乘客几乎一无是处：赫斯特的伯母不修边幅，"一准是个做事有过之而无不及的女人，而且习惯于赠送人家不想要的东西"(DK，11)；大腹便便的牧师有着"一张心理医生接受初期训练时的脸"，"遮着面纱，麻木不仁"(DK，13)；邮票贩子"身上散发着廉价刮脸油或是古龙水的气味，不无炫耀之嫌"(DK，12)。只有赫斯特是个例外，"秀气得不得了"(DK，11)，但是她戴着的一副大墨镜暂时隔断了与迪迪的交流，迪迪只能感叹"那是你的一堵墙！"(DK，12)这个场景与《隔离审讯》颇有异曲同工之妙，后者的地点也是在一个封闭的空间里——地狱，只不过这个地狱并不是但丁笔下五花八门的惩戒之所，而是一个房间，三个生前互不相识的死者被迫同处一室，彼此勾心斗角，互相攻讦，每个人既是清醒的注视者，又是被注视者，就在不动声色中造就彼此的地狱。迪迪乘坐的"私掠号"[②]列车对他来说可

---

① 萨特. 他人就是地狱：萨特自由选择论集[M]. 周煦良，等，译. 西安：陕西师范大学出版社，2003：10.

② "私掠号"(Privateer)，斯坦利·考夫曼分析这个名字是"私处"(privates)和"私自"(privacy)的组合，前者带有浓重的弗洛伊德主义色彩，因为它"停在隧道里"，后者则表示私自为之的(对生命的)掠夺。详见：KAUFFMANN S. Interpreting Miss Sontag [J]. New Republic，1967，157(10)：45.

谓驶向地狱的死亡之车，不仅令他感觉深陷囹圄，而且在三重意义上可能导致了工人的死亡。迪迪在寻找真相的过程中得到了工人死因的三个版本：一是可能是迪迪从车上下来亲手杀死了他；二是可能列车根本不曾在隧道停靠，由于各种疏忽直接碾过工人致其死亡；三是工人一心求死，卧轨自杀身亡。从不曾有人怀疑过迪迪会与此事有关联，是他自己欲罢不能，急欲在这三个可能中明确工人之死与他的直接关系。在他的记忆中，他在火车突然停止运行后为了一探究竟，只身前往幽暗的隧道。当他发现一个工人正在拆除阻挡火车的障碍物时，便上前与工人搭讪，工人却并不领情，对他不理不睬。这时"一个念头从迪迪的意识边缘掠过，一种十分不祥的预感。也许这个工人是个破坏分子，他想毁坏隧道，也许……"(DK, 21)，未经任何有效的交流就将一个毫不相干的人预想为破坏者，这与迪迪将同车厢的乘客审视一番后得出极其负面的结论是一样的。不过这个念头没有使迪迪退却，他开始以言语挑衅工人，但对方只是举起斧头恐吓了几声后就表示不愿与他纠缠了，背对着他准备继续干活。迪迪把工人这种毫无防备的动作理解为偷袭，"知道那人会猛地侧转身来，把他劈个脑袋开花"(DK, 23)，于是先下手为强，用撬棍将其击毙。此时的一个细节描写透露出迪迪杀人后的第一反应，他由于用力过猛，手被震得发麻，心疼不已："可怜的手指，火辣辣地疼。如果哭一场手能不疼的话，他会哭的。"(DK, 24)残害一条人命还冷血至此，不能不令人发指。接下来他才细细思忖自己的所作所为，内心交织着恐惧、被放逐的痛苦感觉和负罪感。谋杀的念头就像自杀的念头一样，其实也一直隐藏于他的潜意识之中。迪迪的内心独白暴露出这二者之间可怕的转换："我在内心深处是个杀手……我一直认为我体内只蕴藏着自己的死亡。就像没完没了的怀孕一样，但不管怎么说，这样的怀孕总有一天会结束，让人始料不及。然而现在生出来的却不是我的死亡，而是别人的。这是我一直担心会出现的结局。"(DK, 25)[①]这至少说明他虽然一直确实有自杀的倾向，但终究无法"坦然地接受自己的死亡，避免将自己的死亡本能转变为残杀他人的举动"[②]，而是走向了反面。他从车厢的禁闭中逃脱，又被隧道禁闭，依旧走不出地狱般的人际迷局。他把自己的死亡本能转移之后，竟然"从来没有像现在这样感到自己活着"(DK, 25)。

---

① 着重号为笔者所加。

② 靳凤林. 死，而后生：死亡现象学视阈中的生存伦理[M]. 北京：人民出版社，2005：332.

根据小说中偶尔透露的信息,迪迪自杀后经历的种种离奇事件是他在医院被抢救过程中出现的幻觉,"描述了意识的极端恶化",他的意识之旅表现为"躺在医院的病床上奄奄一息时所经历的一场迷幻的梦"[①]。麦卡弗里也是基于这个判断宣称它是"梦叙述",而索恩亚·塞尔斯(Sohnya Sayres)显然也持相似的观点,并且认为这种全封闭式的意识活动"使迪迪对确定性(certainty)的追寻更加统一,因为它不会受到外界的干预"[②]。小说的绝大部分都是以煞有介事的客观口吻来叙述的,只有到了结尾部分,当迪迪再次杀死工人,沿着隧道进入一座死亡迷宫时,读者才若有所悟:原来这些完全不合常理的事情不过是虚构中的虚构。小说开头部分所写的"一个年轻的黑人,看上去干干净净,身穿白色夹克衫,白裤子,身上散发着呕吐物的气味"(DK, 6),与尾声部分的倒数第二段形成了呼应:"一个穿着白衣白裤、身材苗条的年轻黑人推着一辆病床车来到他的床边。一股呕吐物味。是从谁身上发出来的?是从迪迪身上。"(DK, 328)洛佩特似乎很能理解读者的感受,在《关于桑塔格的札记》一书中,他写道:"我经常听到一些熟人或研究生(其中有些可是非常聪明的)说当他们读桑塔格的作品时,感到自己很愚蠢。正如一位颇有思想的作家朋友所说:'我觉得就像我有一个大脑,而她有两个似的。'……我认为(给人留下这种印象)是桑塔格故意为之的一种策略,就是要让读者感到愚蠢。"[③]估计这远非桑塔格的本意。一位翻译了桑塔格不少作品的译者的回答或许更接近事实,他视桑塔格为"一位瞄准金字塔顶尖的作家"[④]。她希望她的读者是广大读者群中的佼佼者,能够在她的文字迷宫里清醒地思考,而她本人则在思考之后,为一个向死而生的人重新安排生活,得到的结局却依然不容乐观,反而更加令人齿寒。

三、屠杀:"难以启齿"的越南战争

《死亡之匣》将迪迪的自杀和谋杀展现得如梦似幻,小说形式有很强的实验性,因此麦卡弗里赞其为"'六十年代'出现的最有趣、最成功的实验小说之

① KENNEDY L. Susan Sontag: Mind as Passion [M]. Manchester: Manchester University Press, 1995: 54.

② SAYRES S. Susan Sontag: The Elegaic Modernist [M]. New York: Routledge, 1990: 72.

③ LOPATE P. Notes on Sontag [M]. Princeton: Princeton University Press, 2009: 129.

④ 黄灿然. 译后记[M]//桑塔格. 同时:随笔与演说. 黄灿然,译. 上海:上海译文出版社,2009: 243.

一"[1]。关于"六十年代"的小说,莫里斯·迪克斯坦(Morris Dickstein)在《伊甸园之门:六十年代的美国文化》(*Gates of Eden: American Culture in the Sixties*, 1977)中有精辟的论述,肯定了其实验性和反抗性,"所反抗的对象是传统形式的束缚和自第二次世界大战以来一直占统治地位的小心翼翼的现实主义和心理的内向性"[2],但是作家们没有止步于纯粹的实验,而且"并没有抛弃现实主义,毋宁说,他们是根据本身荒诞不经的事实创作怪诞或欢闹的(但又是精确的)作品"[3]。也就是说,"六十年代"本身便孕育着荒诞,体现着荒诞,像《死亡之匣》这一类的作品其实是以怪表怪,而不是脱离现实,闭门造车。在迪迪荒诞的人生旅途中,又隐含着什么样的社会现实呢?桑塔格本人早在1968年的一次采访中就直言不讳地解释了《死亡之匣》的写作动机:"要知道我经常考虑《死亡之匣》本来应该被称为《我们为什么在越南?》的,因为它涉及的是正在毁灭着美国的毫无意义的暴力和自我摧毁的行径。"[4]她这番话是语出有因的。熟悉美国当代作家作品的读者知道,如果《死亡之匣》真有可能改一个名字的话,那也不会是《我们为什么在越南?》,因为在它出版的同年,诺曼·梅勒(Norman Mailer, 1923—2007)的一部小说也一起问世,标题恰恰就是《我们为什么在越南?》(*Why are We in Vietnam?*),而该作品长久以来一直被文学批评家看作美国对越战争的"政治寓言"[5]。桑塔格在此次采访中就是要表明她与梅勒同声共气的反战立场,而她的这一用心往往都被人忽视了。人们也许只注意到《死亡之匣》里一个普通人真假莫辨的自杀和谋杀,但在其后却隐藏着一个宏大的时代叙事——美国与越南之间的那场战争以及由此带来的大规模屠杀。

众所周知,越南战争(1961—1973)使得美越两国遭受了难以估量的物质损失和无法愈合的精神创伤。戴维·斯泰格沃德(David Steigerwald)在《六十年代与现代美国社会的终结》(*The Sixties and the End of Modern America*)一书中用"令人难堪"来形容这场战争,因为"一个超级大国不慎在阴沟里翻船而蒙受了暂时的苦难",但是"数不胜数的越南人在这一场非同一般的独立战争中死去,

① MCCAFFERY L. Death Kit: Susan Sontag's Dream Narrative [J]. Contemporary Literature, 1979,20(4): 484.
② 迪克斯坦.伊甸园之门:六十年代的美国文化[M].方晓光,译.南京:译林出版社,2007: 231.
③ 迪克斯坦.伊甸园之门:六十年代的美国文化[M].方晓光,译.南京:译林出版社,2007: 231-232.
④ TOBACK J. Whatever You'd Like Susan Sontag to Think, She Doesn't [J]. Esquire, July 1968: 60.
⑤ 谷红丽.一曲嬉皮士的悲歌:重读诺曼·梅勒的小说《我们为什么在越南?》[J].当代外国文学,2005,(3): 129-135.

而只有大约 60 000 名美国人死亡或失踪。对于现代战争而言，美国的伤亡情况似乎还可以接受”[①]。2000 年，桑塔格在一次采访中也说道：“美国对越南的侵略战争使我不能自拔。即使到今天，美国人都还在谈论 56 000 名战死在越南的美国士兵。这是个大数目。但是，有 300 万越南士兵和无数平民百姓死了。而越南的生态环境被严重毁坏。扔在越南的炸弹比在第二次世界大战所扔的炸弹总数还多，与朝鲜战争中投的一样多。美国进入这些国家时，其军备悬殊的程度是惊人的。”[②]随着战争的不断升级，美国国内的反战情绪越来越强烈，人们组织了形式多样的反战游行示威行动，桑塔格本人也在 1967 年底走上街头加入历时三天的反战抗议，被捕入狱，1968 年 1 月出庭后获释。1966 年夏天她在回答《党派评论》寄给她的调查问卷中对时任总统林登・约翰逊（Lindon Johnson，1908—1973）将越南战争扩大化予以了谴责，指责他打着美国法律制度的幌子大行不义：“我不认为约翰逊现在的所作所为是‘我们的制度’所迫的。比如说，他每晚都是自己决定第二天在越南的轰炸目标”，不过制度的确有严重的漏洞，以致“总统可以毫不顾忌地实施一个不道德的、轻率的外交政策”[③]。在《死亡之匣》中，越南战争是令美国人“难以启齿”（unspeakable）的战争，完全是没有意义的非正义之战，“没有得土失地之说，胜利的唯一标准就是数有多少具黄种人的小骨架尸体”（DK，174）。“小骨架”不仅仅指“黄种人”的体格特征，而且也暗指包括儿童在内的无辜的平民被夺去生命。比如迪迪参加一个演播节目时在电视台看到播音员就一幅照片进行讲解，照片上一个美国士兵在审讯一个十来岁的敌方俘虏，“这个俘虏跪在地上，眼睛被蒙起来了”（DK，174）。人的尊严被践踏殆尽，本应享受快乐童年的天真无邪的儿童也在这场荒唐的战争中沦为可悲的牺牲品。

正因为其“难以启齿”，桑塔格干脆对战争的具体名称不置一词，整部小说完全没有提到“越南”二字，这与梅勒的《我们为什么在越南？》也形成了呼应，后者虽以“越南”为题，但小说里只出现了一次“越南”的字眼。利亚姆・肯尼迪（Liam Kennedy）是为数不多的注意到《死亡之匣》影射越战的评论家之一，他很

---

① 斯泰格沃德. 六十年代与现代美国的终结[M]. 周朗，新港，译. 北京：商务印书馆，2002：137.

② 桑塔格，陈耀成. 苏珊・桑塔格访谈录：反对后现代主义及其他[N/OL]. 黄灿然，译. 南方周末，2005 - 01 - 06 [2013 - 08 - 03]. http://www.southcn.com/nfsq/ywhc/ls/200501060743.htm.

③ 桑塔格. 激进意志的样式[M]. 何宁，周丽华，王磊，等，译. 上海：上海译文出版社，2007：211.

中肯地道明了两者之间的关系，认为所谓"难以启齿"若从字面意义上理解也是对的，因为"越南"一词从未提及。桑塔格显然是在暗示战争的恐怖使人类的反应变得麻木，使语言无法表达现实。越战只是小说的背景，小说所要传达的并不是简单的战争主题，但是迪迪的死亡之旅寄寓着有关个人和国家负罪与否的种种疑问。[①] 迪迪的荒诞举止是一个隐喻，就像一滴水，折射出整个国家所陷入的荒诞境地，作者的愤怒通过迪迪谋害他人生命还以战争为借口来自我安慰倾泻而出。看到有关越战的新闻和图片，迪迪不禁觉得自己为杀死一个人纠结不已感到可笑：

> 想到自己国家的所作所为，正在对一个无还手之力的小民族进行一场费力费时的大屠杀——而这只是本世纪一系列难以想象的罪恶暴行中最近的一次——迪迪(现在)觉得在过去的四天里竟为仅仅杀死一个人而自责不已真是小肚鸡肠。想到自己所做的事发生在这颗行星这个年代，真是太微不足道了。(DK，175)

这段话虽然无情至极，但矛头所指却是战争，它所带来的浩劫使得个体的蠢行或恶行也相形见绌。洛佩特据此批评桑塔格对美国没有好感，完全是出于不喜欢这个地方而言语刻薄，《死亡之匣》也许最能体现她竭力要描写当代美国的生活，但"问题是她对这个国家或人民了解得并不充分，所以在她笔下呈现出一派败坏之相"[②]。由于洛佩特对桑塔格的小说才华颇为否定，他的另一段更为偏激的论述实则动摇了其观点的公允性，在他眼里，"《死亡之匣》糟糕透了，还装腔作势，自命不凡"，不过他还是点出了这部小说与"六十年代"的契合之处，因为它具有"大多数'六十年代'小说中冷酷的感受力，讥讽美国梦的虚空"[③]。克鲁格曼戏仿狄更斯的《双城记》来总结美国的"六十年代"："这是最好的时代，这是最坏的时代。"[④]最好是因为经济空前繁荣，最坏是因为越战升级、死伤惨重，战争与和平问题撕裂着美国。桑塔格认为美国是举着自由的旗帜深陷战争泥潭的，

---

① KENNEDY L. Susan Sontag：Mind as Passion [M]. Manchester：Manchester University Press，1995：57.

② LOPATE P. Notes on Sontag [M]. Princeton：Princeton University Press，2009：149－150.

③ LOPATE P. Notes on Sontag [M]. Princeton：Princeton University Press，2009：146.

④ 克鲁格曼. 美国怎么了？一个自由主义者的良知[M]. 刘波，译. 北京：中信出版社，2008：59.

“作战的目的是为了将这种自由延伸到整个世界”(DK，53)。美国的这个做派时至今日也没有改变，继续频频在世界各地输送自己的价值观，但未必会被其力图“拯救”的对象认可，这从2003年发动的伊拉克战争产生的后果以及2011年5月2日奥巴马宣布“基地”组织头目本·拉登被美军击毙引起的反应可见一斑。后者本来是一件大快人心之举，但国际社会却发出一片质疑之声。桑塔格借笔下人物迪迪对美国强行推行其自由观进行了辛辣的讽刺，其时间性已经超越了“六十年代”。迪迪饱受自责的煎熬，“是因为他没有一个英雄的身份和职业杀人者的工作。他没有一种事业。缺乏一种使自己的行为变得神圣的公众目的。他自责自己只能干点儿杀死个把人的普通勾当，而不能大开杀戒，杀他个昏天黑地”(DK，176)。因此，他判定“当杀人是为了国家，哪怕你每个小时杀死一百个英卡多纳(Incardona)①，人们也会为你欢呼的”(DK，175)。如果迪迪的这种思维方式果真在现实中存在，那后果真是不堪设想。

《死亡之匣》标题所指何物？研究者中有人认为其完全是关乎迪迪个人的，是“迪迪走向他自己真正的死亡时随身带着的东西，这些东西有的来自迪迪的现状，有的来自他过去的深处”②；有人引用桑塔格在《走近阿尔托》一文中的论述，认为“疯狂”(madness)、“超越想象的痛苦”(suffering that surpasses the imagination)、“静默”(silence)以及“自杀”(suicide)构成了现代主义者带入艺术中的局限之匣，亦即他们的“死亡之匣”。③ 桑塔格在1972年接受采访时其实也谈到了这个问题，她希望读者不要拘泥于小说的表层解读，尽管它完全可以被看作一场梦，但是同时也应该产生确有其事的感觉，所以她提倡从两个层面来解读：一是纯虚构的，迪迪经历了一系列的事件后重新激起了死亡的欲望，在收集或组装完自己的死亡要素(death elements)之后确确实实命赴黄泉；二是真实性的，尽管有几桩魔幻事件(magical events)发生，但这些事件在日常生活中却是可信的。④ 桑塔格更强调第二个层面，即魔幻的现实指涉，在小说中体现为“杀”的冲动，所以标题与其说是“死亡之匣”，不如说是“杀人装备”。迪迪为自己，也

① 《死亡之匣》中被迪迪杀死在隧道里的工人的名字。

② MCCAFFERY L. Death Kit: Susan Sontag's Dream Narrative [J]. Contemporary Literature, 1979, 20(4): 487.

③ SAYRES S. Susan Sontag: The Elegaic Modernist [M]. New York: Routledge, 1990: 71.

④ POAGUE L. Conversations with Susan Sontag [C]. Jackson: University Press of Mississippi, 1995: 44.

为素不相识的工人组装起杀人的装备，与此同时，千千万万个迪迪带着更具杀伤力的杀人装备奔向遥远的越南，目标也是从未谋面的人们，他们的远征就像迪迪的死亡之旅一样，既是一种自杀，又是一种谋杀，在越南人民的抵抗中，年轻的美国士兵在这二者之间的选择不啻于“第二十二条军规”，是没有选择的选择，结局只有一个：死亡。桑塔格在《死亡之匣》中那个令人毛骨悚然的陈尸之所为他们安排了一席之地，描述了这样一具尸体：“有一个美国大兵，身穿二十世纪六十年代[①]的军装，左胸口袋上别了一枚银色勋章。”(DK，322)由此看来，索恩亚·塞尔斯的评论真可谓一针见血：“美国从其批准实施的行动中装备起死亡之匣。”[②]

《死亡之匣》中出现了以下三个等式：

死亡＝人生百科全书(DK，326)

人生＝世界。死亡＝完全进入自己的头脑。(DK，327)

将它们置换，则可得出：死亡＝人生百科全书＝世界百科全书＝完全进入自己的头脑。桑塔格将一桩涉及某个孤立的个体的自杀事件演绎为意识领域触目惊心的谋杀，又将整个世界内化为一个如隧道般险不可测的是非之地，也许随时会上演死亡的惨剧，甚至是大规模的杀戮。拉康(Lacan)曾经发问：“仍旧悬而未决的是哪一种死亡，是生命带来的死亡还是带来生命的死亡?”[③]萨特的观点却是：“死永远不是将其意义给予生命的那种东西；相反，它正是原则上把一切意义从生命那里去掉的东西。如果我们应当死去，我们的生命便没有意义，因为它的问题不接受任何解决方法，因为问题的意义本身仍然是不确定的。”[④]死亡不会带来生命，而是将生命的意义消融的一种现象。在《死亡之匣》中，无论是自杀、谋杀还是屠杀，其结果都是将生命的意义化为乌有。迪迪企图以“我死”来狙击荒诞，奢求于死中确立“我在”，但在死亡的临界状态却又将死亡恐惧寄托于他人的不在，想象以血腥的“我杀”来证明“我在”，殊不知“想象力愚弄着我们，所以我们总在希冀得到我们不曾拥有的东西，特别是那些我们已经失去的东西，好像

① 着重号为笔者所加。
② SAYRES S. Susan Sontag：the Elegaic Modernist [M]. New York：Routledge，1990：77.
③ 奥斯本.时间的政治：现代性与先锋[M].王志宏，译.北京：商务印书馆，2004：103.
④ 萨特.存在与虚无[M].陈宣良，等，译.北京：生活·读书·新知三联书店，2014：654.

拥有这些东西,或者重新占有这些东西,我们就会得到拯救”(DK, 163)。生命一旦失去,如何重新占有?正因为如此,瞬间便能夺走千万人的生命,使千万个“我”不在的战争机器尤其当受世人唾弃。

《死亡之匣》以死亡为主题,但其终极目标并不止步于此,正如桑塔格在一次名为“小说家与道德考量”的讲座中谈到“小说的结局带来某种生活顽固地拒绝给予我们的解放:来到一个完全的停顿,但不是死亡,并发现在与引向结局的各种事件的关系中我们所处的确切位置”[①]。停顿不是放弃生活的念想,而是静心三思,参悟“我们所处的确切位置”而后行。尽管《死亡之匣》弥漫着沉滞的死亡气息,竖立着一堵堵厚厚的荒诞之墙,可是桑塔格不忘在这些墙上凿开一个透光的洞孔,让一缕亮光冲破黑暗,照进不堪的现实,点亮生活的希望,这束光就是赫斯特。赫斯特,英文名 Hester,源自希腊文,意为“星星”。[②] 当迪迪在火车上与赫斯特的伯母谈论他公司生产的显微镜时,女孩突然说道:“我要是能用仪器看东西的话,我就会用望远镜。我想看星星。特别要看死亡的星星发出的光。那星星一万年前就死了,但却继续发着光,就好像它不知道自己死了一样。”(DK, 45)这段话在别人听来没头没脑,连深爱她的伯母也不禁说她是“病态劲儿又来了”(DK, 45),不过对于迪迪就意义非凡了。此时的迪迪经历过自杀,又认为自己已经铸下了隧道谋杀的大错,死亡却仍然发光的星星意象多少给了他面对这一切的勇气,加上又与赫斯特有了亲密接触,所以他“再次感到两人之间有一种神秘的心灵沟通,像一股浪潮在他俩之间涌动”(DK, 46)。这股浪潮在小说的尾声部分再次涌动起来,那就是迪迪在陈列各种尸体的墓穴感到恐惧,自问“难道这一切都是一种可耻的孤立,一种毫无意义的折磨”(DK, 327)时,他想象着赫斯特正在某个遥远的展厅长廊平静地等待他,而且“她的角色十分清楚……那就是要拯救他,就像某些童话里的公主那样。爱的力量像潮水一样把他从死亡的国度冲出水面”(DK, 327)。赫斯特是星星,是光亮,是爱,是洞穿荒诞的力量。若每个迪迪都有一个赫斯特相伴,那么他们打开的就不是死亡之匣,而是一本本新的生命之书;各个民族之间若能互相尊重,以爱相待,就不会在毫无意义的战争中断送一个个鲜活的生命,与“他人是地狱”相比,战争是更大的地狱,“比

---

① 桑塔格.同时:随笔与演说[M].黄灿然,译.上海:上海译文出版社,2009:229.

② Anon.[EB/OL].[2012-06-13].http://www.thinkbabynames.com/meaning/0/Hesterr.

任何把我们拖入这场恶臭的战争的人所可能预期的更可怕的地狱”[①]。桑塔格在2001年耶路撒冷国际文学奖的受奖演说中坚定地表明：“作家的首要职责不是发表意见，而是讲出真相……以及拒绝成为谎言和假话的同谋”[②]，从《死亡之匣》中我们看到的就是这样一个终身追寻“文字的良心”的作家。

第三节 《恩主》与《死亡之匣》中的存在与写作

桑塔格从《恩主》中的自欺到《死亡之匣》中的荒诞都是紧扣存在主义的哲学观点，在这两部小说中，写作本身亦是一个不容忽视的重点问题。正如萨特在其著名的自传《文字生涯》中所总结出来的“我写作故我存在”，桑塔格在《恩主》与《死亡之匣》中除了深切关注人类的存在状态之外，还赋予写作另一重意义：宣告自己的存在。萨特从“我写作故我存在”推演出的“我××故我存在”并非随意的东挪西用，而是柳鸣九称之的“一种精英者的哲学公式，而非芸芸众生、行尸走肉者的存在公式”[③]。桑塔格将其贯彻到小说中，的确是一个青年精英的精彩演绎。

一、编码:“隐含作者”的焦虑

本章第一节论述《恩主》的不可靠叙述方式时提到了与其密不可分的另一个关键概念“隐含作者”。“隐含作者”乃是作者的第二自我，申丹用一个简化的叙事交流图解释了“隐含作者”的概念：

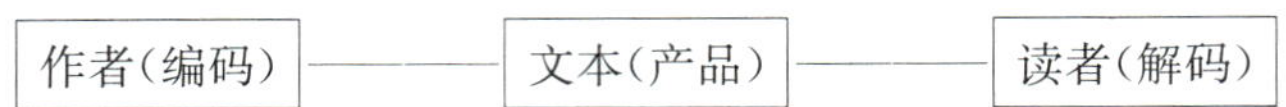

就编码而言，“隐含作者”就是处于某种创作状态、以某种立场和方式来“写作的正式作者”；就解码而言，“隐含作者”则是文本“隐含”的供读者推导的这一写作者的形象。申丹进而指出，所谓故事的“正式作者”其实就是“故事的作者”，

① 桑塔格. 同时：随笔与演说[M]. 黄灿然，译. 上海：上海译文出版社，2009：146.
② 桑塔格. 同时：随笔与演说[M]. 黄灿然，译. 上海：上海译文出版社，2009：155.
③ 柳鸣九. 自我选择至上：柳鸣九谈萨特[M]. 北京：东方出版社，2008：76.

"正式"一词仅仅用于廓清处于特定创作状态的这个人和日常生活中的这个人。[①] 这种表述笔者尤为赞同,如果撇开桑塔格特定的创作状态来研究《恩主》,那么无论解读出什么样的结果至少都是不全面的。桑塔格后来把为自己赢得巨大声誉的那些随笔看成是"从小说创作中漫溢出来而进入批评的那种能量,那种焦虑,既有一个起点,又有一个终点"[②]。而在当年写作的过程中,她也发现"灵感是以焦虑的形式在我身上呈现的"[③]。这种焦虑是一个文坛新手的不安,正如40年后她回忆的那样:"我也在想,选择作家的生活意味着什么(要知道,没有人请你当作家,逼你献身文学。是你自投罗网,以为自己是块作家的料)。"[④]在忐忑和焦虑中,她的第一个决定是一反多数作家在处女作中自传式的写法,刻意抹去真实作者的信息,如此为之"或许是因为谦虚的缘故,也可能是我不像常人那么自恋、虚荣;也许我根本就是胆怯或者克制;也许,比起大多数刚起步的小说家来说,我更有抱负。现在,我所能说的就是,当时我就清楚我想要虚构小说、虚构人物。我不想画地为牢,仅仅讲述自己的故事"[⑤]。为了最大限度地偏离真实作者的特征,她索性去塑造一个与自己截然不同的人物,以便"轻松自如、游刃有余地处理一个个吸引我的主题"[⑥]。于是,小说演变成了一场编码的游戏。阿尔伯特·莫德尔(Albert Mordell)认为"一部文学作品,即使没有记录梦,其本身仍是一个梦,即作家的梦"[⑦],更何况《恩主》还充斥着一个个怪异的梦境呢?打开这部小说,读者第一眼看到的就是两段意味深长的引文,其一是夏尔·P.波德莱尔(Charles P. Baudelaire)论睡眠:"谈到睡觉,每晚可怕的历险,可以说,人们每天大胆地去睡觉,完全是因为他们没有意识到睡觉有什么危险。不明白这一点,我们便无法理解他们的大胆。"其二是德·昆西(De Quincy)论梦:"要有什么差错——就让梦去负责任。梦目中无人,一意孤行,还与彩虹争论显不显示第二道弧形……梦最清楚;我再说一遍,该由梦去负责任。"如果说写作是大胆的睡眠,作品是一意孤行的梦境,写作时的桑塔格则可谓是借由作品里扑朔迷离的梦来

① 申丹.叙事、文体与潜文本:重读英美经典短篇小说[M].北京:北京大学出版社,2009:36-37.
② 桑塔格.反对阐释[M].程巍,译.上海:上海译文出版社,2003:英国版自序1.
③ SONTAG S. Reborn: Journals and Notebooks 1947—1963[M]. New York: Farrar, Straus, Giroux, 2008: 228.
④ 桑塔格.恩主[M].姚君伟,译.上海:上海译文出版社,2007:中文版序2.
⑤ 桑塔格.恩主[M].姚君伟,译.上海:上海译文出版社,2007:中文版序1.
⑥ 桑塔格.恩主[M].姚君伟,译.上海:上海译文出版社,2007:中文版序2.
⑦ 莫德尔.文学中的色情动机[M].刘文荣,译.上海:文汇出版社,2006:6.

编织自己的作家之梦，至于梦会带来什么样的后果，这位小心翼翼的梦想者只能“让梦去负责任”。

《恩主》所描写的希波赖特的生活中除了安德斯太太，还有一个非常重要的人物，那就是他的作家朋友让·雅克。希波赖特显然极其看重与让·雅克的交往，经常把两人的会晤写进日记。评论家们试图将这位让·雅克还原成某个真实的人：有人认为是让·热内(Jean Genet，1910—1986)，一位深受萨特推崇的文人，他就像让·雅克一样，身兼多重身份——小偷、同性恋、作家，桑塔格1963年以《萨特的〈圣热内〉》为题专门写过一篇论文；有人暗示他应该是“残酷戏剧之父”、法国作家安托南·阿尔托，桑塔格也于1973年写下长文《走近阿尔托》，向其致敬。当然，也许这两者的影子都有，不过桑塔格的传记作家却声称“要说让·雅克——教导希波赖特同时也折磨他的人——像什么人的话，他应该像阿尔弗雷德·切斯特(Alfred Chester，1928—1971)”①。证据是在阿尔弗雷德·切斯特身上融合了热内和阿尔托的气质，他“的确喜欢热内，也的确像阿尔托一样发了疯……是个聪明的同性恋”②。更有说服力的是切斯特是桑塔格进军纽约文坛功不可没的引路人，同时是她的异性恋人之一，他对她的影响是巨大的，不过随着桑塔格在纽约声誉日盛，两人渐生芥蒂，最后感情破裂。在《恩主》出版之后，切斯特准备写一部名为《脚》的长篇小说予以反击。这一说法可以在《准备娶苏珊·桑塔格的男人及波西米亚时代文人近影》(*The Man Who Would Marry Susan Sontag and Other Intimate Portraits of the Bohemian Era*，2005)一书中得到印证。1960—1963年，切斯特与桑塔格保持着亲密的关系，他担当着桑塔格导师的角色。③ 只是这个聪颖过人的学生已经有意要逃离“导师”的影响，从而赢得自己的一片天空。这样就不难理解《恩主》中希波赖特记录下与让·雅克一起参与的活动，目的却是“为使自己对他的影响保持警惕”(TB，55)。日记中有一条引人注目：“我很生气，让·雅克干吗要对我说我不是作家，我对他说我也从未认为自己是作家啊。”(TB，56)这颇有些不打自招的嫌疑。切斯特看淡名利，而年轻的桑塔格兴致勃勃地踏入社交界，希望确立作家身份，

① 罗利森，帕多克.铸就偶像：苏珊·桑塔格传[M].姚君伟，译.上海：上海译文出版社，2009：85.

② 罗利森，帕多克.铸就偶像：苏珊·桑塔格传[M].姚君伟，译.上海：上海译文出版社，2009：85.

③ FIELD E. The Man Who Would Marry Susan Sontag and Other Intimate Portraits of the Bohemian Era [M]. Madison：The University of Wisconsin Press，2005：162.

受到切斯特的打击,她的反应是要消除他的影响,克服焦虑,追寻写作之梦。

尽管理想相左并且有意逃避,"隐含作者"的"作家朋友"的影响依然不言自明,这在希波赖特与让·雅克的对话中不时有所流露。希波赖特诘问让·雅克的生活"难道不是充斥着无用的激情和矛盾的快乐吗"(TB, 69-70)? 这熟悉的话语来自萨特《存在与虚无》中著名的论断"人是一种无用的激情"[①]。让·雅克宣称:"我因为写作,所以是作家;我并非因为是作家才去写作。"(TB, 70)"我写作故我存在"的思想印记清晰可见。

二、解码:形式选择的自由

在《恩主》里,"读者"是一个反复出现的词,叙述者时时不忘与"读者"交流。这里必须指出的是,该小说的形式有其独特之处:整部小说是假托希波赖特之手写出来的,也就是叙述者写出的一部自传。如此一来,小说里时时提及的"读者"首先应该是叙述者的读者,是作品里的"作者的读者"(authorial audience),即希波赖特心目中的理想读者。因此从表面来看,当"隐含作者"隐身于写作之中时,她的理想读者也不得不接受挑战,在一声声"读者"的呼唤中辨明所指的对象并推导出"隐含作者"的形象。1962 年,桑塔格在日记中写道:"我以写作来确定自己——自我创造的行为——成长的一部分——与自己对话,与我倾慕的健在或故去的作者对话,与理想的读者对话……"[②]对理想读者的期待由此可见一斑。诚然,无论是在国籍、年龄、性别还是婚姻状况等等方面,希波赖特确实与"隐含作者"有着天壤之别,但这并未妨碍他兼具叙述者与作者代言人的功能。桑塔格下面的这段话能够说明不少问题:

> 希波赖特不是作家,却以一种极端的方式表现出一个作家的意识。所以,他认为,他自己的生活由"一个完全是自投罗网之人的两难和烦恼"所构成。这部小说可视为对"自省工程"的一个讽刺。我猜想,从某种意义上讲,我是在拿自己开涮,取笑自己的严肃认真。我想,当时我也透露了许多有关自己的信息;同时,我发现,不管我对世界有着怎样

① 萨特. 存在与虚无[M]. 陈宣良,等,译. 北京:生活·读书·新知三联书店,2014:744.

② SONTAG S. Reborn: Journals and Notebooks 1947—1963[M]. New York: Farrar, Straus, Giroux, 2008: 295.

的认识，我总感到世界具有无限的复杂性和矛盾性，为此，我感到痛苦，并在小说中加以表白。[①]

按照桑塔格的提示，既然希波赖特是以一种极端的方式表现出一个作家的意识，而小说也包含着她本人的“表白”，那么理想读者的解码游戏也由此展开：在希波赖特所谓的自传里，哪些表述是“隐含作者”的表白或者展示了“隐含作者”的立场？桑塔格提及的“严肃认真”是她写作的一贯态度，而在布思看来，“当严肃认真的作家把作品交给我们时，有血有肉的作者创造出来的隐含作者，会有意无意地渴望我们以评论的眼光进入其位置”[②]。我们不妨接受《恩主》“隐含作者”的邀请，进入其真幻交织的奇异世界。

在《恩主》形形色色的梦中，第一个梦“两个房间之梦”具有不同寻常的意义。梦里一个穿黑色泳衣的男子在其后的梦境中反复出现，使整部看似支离破碎的“自传”有了一条串连的纽带。这个梦是希波赖特——“我”痴迷于梦的开始，启动了“我”一系列寻梦、释梦、演梦的荒诞之举，但更为重要的是这个梦揭示了“隐含作者”对小说表达方式的看法。布思晚年依然坚持“隐含作者”在研究文本中的必要性，并总结了他首次论述“隐含作者”时的四个动因。其中，第一点就是“对当时普遍追求小说的所谓‘客观性’而感到苦恼”[③]。他描述了当时的批评状况：很多批评家都认为小说家若要站得住，就必须“展示”(showing)而不是“讲述”(telling)故事，以便让读者做出所有的判断。而小说家若要得到好评，就必须摒除一切公开表达作者观点的文字。从这一点上，《恩主》恰恰是作者在面临与布思同样的苦恼中作出了抉择，在追求“客观性”的普遍现象中执意写出了“可以当成关于主观性的长篇大论”(as an extended treatise on subjectivity)[④]的小说。就“展示”与“讲述”的问题，“两个房间之梦”亦表明了作者的态度：“大多数

① 桑塔格. 恩主[M]. 姚君伟，译. 上海：上海译文出版社，2007：中文版序 2.

② 布思. 隐含作者的复活：为何要操心？[G]//费伦，拉比诺维茨. 当代叙事理论指南. 申丹，译. 北京：北京大学出版社，2007：67.

③ 布思. 隐含作者的复活：为何要操心？[G]//费伦，拉比诺维茨. 当代叙事理论指南. 申丹，译. 北京：北京大学出版社，2007：63. 其他三个动因分别是：对学生的误读感到烦恼；为批评家忽略修辞伦理效果(作者与读者之间的纽带)的价值而感到“道德上”的苦恼；区分作者写作时有益的和有害的面具。

④ KENNEDY L. Susan Sontag：Mind as Passion [M]. Manchester：Manchester University Press，1995：37.

梦是展示,而这个梦是讲述。"[①]

在"两个房间之梦"中,"我"先是身处一个极其狭小的房间里,墙上挂着几副镣铐,"我"试着带上它们,却发现它们对身体的任何部位都不适合。在突然出现的黑泳衣男子的指挥下,"我"通过一扇非常小的门进入了另一个一模一样的房间。黑泳衣男子逼迫"我"跳舞,"我"拒不服从,据理力争,遭到毒打。后来黑衣男子不见了,取而代之的是一个温和的白衣女人,"我"主动跳起笨拙的舞蹈,心甘情愿地让她把镣铐铐在"我"的手腕上,但是"我努力想以一种很策略的方式,告诉她我虽感到幸福,但我仍然想离开这儿"(TB, 19)。得到许可后"我"反倒轻松了,不急于离开房间,希望能与白衣女人吻别,得到的却是一记耳光和厉声的训斥。"我"在沮丧中企图对白衣女人施暴,梦到这里就戛然而止了。从一个房间到另一个房间,看似有所选择,实则没有什么不同,"我"都是被囚禁的,失去自由的;从黑衣男子到白衣女人,看似有所改变,结果都是一样,"我"都是被训斥,心灰意冷。这里透露出"隐含作者"采取主观性写作的辩解:无论顺应还是偏离主流话语,一部新作的接受情况都可能会不如人意,选择了写作之路的作者都无异于"自投罗网"的囚徒。但是小说应该采用何种形式是否是一种必要的选择呢?在"主观性"与"客观性"、"展示"与"讲述"之间一定要存在非此即彼的二元对立吗?很显然,"隐含作者"无意于认同这种对立,也不愿纠缠在取舍之间,小说中的最后一个梦"木偶之梦"对此做了一个交代。"木偶之梦"在许多方面"都是我做过的最重要的梦",尤为引人注目的是它是"对我做的第一个梦——'两个房间之梦'——的回应"(TB, 259)。在这个梦里,"我"被人用链条铐在一个只能容下一人的地窖里,黑泳衣人将"我"带到一个公园,以主持人的身份请"我"为观众跳舞,"我"尽力配合,不想辜负他的称赞。在他的怂恿下,"我"去亲近一个小孩,却无意中致其身首异处,带小孩的白衣护士毫不责怪,反而和黑泳衣人一起为"我"开脱。这两个梦的相似之处在于"都有黑泳衣人和白衣女人,我都被要求跳舞,又都被铐着,在监禁之中",不同的是,"第一个梦里我感到羞愧,而在这个梦里,我不感到羞愧,而是心平气和"(TB, 259)。究其原因,"在这个梦里,我最后会与自己和解——我真正的自我,我的梦构成的自我。这一和解正

---

① SONTAG S. The Benefactor [M]. New York: Farrar, Straus, Giroux, 1963: 21. 此处为笔者翻译,原文为:Most dreams show, this dream said.

是我所认为的自由自在”(TB, 260)。“隐含作者”至此已超越了形式选择的障碍,在不断的挣扎中达到了平静的心态,通过与自己和解得到了一种自由,因为过于关注外界的认可才是真正的束缚,而“人为了真正自由,只要宣布自己是自由的就行了。要摆脱掉这些梦而获得自由——至少达到所有人类成员有权享受的自由程度,那么,我只要认为我的梦是自由的和自治的就成了”(TB, 261)。

其实在用“木偶之梦”对“两个房间之梦”作出回应之前,小说里由希波赖特自编的《隐身丈夫》的童话已经将“隐含作者”任由梦境一统全文、我行我素的写作姿态袒露出来了。这个故事说的是视力很差的公主嫁给喜马拉雅山的王子,王子一袭白衣,与周围的冰雪世界浑然一体,所以公主几乎看不见王子。有一天一头黑山熊来到公主家里,由于公主只能分辨出它是个黑色的庞然大物,并不能清楚地看见它的容貌,它便假冒王子,说自己在一个山洞捡到了一件黑色的皮衣,它是为了让公主能看到自己才穿上别人的衣服的,但它非常讨厌这么做,所以不允许公主跟任何人,包括它自己提起衣服的事。狡猾的熊总是白天来找公主,而当真正的白衣王子晚上回家时,受骗的公主因为尊重“丈夫在道德上的顾忌”(TB, 206),也就信守诺言,从不提及黑衣服的事,然而她起初因为有所看见而得到的喜悦逐渐地消逝了,她不能忍受同一个丈夫在白天和黑夜竟会如此千差万别,于是冒着生命危险摸索着寻找存放所谓黑色皮衣的山洞。三天三夜的寻找后,她终于摸到了一扇石门,她刺破自己的皮肤,以血为墨,留下了一封信,请求这个子虚乌有的山洞的主人不要再把衣服搁在洞里了,之后又摸索着回到家里,大病一场。在王子的精心照料下,她恢复了健康,虽然她眼睛因病全瞎了,但是她感到非常幸福,因为从此以后“她再也不用为选白衣丈夫还是黑衣丈夫而犯难了”(TB, 207)。这个故事的公主深受“黑丈夫”和“白丈夫”之间的差异带来的困扰和痛苦,她的解决之道是消除差异,尽管付出了完全失明的代价,但与“木偶之梦”里的“我”一样,获得了安宁和平静。

当“隐含作者”觅得了内心的宁静时,她自由自在的思想倾泻已经摆脱了焦虑:“我并不就是默认自己的焦虑,而是经过几番斗争、危机以及多年的反思,我从焦虑中悟出了某种意义。”(TB, 7)《恩主》到底是成功还是失败之作,就像它虚虚实实的离奇情节一样,需要读者作出自由的判断。至于标题中的“恩主”是小说中的哪个人物,凡是通读小说的读者都不会认为这是个问题,因为书中明确指出希波赖特乐善好施,在经济上经常对他人给予资助,“我”的作家朋友让·雅克屡屡得到我的接济,干脆直呼"我"是"老恩人"(TB, 238)。遗憾的是,有的研究者在蜻蜓点水式的阅读之后竟然为这个简单的问题提供了风马牛不相及的答案——安德斯太太。桑塔格期待的自然不是空穴来风的解读,而是如洛佩特这样的评论:"希波赖特,简言之,是空洞的。他很难说是什么人的恩主。他插手人们的生活,毁掉人们的生活……这也就是标题的反讽之处。"[①]不得不提的是,20世纪60年代初,桑塔格离异后拒绝接受抚养费,携子在纽约艰难而倔强地为生计、为理想奋斗,在这个阶段完成的第一部小说其意义应该是不言自明的。塑造出希波赖特这个充满着讽刺意味的恩主形象不啻是桑塔格起草的个人的独立宣言,她选择笔墨人生,选择独立自主的生活,从焦虑逐渐走向平静,与理想的读者进行智性的交流,这就是《恩主》的"隐含作者"所钟情的"罗网",而她在这张巨大的网里不忘欣然呐喊:"写作,我至深的快乐!"[②]而另一方面,她也不是读者的"恩主",读者被置于与作者平等对话的位置,共同体验文本的愉悦。

三、净化:小说创作的功能

桑塔格20世纪60年代的两部小说都表现出对梦的痴迷。《恩主》直接声明"我梦故我在",《死亡之匣》亦是迷梦不断,而在它呈现的稀奇古怪的梦中,有一个尤为特别,那就是狼孩之梦,其奇特之处在于它不仅是一个梦中之梦,而且是一个写作之梦。迪迪大学二年级的时候花了一年时间写了一篇小说,名为《狼孩的故事》。后来他放弃写作,"而且再也没有尝试写小说。但是他一定很珍视自己的作品"(DK, 268)。这几乎是先兆性地宣告了桑塔格封笔25年,停止小说创作的事实,她又何尝不是对此念念不忘呢?她的第一部小说《恩主》得到出版商的大力扶持和宣传,但是并未达到预期的轰动效果。在第二部小说问世之前,出版商敏锐地感觉到她"在文学争鸣方面的才华会为她赢得更大的读者群"[③],建议她先出论文集,于是1966年,亦即《死亡之匣》出版的前一年,《反对阐释》文集出现在人们的视野中,的确使桑塔格名噪一时,使人们认可了她优秀的散文作家品质,可以想象桑塔格在写作《死亡之匣》时喜忧参半的复杂心态:无论引起

---

① LOPATE P. Notes on Sontag [M]. Princeton: Princeton University Press, 2009: 37.

② SONTAG S. Reborn: Journals and Notebooks 1947—1963[M]. New York: Farrar, Straus, Giroux, 2008: 290.

③ 罗利森,帕多克. 铸就偶像:苏珊·桑塔格传[M]. 姚君伟,译. 上海:上海译文出版社,2009: 93.

了多少争议，自己的写作才华无疑得到了肯定，但小说家的梦想有可能折戟沉沙。她执意在不可限量的散文作家之途中继续完成这部小说，在表现荒诞的宏大主题时也一抒胸臆，如同在《恩主》中寄寓个人情怀那样，写写自己。

卡尔·罗利森(Carl Rollyson)对狼孩的故事极感兴趣，在《解读桑塔格》中他论述道："迪迪毕竟是个失败的小说家。他在梦境中又找回了这个关于狼孩的故事(请记住，他这些梦境是他弥留之际做的梦中梦)。这个故事明显是评述迪迪疏离于社会、自己的动物性和生存本能的。"[①]在为桑塔格所写的传记中，他以对桑塔格生平的了解，更详细地论述了这个故事所包含的自传性：

> 桑塔格让他成了个失败的小说家，他关于狼孩的手稿遗失了……迪迪也是桑塔格的另一个替身。他记得在图森的德拉克曼街度过的童年，而这正是桑塔格的老家。迪迪有个名叫玛丽的保姆，她说话直截了当，不禁令人想起桑塔格的爱尔兰保姆——罗丝……此外，还有其他一些自传痕迹……迪迪死于33岁，该小说1966年写完的时候，桑塔格正好33岁……像迪迪一样，桑塔格也努力去观察自己：在以图森为场景的一段描写中，她把自己写成一个黑头发、瘦骨嶙峋的十二三岁的女孩，朝着狼孩——迪迪小说中的人物——所在的山上爬去。通过小说的虚构，桑塔格一方面在满足自己希望受到关注的欲望，另一方面又能将自己隔离于社会和家庭。[②]

"桑塔格让他成了个失败的小说家"较之于"迪迪是个失败的小说家"也许更为准确一些。《恩主》中融入了桑塔格对从事写作生涯由彷徨到释然的心路历程，而在写《死亡之匣》时她的写作之路已经打通，她的内心纠结具体到写作样式——小说的思考之中。按照当时的批评形势，继续进行小说创作似乎不是一个明智的选择，但是这个倔强的青年作家"明知山有虎，偏向虎山行"，将《死亡之匣》进行到底。尤其难能可贵的是她不回避个人的困境，干脆以文言志，在狼孩的故事中预先设想：失败又如何？但要说她希望受到关注以及隔离于社会和家

① ROLLYSON C. Reading Susan Sontag: A Critical Introduction to Her Work [M]. Chicago: Ivan R. Dee, Publisher, 2001: 82.

② 罗利森，帕多克.铸就偶像：苏珊·桑塔格传[M].姚君伟，译.上海：上海译文出版社，2009：145－146.

庭却是无从谈起：她已经受到了公众极大的关注，她正意气风发地介入社会生活并且独自担当起培养幼子的责任，何来隔离之说？不过传记作家接下来的解析颇有道理：在黑发女孩差点与狼孩遭遇的那一幕中，女孩的父母发现她攀上峭壁，制止她继续攀爬，此时三个人物合三为一：

> 她要不要听从？叙述者（狼孩、迪迪、桑塔格）在这段三层相叠的自传性片段中问道……这是本真的桑塔格，既顺从又叛逆，她自己就是个迪迪，梦想挣脱束缚，编织给她松绑的故事。她十分得意，她能写个关于她自己的生平故事，但它也是个非同寻常的负担。正如迪迪就其关于狼孩的故事自言自语的那样："谁也不该从一开始就担当起创造自己本性的重任。"①

狼孩、迪迪和黑发女孩被当成了桑塔格的三个自我，这之所以成为可能，要归功于狼孩故事的呈现方式。正是由于作为"失败小说家"的迪迪遗失手稿，在极度失落中"能在反复做的梦里重现他稿子里怪诞的故事，部分的也好，变形的也好，差不多是迪迪所能做的最好的事情了。这种梦差不多是迪迪（现在）做的唯一一种梦了"（DK，270）。这与《恩主》中的作家之梦有一脉相承的关系。梦是对原作的再现和加工，作家写作时既是与笔下人物也是与自己在进行亲密的对话和细致的观察，而在梦中演示的狼孩故事里，迪迪（狼孩故事的作者）走进梦中与狼孩（狼孩故事的主人公）倾心交谈，在交谈之中带出黑发女孩（迪迪故事的作者）的冒险经历。这个小说梦不断重复，具有其异乎寻常的特性："以前的那些梦让迪迪感到卑微，大部分早晨醒来的时候都感到有块大石板压在胸口上。而现在做的梦却往往能使迪迪醒来的时候，心情愉快，感觉轻松，似乎受到了净化（somewhat purged）。"（DK，270）这里揭示了狼孩故事的功能：净化。那么，这个故事如何起到净化狼孩故事的作者（迪迪）心灵的作用呢？

---

① 罗利森，帕多克. 铸就偶像：苏珊·桑塔格传[M]. 姚君伟，译. 上海：上海译文出版社，2009：147. "谁也不该从一开始就担当起创造自己本性的重任"，原文为"No one should be burdened with inventing his own nature from scratch"，见 SONTAG S. Death Kit [M]. New York：Farrar，Straus，Giroux，1967：262. 而本书所引用的《死亡之匣》的中文译本译为"谁也不想毫无根据地设想他的性格"（见桑塔格. 死亡之匣[M]. 李建波，唐岫敏，译. 南京：译林出版社，2005：277），笔者认为这个译法不如传记译本准确，故对此句的分析以传记译文为基础。

就迪迪而言，他到33岁才突然寻找他年轻时所写故事的手稿，从时间上来看，这是发生在他把陪伴着自己朝九晚五生活的一个不可或缺的“家庭成员”送出家门之后。狼孩的故事使他感觉轻松的第一个理由是“他写的那篇故事能在某种程度上减轻由于送走艾克赞(Xan)而带来的难言痛楚”(DK，270)。艾克赞是迪迪单身生活中朝夕相伴的一条狗，但当他把赫斯特带回家后，这条狗总是得不到赫斯特的欢心，于是他只好把它处理掉，送到防止虐待动物协会去了。迪迪曾经将无处发泄的爱倾注在艾克赞身上，失去它的痛苦超出了迪迪自己的意识。这个在尘世荒诞地生存着的人其实“很想说些柔情蜜意的话，这些话只能对动物说，至多也只能对不说话的人说”(DK，267)。从这个意义上，艾克赞是他忠实的倾听者和守口如瓶的伙伴。他之所以想起狼孩是因为狼孩与艾克赞从本质上是一致的——它们都是动物。狼孩(wolf boy)本来是指由狼哺育长大的人类幼童，后来泛指在野生状态下与动物一起长大的儿童。迪迪所写的这个狼孩(文中以专有名词形式Wolf-Boy来表示)却是相反的成长过程。他是马戏团里一对大猿所生，“生出这孩子乃是一种变异，怪异得很，是大自然开了一个没有医学先例的玩笑”(DK，271)。马戏团的演员们在震惊之下，开枪把大猿打死，狼孩则由其中的一对演员夫妇抚养。在狼孩14岁时养父母因车祸双双丧生，狼孩随后也得知了自己可怕的身世，他伤心至极，踏上了流浪之途，从此远离人群，过着颠沛流离、居无定所的生活。但是更可怕的事情还在后面：狼孩16岁时开始出现动物的生理特征，全身毛发密布，这种变形“给他以最充分的理由躲开人群”(DK，273)，他干脆就在荒野中以洞穴为家，按动物的方式孤独地生活。迪迪反复梦见他笔下的狼孩，不无同情地倾听狼孩的悲惨遭遇，在心理上是对艾克赞的补偿，正如这条狗从前为他所做的那样。迪迪迷恋狼孩故事并感觉受到净化还有第二个原因，他执意认为是被他在隧道里杀害的铁路工人英卡多纳也在这个于梦中再现的故事中出现了：

> 正当迪迪不无疼爱地看着狼孩，想用面部表情表达他无法用言辞表达的情感的时候，他意识到，同时也存在一种希望，这就是在那个被害的工人问题上也能做些补偿。他想做出这样的补偿。不是对英卡多纳一个人，一个陌生人，而是对英卡多纳身上迪迪所蔑视所惧怕的东西——比方说，动物的野性。迪迪(现在)觉得他不再怕英卡多纳

了……(DK, 280－281)

《死亡之匣》的核心事件是迪迪对英卡多纳扑朔迷离的谋杀，根据迪迪的记忆，英卡多纳身上有一种野蛮的东西，迫使迪迪感到生命受到威胁，言语交流没有几句，两人就恶言相向，最终在工人无心与迪迪纠缠继续开始工作的情况下，迪迪趁其不备置其于死地。狼孩的故事使他意识到假如他能像对待狼孩那样，以爱心对待英卡多纳这样的人，那桩谋杀或许能够避免；而如果他从此以后能做到这一点，他的生活就会轻松单纯得多。因此，"也许就是梦的这一部分，不是从梦的开头就绵延展开的长篇故事，使迪迪从梦中醒来，他觉得心情轻松多了，心灵受到洗礼"(DK, 281)。

迪迪在复现狼孩的故事中得到心灵的洗礼，而就桑塔格而言，"谁也不该从一开始就担当起创造自己本性的重任"这句话是至关重要的。众所周知，存在主义一个重要的哲学命题就是"存在先于本质"。萨特称，这是存在主义者达成的共识：无论他们支持的是有神论还是无神论的存在主义学说，"他们的共同点只是认为存在先于本质"[①]。而至于这个命题的具体含义，他也给予了解答："我们说存在先于本质的意思是指什么呢。意思就是说首先有人，人碰上自己，在世界上涌现出来——然后才给自己下定义。如果人在存在主义者眼中是不能下定义的，那是因为在一开头人是什么都说不上的。他所以说得上是往后的事，那时候他就会是他认为的那种人了。"[②]狼孩身份的特殊性正好论证了这个命题：他本应是兽类，造化作弄，生为人形，被人类的养父母当成正常的人抚养，人性就是他的本质；得知自己不是人类，生理退化，现出兽形，与兽类自我认同，于是兽性又成了他的本质。他先确定自己存在，然后在存在中给自己下定义。当狼孩、迪迪、黑发女孩合三为一时，狼孩代表了本我，是基本的存在，他到底会像迪迪那样成为一个枉杀无辜的人还是像黑发女孩那样理智地听从父母、安然地避开一场血光之灾(被狼孩袭击、摔下峭壁而亡)是"往后的事"，是随着自我的发展而变化的。就像在《恩主》中表达形式选择的自由那样，桑塔格在狼孩的故事中要传达的是在她追寻小说家身份的写作生涯中面临的选择：是成为无路可退的失败者

① 萨特．存在主义是一种人道主义[M]．周煦良，汤永宽，译．上海：上海译文出版社，2012：5．
② 萨特．存在主义是一种人道主义[M]．周煦良，汤永宽，译．上海：上海译文出版社，2012：6－7．

还是及时调整方向、以待日后磨砺小说之剑再度出击？这个选择不言而喻，因而在《死亡之匣》出版之后，她将梦寐以求的小说家身份搁置起来，等待合适的时机在小说界“复出”。在一目了然的不利情况下完成这部小说，桑塔格与她的虚拟世界的人物一起，经受了一次“净化”。

桑塔格在论及罗兰·巴特时说他对安德烈·纪德(Andre Gide)的评论“也可以原封不动地适用于他自己”[①]，而她所写的关于文学、文化大师们的评论也经常被认为是她个人的生动写照。当她说巴特“既把写作等同于和世界形成的一种宽宏大量的关系(写作作为‘永久性的生产’)，又等同于一种挑衅的关系(写作作为权力范围以外的‘一种永久性的语言革命’)”[②]时，实在是再好不过地概括了她在《恩主》和《死亡之匣》中的写作态度。她与世界和解，谦逊地附身于看似与自己毫不相干的人物身上；她又忍不住向世界挑衅，在隐身的间隙高扬其独特的风格，让明眼的读者辨认出自己影影绰绰地存在着。柳鸣九对萨特“我写作故我存在”的精辟阐释用在桑塔格身上实在合适不过：

> 至于萨特的“我写作故我存在”，从其表面的词义来看，它只是讲作为一个作家的他自己，讲他作为一个作家的存在意义，似乎并不是一种具有普遍意义的最高的哲学概括；其实，它却是他的“存在先于本质”这一根本哲理的具体化，人的存在在先，本质在后，有什么样的存在，才有什么样的本质。在这里，萨特抛弃了上帝、抛弃了人对上帝的依附，也抛弃了人的超验的、抽象的本质与对人的绝对理念，而以人的具体生存状态与客观实际为其出发点与依据，把实实在在的具体的存有的状态作为抽象本质的基础。就他自己而言，我写作，故我存在，我如此存在，才是我这样一种本质的人。[③]

桑塔格以其个性化的书写方式既证明了她对“存在先于本质”的深刻理解和感悟，也真诚地将“我写作故我存在”的口号付诸了实践。

《恩主》和《死亡之匣》是桑塔格正值年富力强之时的精神产品，与之相称的

---

① 桑塔格.重点所在[M].陶洁，黄灿然，等，译.上海：上海译文出版社，2004：91.

② 桑塔格.重点所在[M].陶洁，黄灿然，等，译.上海：上海译文出版社，2004：104.

③ 柳鸣九.自我选择至上：柳鸣九谈萨特[M].北京：东方出版社，2008：75-76.

是小说中显露的批评锋芒，而与之相左的是缺乏生机勃勃的朝气和意气风发的激情。她批判《恩主》里的自欺和《死亡之匣》里的荒诞，犀利程度丝毫不输同期的评论文章，但无论是无所事事的希波赖特还是颓唐倦怠的迪迪，作者都不曾赋予他们像自己闯荡文坛那样勇往直前的豪情，显得不够有血有肉。究其原因，除了作者声称的不想融入自传成分和为了契合人物的性格以及大环境之外，综观她的写作心态，还有一个原因不容忽视：她要打造一个严肃的哲理小说家的形象。但是，在如何将哲学思想渗透到小说里去这一具体问题的把握上，她似乎过于刻意突出严肃性和深沉感，导致在主人公的塑造上人物形象不够丰满，再加上小说的实验性，很难吸引广大的读者群。尽管她瞄准的是评论界，但毕竟将她打造成文化偶像的出版商需要用销量来决定在多大程度上支持她的文学创作，这也是追求独立的作者不得已的一面。

第二章　考问自由：《我，及其他》的人生百态

在完成了《恩主》和《死亡之匣》之后，桑塔格在长达25年的时间里停止了长篇小说的创作，继续在批评界大放异彩，但她对虚构作品的热情却依然不减。1978年结集出版的《我，及其他》见证了她孜孜不倦的创作历程。这是一部短篇小说集，收录了1963—1977年间她写下的八篇作品，而在该集的中文版中，在她本人的建议之下，又加入了另外两篇，分别是《我们现在的生活方式》和《朝圣》(*Pilgrimage*, 1987)。这样，我们得以对她的短篇小说有一个较为全面的认识。在《恩主》和《死亡之匣》中，她倾注了对存在的深刻思考，而在这些短篇小说中，另一个提及存在主义时无法回避的词汇反复出现，那就是：自由。

众所周知，自由正是存在主义最核心的观念。存在主义的自由观是一个纷争不断的话题，从它在登陆中国后引起的各种反响中可见一斑。以研究和译介法国作家作品尤其是萨特作品而闻名的柳鸣九先生称，改革开放之前，萨特在中国一直被称为"帝国主义的代言人"，他真正"来到"中国是在改革开放之后。[①]经过了种种政治风波、思想言论保守禁锢之苦的年轻人突然之间发现了萨特，就像20世纪60年代的美国青年欣喜地接触到存在主义的作品那样，他们以萨特

① 柳鸣九. 自我选择至上：柳鸣九谈萨特[M]. 北京：东方出版社，2008：225.

的作品为指导，追求个性，追求思想解放。但是，也如存在主义在美国成为一股时髦风那样，中国的青年也许片面理解和夸大了自由的范围，因此80年代初，便有学者批评道：

> 萨特的自由观是一个很复杂的矛盾体系。它一方面以曲折的形式反映了今天西方社会中种种不合理的现实，人们个性得不到自由发展、精神空虚、前途渺茫。另一方面由于萨特自由观离开了具体的、社会的人，离开了社会发展规律抽象地、孤立地去考察自由，所以是一种唯心主义、形而上学的自由观。它不但在资本主义世界没有实现这种意志绝对自由的条件，更谈不上在我们社会主义国家去实行萨特所主张的那种绝对自由化的政策。它不是我们追求、选择的目标，我们要追求、选择的是使每个人都能获得全面自由发展的共产主义。[①]

这种批评以今天的眼光来看，带着浓厚的时代特色，但基本上还属于比较委婉的批判。在20世纪80年代即将接近尾声时仍有学者担忧“由于理论界缺乏足够的准备和较为全面而准确的介绍、批判，加之‘十年动乱’而带来的精神创伤……乃至于使这种在60年代末期已经在西方趋于消退的哲学理论，成为我国80年代的一种社会时髦”[②]。这位学者以马克思主义的辩证唯物主义为武器，批评了萨特的自由观，认为“直到当今少数同志仍固执于某种非理性化的信念，反映出少数人仍然为现代非理性的思潮所迷惑”[③]。以上两位学者的观点正好印证了柳鸣九所著的《萨特研究》为何在1982年出版后被“清理”，时隔几年之后才得以再版的命运：作者在序言中呼吁要给予萨特应有的历史地位，当时举国正好在开展“清理精神污染”运动，萨特的学说作为精神污染自然要被清理整顿。当历史的脚步走进20世纪90年代时，人们对萨特的自由观再度进行了考量，肯定了它的积极意义和价值，认为它“既淋漓尽致地论述了人之自由的至高无上性和绝对性，也深刻揭示了其蕴含的种种不自由。这种揭示，既是萨特对现实世界的清醒认识，也是对绝对自由的补充和修正。萨特从虚无缥缈的纯粹自由境界

---

① 孙志明.萨特自由观述评[J].江西社会科学，1983，(1)：143.

② 万俊人.萨特自由观的重新评价[J].江汉论坛，1987，(12)：39.

③ 万俊人.萨特自由观的重新评价[J].江汉论坛，1987，(12)：43.

渐渐步入不自由的社会尘世，其自由观上的思辨特色，无疑为后来者从辩证的角度继续研究自由问题提供了帮助"①。这是学界对萨特的重新认识，也是对存在主义自由观的重新评价。另有一位学者抛开意识形态的冲突，从萨特本人的个人意愿出发为他辩护："萨特的自由观尽管有这样那样的表述上和观念上的失误，但是这无损于它的良好意图。他实在并不鼓励唯我主义和无法无天，而是真诚地希望每个人都充分地发挥自己的实践主体性、完全地行使自己的自主选择权，同时又具有高度责任感和使命感，从而成为一个有益于世界和人类的人。"②从一味批判到辩证地看待萨特及其自由观，中国学者在萨特的问题上经历了一个渐趋理性化、多维度的研究过程。

萨特强调，不管作家写的是随笔、抨击文章、讽刺作品还是小说，不管他只谈论个人的情感还是攻击社会制度，"作家作为自由人诉诸另一些自由人，他只有一个题材：自由"③。桑塔格非常认同这个观点，在2003年接受德国书业和平奖的演讲中她掷地有声地阐明了文学与自由的亲缘关系："接触文学，接触世界文学，不啻是逃出民族虚荣心的监狱、市侩的监狱、强迫性的地方主义的监狱、不完美的命运和坏运气的监狱。文学是进入一种更广大的生活的护照，也即进入自由地带的护照。"④她进而指出："文学就是自由。尤其是在一个阅读的价值和内向的价值都受到严重挑战的时代，文学就是自由。"⑤作者书写自由，读者感受自由，文学的魅力跨越了民族和国界，是人类共有的精神财富，身为博览群书的读者和笔耕不息的作者，桑塔格也许尤有感触。但是到底何谓自由？自由是否触手可及？随着《我，及其他》中一个个人物粉墨登场，一幅美国社会的斑斓画卷也由此徐徐展开。

《我，及其他》英文版的八篇作品分别是《中国旅行计划》("Project for a Trip to China", 1973)、《心问》("Debriefing", 1973)、《美国魂》("American Spirits", 1965)、《假人》("The Dummy", 1963)、《旧怨重提》("Old Complaints Revisited", 1974)、《宝贝》("Baby", 1974)、《杰基尔医生》("Doctor Jekyll",

---

① 谭志君. 萨特自由观新探[J]. 湘潭大学学报，1996，(5)：79.

② 尹戈. 萨特：自由的神话到自由的悲剧[J]. 湖南师范大学社会科学学报，1995，(3)：72.

③ 萨特. 萨特文学论文集[M]. 施康强，等，译. 合肥：安徽文艺出版社，1998：115.

④ 桑塔格. 同时：随笔与演说[M]. 黄灿然，译. 上海：上海译文出版社，2009：213.

⑤ 桑塔格. 同时：随笔与演说[M]. 黄灿然，译. 上海：上海译文出版社，2009：213.

1974)以及《没有向导的旅行》("Unguided Tour", 1977)。罗伯特·陶尔斯(Robert Towers)在为这本集子写的书评中认为它们良莠不齐,不过尽管"古里古怪、参差不齐",但《我,及其他》仍不失为"令人感兴趣的集子"。[①] 而在桑塔格的专门网站上列举了数家出版单位对这部小说集的评论,肯定的声音彼此应和。比如《洛杉矶时报》如此说道:

> 在八篇故事中,这部历时十年的非凡的短篇小说集探索了现代城市生活的风貌。在这些饱含思虑的、电报式简洁的文章中,桑塔格向读者袒露了一个知识分子热烈的激情,以叙述的方式严密地融合了她在各式论文中的诸多主题——知晓的实质、我们在异化了的现在同过去和未来的联系。这些短篇小说确立了桑塔格的独创性……她独一无二的视野,她在形式实验上的成功……桑塔格将过去、记忆和想象中的生活拌在一起,烹饪出一道精彩的菜肴,然后又以大量的沉默作为配菜,以飨读者。[②]

《新共和》也折服于桑塔格的写作风格:"《我,及其他》的八篇故事映射出一种活力无限的、躁动不安的想象力在若干方向的发散性拓展……故事中充斥着大量的令人震惊的反讽和古怪诡异的情形,这使人忍不住要提及桑塔格……这本书有自己的精神和胆量。"《星期六评论》则毫不掩饰地赞扬道:"桑塔格的短篇小说集读来令人赏心悦目——有创造力、妙趣横生、机警聪明……她包容着我们的语言和我们的文化的积淀。她耳听八方——那些已被弃之不用的修辞方式的回声,那些看似弱化了我们对城堡、阳光、海湾的反应而实则磅礴大气的陈词滥调——她无所不闻,能在普普通通的日常生活中听到永无终结的人生大旅程的回响。"《芝加哥论坛报》也慷慨地予以了高度评价:"桑塔格第一部小说集里所有的故事都值得一读或者反复阅读。在她的小说中能非常明显地看出如同《论摄影》和《疾病的隐喻》中所显示的那样,她是一个聪颖异常的、真正的知识分

---

① TOWERS R. Verbal Constructs [N/OL]. The New York Times, 1978-11-26[2011-03-03]. http://www.nytimes.com/books/00/03/12/specials/sontag-etc.html.

② Anon. [EB/OL]. [2012-11-12]. http://www.susansontag.com/SusanSontag/books/iEtcetera.

子。"[①]除此之外，一位研究者甚至专门撰文为桑塔格叫屈，其文章标题是《桑塔格的超级短篇小说：另一个桑塔格——为何这位评论家没有因其短篇小说为人牢记?》。[②] 以上种种评论确实具有不小的吸引力，令人不禁期盼一书在手，先睹为快。正如桑塔格的传记作家所写的那样，"仅仅是《我，及其他》的小说形式及其视野的多样性就足以给人留下深刻的印象"[③]，事实也正是如此。在《我，及其他》中，每篇故事呈现的方式各不相同：有自言自语、自问自答式的，如《中国旅行计划》《心问》；有假想对话式的，如《旧怨重提》《没有向导的旅行》；有截取对话式的(只保留一方的话语)，如《宝贝》；还有中规中矩的第三人称叙述式的，如《美国魂》《假人》《杰基尔医生》。从小说的故事性和情节的完整性来看，最后三篇的可读性最强，更重要的是，它们分别从不同的方面"探索了现代城市生活的风貌"，亦充斥着"古怪诡异的情形"，比较具有代表性。本章将以中文版的《我，及其他》为研究对象，具体涉及的文本除了这三篇以外还将《我们现在的生活方式》囊括其中，以期将研究范围从 20 世纪 60 年代辐射到 80 年代，借以观照桑塔格在不同时期对自由的不同理解和表达。存在主义的自由观包含了三个方面的内容：其一，行动的首要条件便是自由，这涉及自由与自主选择的关系；其二，自由是限于一定处境的自由；其三，自由与责任是紧密联系在一起的。我们不妨从这三个方面来细读桑塔格的这些关于自由的故事。

第一节　自由与自主选择

桑塔格在写作《恩主》和《死亡之匣》的间隙先后发表了《假人》和《美国魂》，各自发表在《时尚芭莎》(*Harper's Bazaar*)和《党派评论》上，这也是一个非常有趣的现象：前者是时尚杂志，后者是政治和文学季刊。[④] 桑塔格能在如此迥异的刊物上发表风格接近的作品：首先证明其题材的兼容性；其次可以看出她个人

---

① Anon. [EB/OL]. [2012 - 11 - 12]. http://www. susansontag. com/SusanSontag/books/iEtcetera.

② Anon. [EB/OL]. [2011 - 08 - 03]. http://www. slate. com/articles/arts/culturebox/2005/01/the_other_sontag. html.

③ 罗利森，帕多克. 铸就偶像：苏珊·桑塔格传[M]. 姚君伟，译. 上海：上海译文出版社，2009：261.

④《时尚芭莎》自 1867 年发行至今，日益成为一个国际化的时尚风向标，在全球近三十个国家和地区都有不同的版本，而《党派评论》的生命力却无法与之抗衡，自 1934 年创刊，至 2003 年就停刊了，这不得不发人深省。

不囿于某个单一的领域,力图在完全不同的阵地上打出自己的旗号;最后当然还能看出 20 世纪 60 年代严肃刊物与流行杂志之间的互通性,它们都能及时把握住一些热点问题,采纳能反映这些问题的文章来吸引读者。桑塔格曾经以读者的眼光总结《我,及其他》的中心主题是"(主人公们)追求自我超越(self-transcendence),努力成为不同的或者更好的或者更高尚的或者更道德的人"①,但罗利森认为其结果却自相矛盾,《假人》和《美国魂》中的人物尤其如此。② 其实这与桑塔格自己的说法并不冲突,因为她坚持作品与作者之间的间离性,强调"作者不是其作品意义的所有者,我认为别的某个人可能对我的某部小说或电影了解得比我多"③。《假人》和《美国魂》描述了想"改变他们的生活"④的两个典型人物,归根到底,是因为他们为平常的生活所累,希望过上一种全然不同的生活,获得一心向往的自由。萨特的存在主义自由观的第一个内容是"行动的首要条件便是自由",也就是说,为了自由,人们首先要利用自主选择的自由,采取行动,而这个行动常常被人们误解为是任意的、无目的性的。这也是萨特颇感不满的地方,所以他在论述"行动的首要条件便是自由"时的第一句话就是:"人们尚未努力事先去解释行动这观念本身内含的结构就居然能对决定论和自由意识论进行无穷无尽的推理,为了一个或另一个论点举出一些例子,这真是件奇怪的事。"⑤在他的理论建构中,行动"原则上是意向性的",他为此举例说明道:"一个笨手笨脚的抽烟者不留神打翻了烟灰缸,他并没有行动。反之,当一个受命炸开一处采石场的工人服从命令引燃了预定的爆炸物的时候,他是行动了的:他实际上知道他所做的事,或者可以说他意向性地实现了一项有意识的谋划。"⑥《假人》和《美国魂》里的两位主角主动出击,自主选择走上不同的生活道路,正是萨特所说的"自由变成活动,在一般情况下,我们通过由自由,用动机、动力以及活

① ROLLYSON C. Reading Susan Sontag: A Critical Introduction to Her Work [M]. Chicago: Ivan R. Dee, Publisher, 2001: 126.

② ROLLYSON C. Reading Susan Sontag: A Critical Introduction to Her Work [M]. Chicago: Ivan R. Dee, Publisher, 2001: 126.

③ POAGUE L. Conversations with Susan Sontag [G]. Jackson: University Press of Mississippi, 1995: 5.

④ ROLLYSON C. Reading Susan Sontag: A Critical Introduction to Her Work [M]. Chicago: Ivan R. Dee, Publisher, 2001: 126.

⑤ 萨特. 存在与虚无[M]. 陈宣良,等,译. 北京:生活·读书·新知三联书店,2014: 527.

⑥ 萨特. 存在与虚无[M]. 陈宣良,等,译. 北京:生活·读书·新知三联书店,2014: 527.

动所包含的目的组成的活动来取得自由”[①]。

一、复制：《假人》的精神困惑

陶尔斯把《假人》划入他所说的良莠不齐之中“良”的一类，认为“尽管篇幅不长，但《假人》在具体的细节上有足够的厚度和足够的诡异来避免成为其主题的机械呆板的演示说明”[②]。不过有趣的是，《假人》的主题是什么，文章却只字未提。其实《假人》中的主人公最明显的特点就是他是一个非常急切的行动者，故事伊始，第一句话就将这个情况交代得十分清楚：“因为我过的日子实在令人难以忍受，所以我决定采取行动来解决这个问题。”[③]这种突兀的开篇方式有效地制造了两个悬念：他过的是什么样的日子？他采取的是什么样的行动？作者首先公布了第二个问题的答案：利用先进的科技手段和高仿真的进口材料，制造一个和他一模一样的假人，完全取代他，进入他的生活。而这个假人要代替他做的事就是他所无法忍受的：上班时，“接受老板的称赞和斥责，要鞠躬，要脚擦着地后退，还要勤奋工作”(IE，95)，工作之外“每天晚上陪她(妻子)看电视，吃她做的有益健康的饭菜，在怎样抚育孩子的问题上与她吵架……在星期一的晚上和同事们一起玩保龄球，在星期五的晚上去看望我的母亲，每天早晨读报纸”(IE，96)。如此看来，他的生活可以说平淡之极，每天要做的事几乎都是固定的，因而感觉被困其中，急于脱身，获得自由。不妨说，从时间上来看，《假人》的主人公是桑塔格虚构作品中第一个为自由而不惜付出一切代价的人物，《假人》也因此成为她第一篇以自由为主题的作品。

故事的叙述者属于较为典型的城市中产阶级，是一家公司的管理人员，还配有一名秘书。如果说他的生活确实有所缺陷的话，那也是大多数中产阶级人士面临的共同问题：生活的刻板化和程式化形成了最大的压力。在描写人在现实生活的重压下所发生的变化时，文学作品中有很多深入人心的经典形象，比如在卡夫卡的《变形记》中异化为一只大甲虫的推销员。但这只为大家所厌弃的甲虫

① 萨特. 存在与虚无[M]. 陈宣良，等，译. 北京：生活·读书·新知三联书店，2014：532-533.

② TOWERS R. Verbal Constructs [N/OL]. The New York Times, 1978-11-26[2011-03-03]. http://www.nytimes.com/books/00/03/12/specials/sontag-etc.html.

③ 桑塔格. 我，及其他[M]. 徐天池，申慧辉，等，译. 上海：上海译文出版社，2009：95. 本书引自 SONTAG S. I, etcetera [M]. New York: Farrar, Straus, Giroux, 1978 的内容参考该译本，除非特别说明，页码以该译本为准。

只能从自己的有限视角来感知自己悲惨的命运，而《假人》的主人公没有像化身为甲虫的推销员那样关在斗室之中，失去行动的可能性，相反，他掌握着主动权，既将自己的替身打造成一个有着完全行为能力的人，又在窥视假人的一举一动中享有全知视角，几乎是高高在上地观赏着与假人有关的一切情况，从一个普通人一跃而成为一个无所不知的上帝般的存在者。他以下的这番颇有些得意的表白简直像是对卡夫卡的推销员说的，当然也更像是对五年后"诞生"的迪迪说的："能够真正解决这个世界上的问题的方法只有两种：灭亡与复制。过去只能有前一种选择，但我现在为什么不能为了自身的解放而利用现代科技所创造的奇迹呢？我可以选择，我不是那种有自杀倾向的人，因此我决定复制我自己。"(IE，96)

"复制"(duplication)这个概念在1963年被推到了一个新的高度——被誉为多利羊的曾祖父的英国著名生物学家和遗传学家霍尔丹(J. B. S. Haldane，1892—1964)这一年在他的最后一次演讲《人类种族在未来一万年的生物可能性》("Biological Possibilities for the Human Species of the Next Ten Thousand Years")中第一次借用希腊文Klone(表示植物的嫁接，从一种植物的嫩枝上生长出另一种植物)，造出了"克隆"(clone)的术语，延续了他在1924年发表的《戴达罗斯：或，科学与未来》(*Daedalus；or，Science and the Future*)[①]中的观点，预见动物乃至人类无性繁殖和复制的可能性。这令科学界和普通民众都质疑不已。但质疑归质疑，当时的科幻小说和基于科幻小说改编的电影已经发展到了一个巅峰状态。桑塔格对各种类型的科幻故事了如指掌，从她写于1965年的《对灾难的想象》可见一斑。她如数家珍地评论着一部部科幻影片，熟稔得可以随意写下这些影片的基本套路，但她在眼花缭乱的科学幻想中看到的却是"一个主题重大的寓言，其中充满了那些常见的现代态度"，这个寓言"不仅是一种反映人们的恒久的但大多数处在无意识状态的那种精神是否健全的焦虑的当代流行意象，里面还有更多的东西。这个意象的大部分活力来自一种后来才补充进去的、具有历史色彩的焦虑，一种未被大多数人有意识地体验到的对现代城市生活的非人化状况的焦虑"[②]。《假人》的科幻性表明桑塔格不仅温和地接受了与霍

① 作者在该书中第一次预见了人类将会培育出试管婴儿，引起了轩然大波，其科学猜想激发了好友阿尔多斯·赫胥黎(Aldous Huxley，1894—1963)创作出了《美丽新世界》(*Brave New World*，1932)。

② 桑塔格. 反对阐释[M]. 程巍，译. 上海：上海译文出版社，2003：260.

尔丹的预言类似的假想，而且还将这个科幻故事寓言化。塞尔斯在桑塔格的虚构作品中看出“这些故事往往把主人公投入到反复循环之中”[①]，而《假人》尤为如此，它“甚至将这种循环的困境打造成了一则寓言”[②]。有的研究者只注意到《假人》中的替代性，忽视了其中复制的循环性，用寥寥数语简单地介绍“《假人》的叙述者因为厌倦了他的资产阶级生活，便找到一个替身，第二个自我，去过他那平淡乏味的生活，叙述者就能从家庭和社会责任中抽身”[③]。这个故事的惊人之处和深刻之处不在于叙述者如何逃避责任以及一个假人如何取代他，而在于他的生活甚至连一个假人都无法忍受，假人也要求再制造出一个新的假人以便他能像叙述者那样抽身而出，过上另外一种生活，这种循环复制反映的正是人们“对现代城市生活的非人化状况的焦虑”。

《假人》里的“我”毅然决然地放弃自己的家庭和事业，其背后的强大驱动力在于知晓了可变通的方式，用萨特的话来说：“并不是处境的冷酷或者它强加的苦难引起人去设想事物的另一种状态，在这种状态中，任何人都会过得更好一些；而事情正好相反，就从人们能够设想事物的另一状态的那天起，一束新的光线就照在我们的艰难和痛苦之上，我们就决定这些艰难和痛苦是不堪忍受的。”[④]这或许也是桑塔格从科幻小说和电影中汲取营养，以科幻的形式来讲述这个故事的原因：“我”事先已经了解到可以复制一个一模一样的自己，而这种做法是“我”有意或无意得知的，在知道存在这种清除自由之路上的障碍的方法之后，“我”便更加感觉自己“过的日子实在令人难以忍受”了。假人第一天进入“我”的生活中，毫无破绽地完成了上班前的家庭生活部分，然后走出家门，进了电梯去上班。此时括号里看似轻描淡写的一句说明“我不知道机器人们是否能够互相辨识”(IE，97)泄露了天机：在匆匆奔走于居住之所和上班之地的人们中，又有多少像假人一样的“假人”啊！《假人》中明确表示制造一个假人需要一笔不菲的费用，为了让“我”熟识的工程师造出假人，“我付给了他一笔可观的酬劳”(IE，95)。除此之外，“我”还不惜代价地购买各种所需材料，而且还要聘请经验丰富的老派现实主义画家画出假人的五官。桑塔格在虚构她的假人时，自

① SAYRES S. Susan Sontag：the Elegaic Modernist [M]. New York：Routledge，1990：10.

② SAYRES S. Susan Sontag：the Elegaic Modernist [M]. New York：Routledge，1990：10.

③ 罗利森，帕多克. 铸就偶像：苏珊·桑塔格传[M]. 姚君伟，译. 上海：上海译文出版社，2009：259－260.

④ 萨特. 存在与虚无[M]. 陈宣良，等，译. 北京：生活·读书·新知三联书店，2014：529.

然不会忽略假人得以产生的经济条件。克鲁格曼借用汤姆·沃尔夫（Thom Wolfe）提出的用来指可令所有事情不费气力的“魔幻经济”（magic economy）一词来形容“六十年代”美国的经济情况，指出“不管以什么尺度衡量，‘六十年代’的美国经济就是这样的经济，尽管纷扰动荡，但却是美国史上最美好的经济时期”[①]，而且就人们的感受而言，“自认为是中产阶级的美国人的数量达到历史最高峰”[②]。斯泰格沃德也肯定“倘若以发展、收入、就业的整体数据衡量，‘六十年代’的经济是相当繁荣的”[③]。桑塔格将假人的出现置于正当其时的“丰裕社会”[④]中，可谓寓意不浅。一个手头宽裕、职位不低、妻儿俱全的城市中产阶级却无法面对这个物质文明高度发达的社会，宁愿舍弃自己拥有的一切来换取自由，如果只是简单地以逃避家庭和社会责任来解释其缘由，那未免不合情理：他大可抛妻弃女，一走了之，完全无需大费周章精心复制一个自己出来。因此需要追问的是这样一个问题：如果说四平八稳的中产阶级生活令他如陷囹圄，那么他向往的自由究竟是什么？

当假人刚开始接替他的所有工作时，他紧张不安而又十分乐意地扮演一个全知全觉的观察者，假人的一切行动尽在他的掌握之中，可是随着时间的推移，由于假人的行为习惯越来越趋同于原来的他，他再也无需担心假冒事件被戳穿时，他的这个乐趣也荡然无存了。他再次进行自主选择，开始了自我放逐式的生存状态：“除了偶尔产生的对假人的命运的好奇之外，我在这个世界上是了无牵挂。我已滑到了这个世界的底层。我现在到处都可以睡觉：廉价旅馆里，地铁火车上（我在夜里很晚才上车），小巷和门道里。我也不再劳神费力去向假人要工资支票，因为我并不想买什么东西。我很少刮胡子，衣服也是又破又脏。”（IE，101）这多少是一个令人愕然的选择：逃脱灯红酒绿的都市繁华，奔向颠沛流离、衣食无着的底层流浪汉生活，这就是他需要的自由。他对生活质量的无限降低近似一个犬儒主义者，不过却不见他有愤世嫉俗的言论，只有当假人与他摊牌，不愿继续顶替他时，他才道出了自己无法忍受的到底是什么：“我发现自己厌倦

---

① 克鲁格曼.美国怎么了？一个自由主义者的良知[M].刘波，译.北京：中信出版社，2008：59.

② 克鲁格曼.美国怎么了？一个自由主义者的良知[M].刘波，译.北京：中信出版社，2008：60.

③ 斯泰格沃德.六十年代与现代美国的终结[M].周朗，新港，译.北京：商务印书馆，2002：290.

④ 哈佛大学的经济学家约翰·肯尼斯·加尔布雷斯（John Kenneth Galbraith）在1958年的《丰裕社会》（*The Affluent Society*）一书中将第二次世界大战后经济飞速发展的欧洲与美国纳入丰裕社会的范围。

了做人，不只是不想做我自己这个人，而且是根本不想做人了……我累了。我想做山，做树，做石头。如果我继续做人的话，我只能忍受孤独的社会弃儿所过的生活。”(IE，102)这里至少透露出两条信息：其一，在原来生活的压力之下，这位身兼公司职员、丈夫、父亲、儿子的角色于一身的中年男子看不到人生的意义；其二，无论是在职场还是在家里，他在与人交往时却感受不到密切的人际关系，在尽心尽力地为完成各种角色的任务而忙碌的过程中，他看到的只是孤独的自己。假人身上发生的变化也证实了这一点：第一天上班，假人上午只抽了他一半数量的香烟，午餐也只喝了他一半的酒，可是到了下午，假人就显出一副沉思的样子，一支接一支地抽烟。因而叙述者不由自怜地感叹：“我过的是一种什么样的日子呀！还不到一天，连一个假人都显出倦意了。”(IE，98)如果故事照此发展下去，假人也会像他一样，不愿做“人”了，这篇寓言式的短篇小说或许就仅仅终结于桑塔格所言的现代都市的非人化带来的消极结果，但拒绝平庸的桑塔格笔锋一转，将自主选择的接力棒放在假人的手中，正如世界上不会有两片相同的叶子，假人改变现状的动机与“我”截然不同，其选择的道路自然也大相径庭。假人不仅要继续做人，而且还要做一个朝气蓬勃、奋发向上的人，这股动力来源于“爱”。

具有人工智能的假人对自己来到这个世界的使命非常清楚，起初尚能接受强加于身的责任，然而随着在工作中与秘书“爱小姐”(Miss Love)的接触，他无可救药地堕入了情网。一番隐忍之后，果断地找到自己的原型要求退出这荒唐的替身计划，如果不能得到“爱小姐”的爱，他毋宁死，毁灭自己，要么跳楼，要么撞墙，要么将自己身体里的精密机械拆毁。这是打着如意算盘的叙述者万万没有料到的，他有工作，有家庭，但在他的个人词典中唯独没有“爱”。躯体的疲惫或许可以很快恢复，可是精神的倦怠令他无所归依，缺乏一个以爱营造的精神港湾。在他的讲述中，除了这个“爱小姐”，故事里的人物都是无名无姓的，他们面目模糊，泛泛地被冠以“我”“老婆”“大女儿”“二女儿”“公司副总裁”等称呼，由此可见其重要性。桑塔格借一个真人与假人的对比，在肯定现代城市非人化的同时，委婉地比较了两种态度：“我”甘愿顺从由表及里的非人化进程，抛弃体面做人的念头；假人对抗自身非人的宿命，努力争取幸福的生活，做一个融入社会的真正的人。在假人的坚决要求下，“我”只好造出了第二个假人。于是第一个假人携着“爱小姐”离开了本不属于他的生活，为了证明自己的生存价值，他勤奋工作，认真学习，成了“一位蒸蒸日上的建筑师”(IE，105)。“爱小姐”也在继续读完大学课程后取得了教师资格证书，当上了一名中学英语教师。他们也生了两个孩子，日子过得非常幸福美满。至于“我”与假人的不同人生态度孰是孰非，桑塔格没有做出任何评述，但作为读者，应该不难判断。第一个假人的结局可谓圆满，那么第二个假人的情况又如何呢？

第一个假人是完全依照叙述者的样子复制出来的，但在造第二个假人的时候，叙述者与第一个假人的相貌已经有了微妙的差异，因此第二个假人又是完全照着第一个假人复制而成的。叙述者害怕第二个假人身上也会复制出人类的情感，也就是爱的能力——这使他失去了第一个假人，不过从第二个假人出现后发生的变化来看，这种情感的确是延续下来了的，只不过这种爱没有转向家庭之外，而是在家庭内部传递着。第二个假人工作顺利，提职加薪，搬了居所，家里又新添了一个男孩，两个女儿也长大了。日子依旧平凡、平淡，但这不就是芸芸众生的生活本相吗？桑塔格写作《假人》时，她的第一部长篇小说《恩主》也呼之欲出，当时这位无所依靠的年轻女性带着年幼的儿子寄身于喧闹繁华的国际大都会纽约，其艰难不难想象，但她没有否定生活的意义和乐趣，而是同第一个假人奔向新生活那样，锐意进取，蓄势待发。《假人》科幻化地戏说了现代城市人“强说愁”式的精神困惑，当生活看似一成不变而每个人都有自主选择的权利时，如何作出选择，从小处说能决定人们生活的质量，从大处说，能决定人类未来的发展。如果每个人都像叙述者那样选择复制自我，自己完全无所作为，一天天等待着生命的终结，而假人们则认真地履行着自己的职责，这该是多么不可思议的场景！《假人》以“我也祝贺自己，用这么公平合理而且负责任的办法解决了我在被赋予的短暂乏味的生命之中所遇到的种种问题”(IE，106)来作为结尾，其讽刺性耐人寻味。从假人们被复制之后不同的生活轨迹来看，桑塔格也多少表露了自己在《反对阐释》一文中对意义的单一阐释和复制的反感之情，正如程巍在解释为何她反对的是单数的而不是复数的阐释时所说：“她希望以对世界多元化的复制，来瓦解对世界的单一化的复制。”[①]

---

① 程巍.译者卷首语[M]//桑塔格.反对阐释.程巍，译.上海：上海译文出版社，2003：8.

二、色情:《美国魂》的自由之路

《假人》讲述了一个中产阶级男性从家庭出走的故事,似乎是为了与之对称,两年后的《美国魂》中则讲述了一个中产阶级女性离家出走的种种经历。自认为缺乏女性魅力的弗拉特法斯小姐(Miss Flatface,字面意思为“扁脸小姐”)抛弃婚姻和家庭,投入奥布辛尼迪先生(Mr. Obscenity,字面意思是“淫秽先生”)的怀抱,过着无异于性奴的生活,后来她逃脱了奥布辛尼迪的淫窝,自愿选择走上流浪之路,仍然从事色情职业,以卖淫为生,她“自由”的足迹踏遍美国。当奥布辛尼迪的爪牙朱格(Jug)督察一路追踪找到弗拉特法斯小姐时,她义正词严地告诉他:“难道你不知道这是一个自由的国家吗?你是自由的,我也是。我要好好使用上帝和宪法赋予我的自由。”(IE, 81)她所谓的自由就是放浪形骸,纵情于声色之中,置为人妻、为人母、为人女的责任于不顾。显然,弗拉特法斯小姐把自由等同于单纯的性自由。根据伊丽莎白·隆(Elizabeth Long)的研究,“1969 年至 1975 年间的畅销小说显示出一个岌岌可危的世界观……最引人注目的是道德约束力和道德理想的消失。就前者而言,最极端的例子是性泛滥,其往往导致人与人之间暴虐的关系”[①]。《美国魂》的问世早于这个时间段几年,也不是作为畅销小说来创作和发行的,但其故事内容和人物刻画却与之非常吻合。值得注意的是,此时的桑塔格尚未鲜明地表达自己的女性主义立场[②],而将这个立场付诸创作实践是二十几年后在《火山情人》《床上的爱丽斯》等作品中的事,这是后话,但就像她在《死亡之匣》中对越南战争的具体名称避而不提却于行文的点滴之中犀利地痛斥这场旷日持久的灾难一样,《美国魂》亦是在不动声色之中诠释着作者对当时呼声日高的妇女解放运动的理解。在这个问题上,她偏向于在《反对阐释》中提倡的消解策略——消除性别差异,正如消除高级文化与通俗文化之间的壁垒那样。斯泰格沃德称,当时的一些观察家也认为,年轻人注意到了消除

---

① LONG E. The American Dream and the Popular Novel [M]. Boston: Routledge & Kegan Paul plc, 1985: 118.

② 桑塔格旗帜鲜明地明确自己与女性主义的亲缘关系首见于 1973 年发表于《党派评论》的《妇女的第三世界》,随后在 1984 年的一次采访中,她被问道:“女性主义现在对你的工作有多重要?”她的回答是:“我十分认同我的女性主义者身份。有人告诉我说我是一个‘自然而然’的女性主义者,也就是天生如此。实际上我不明白这何以成为一个问题:我无法理解为什么有人仅仅是因为被告知说女人不曾做这样的事情就犹豫着不敢去做自己想做的事。女性主义运动对我非常重要是因为它使我感觉到自己没那么古怪,而且它使我理解了加于女人身上的压力,而我也许是由于自己的古里古怪或是由于成长过程的不同一般逃脱了这些压力。”详见:POAGUE L. Conversations with Susan Sontag [C]. Jackson: University Press of Mississippi, 1995: 210.

性别差异的号召，并通过身着牛仔服这种男女通用的服装以及男子留长发体现出来。桑塔格认为这是对“性别偏见”的健康的“消除”。[①] 1966 年在回答有关“美国现状”的一份问卷时，桑塔格如此写道：“性别界限的拉近超越了将性作为人类活动的一个损坏而分开的区域的认识，超越了关于‘社会’压抑着性的自由表达（通过罪的概念）的发现，揭示出我们生活的方式和通常的个性选择几乎完全压抑了愉悦的深度体验和了解自我的可能。‘性自由’是个肤浅过时的口号。解放了什么？解放了谁？”[②]张莉指出弗拉特法斯小姐无疑是一个激进的女性主义者，其追寻自我的自由之旅暗含了桑塔格对此类女性主义者为反抗而反抗的盲目行动的嘲讽。[③] 不妨说，女性主义只是这个故事中的一条副线，因为主人公是一名女性及其离家出走，容易使人首先联想到易卜生笔下那个出走的娜拉。

桑塔格在评论诺曼·O. 布朗（Norman O. Brown）的《生与死的对抗》时，将其与赫伯特·马尔库塞（Herbert Marcuse）的《爱欲与文明》放在同一个高度审视，认为它们“代表了对弗洛伊德思想的一种新的严肃态度，使得美国先前出版的关于弗洛伊德的著作在理论上相形见绌，或在最好的情形下也显得浅薄”；而《生与死的对抗》最大的贡献在于其“探讨一些根本问题的大胆——这些问题涉及我们文化的伪善性，涉及艺术、金钱、宗教、工作，涉及性和身体的动机”。她进一步指出，对这些问题的思考，关注的中心恰好是性的意义和人类自由的意义，这在法国是一个连绵不断的主题。萨特的《存在与虚无》中就身体与他人的具体关系便有专门的研究，然而遗憾的是，“在美国，色情与自由这两个密切相关的主题才开始被以严肃的方式加以对待。我们大多数人仍感到必须与压制和假正经进行那场令人疲惫的战斗，好把性当作一个自然而然的、需要更自由地表达出来的东西”[④]。桑塔格不满于人们对性和色情遮遮掩掩、避而不谈的态度，因此，她在《美国魂》中先声夺人，寥寥数语交代一下故事发生的地点（含含糊糊的“一处很拥挤的地方”）和主人公（“主要人物是一个勇敢无畏的女人”）之后，就直奔主

① 斯泰格沃德. 六十年代与现代美国的终结[M]. 周朗，新港，译. 北京：商务印书馆，2002：255. 关于抹平男性和女性之间刻意的区分，桑塔格在 1974 年的《旧怨重诉》中表现得尤其明显，她特意指出，她笔下的主人公“我”既可以是男性，也可以是女性，以免人们在阐释的时候只将其当成某一性别的问题而忽视其普遍意义。

② 桑塔格. 激进意志的样式[M]. 何宁，周丽华，王磊，等，译. 上海：上海译文出版社，2007：214.

③ 具体论述参见：张莉. “沉默的美学”视阈下的桑塔格小说创作研究[M]. 北京：外语教学与研究出版社，2016：107－109.

④ 桑塔格. 反对阐释[M]. 程巍，译. 上海：上海译文出版社，2003：299－300.

题："由于看够了呆板的眼光，弗拉特法斯小姐决定开始从事一种色情职业。"(IE, 59)此句原文为"Buffeted by mechanical stares, Miss Flatface decided to enter upon a career of venery"①，其信息量远远超过译文，"buffeted"有被反复殴打、打击、折磨之意，"mechanical stares"令人不由想起《假人》里由机械零件拼装而成的假人以及那个无辜的假人之妻。她两度被更换丈夫，又两度被抛弃。整篇故事里她只讲了一句话，那就是第一个假人爱上"爱小姐"之后心神不宁甚至眼睛哭得红红的时候，她问了一句："感冒了吗，亲爱的?"(IE, 102)描写她的心理活动的也是非常简单的一句："假人满脸悲伤地走出了家门，任我的老婆在那里担心忧虑、不知所措。"(IE, 102)但由此我们能够看出她有血有肉，绝非一个感情冷漠、反应迟钝、对"丈夫们"的变化无所察觉的人。我们可以设想一下，她每天与假人(姑且不论是第一个还是第二个假人)相处，如何对这种不含感情的、机械式的注视视而不见?

我们同时也不妨大胆地假设弗拉特法斯小姐正是一个假人家庭(隐喻性的也好，科幻性的也好)中的主妇。弗拉特法斯的丈夫在奥布辛尼迪先生当众接触她的肉体时一五一十地把她的个人背景和盘托出，同时也将自己的反应公之于众：

> 弗拉特法斯小姐是她结婚前的名字。回家去她就叫吉姆·约翰逊太太。她是值得骄傲的三个孩子的母亲，是童子军的女训导，是格林·格罗夫学校的家长教师协会的副会长……她还是当地的女选民联合会的文档秘书。她拥有九又四分之三册科恩王公司的赠券，还拥有一辆1962年产的奥尔兹莫比尔牌汽车。如果我让她跟你走，她的母亲——我的丈母娘——会气得发疯的。(IE, 60)

这种如公司报表般精确的叙述就是弗拉特法斯小姐在他眼中的形象——只是一个个不带情感色彩的称谓和一列列冷冰冰的数据以及一些财产而已，而他本人没有为妻子的异常举动感到愤怒或难堪，他忍不住发言是为了维护丈母娘的颜面。他对妻子的注视应该是她接受到的最多也最直接的"mechanical

① SONTAG S. I, etcetera [M]. New York: Farrar, Straus, Giroux, 1978: 55.

stares”，这样更强化了她的疑惑：作为一个没有吸引力的“扁脸”女人，饱受无动于衷的眼神之苦，她的身体是否还生动地存在着？她选择从事“a career of venery”，此处的“venery”一词语含双关，大有深意，既有“性欲”之意，又有“狩猎”之意，前者揭示了她认识自己身体的途径，也就是萨特说的“我欲望通过别的肉体并对这个别的肉体把自己揭示为肉体”[①]，后者则与以下论述遥相呼应：

> 我们现在能够解释情欲的深刻意义了。在对他人的注视的最初反作用中，事实上，我被构成注视。但是如果我注视注视，为了防范他人的自由并把他人的自由作为自由而超越，自由和他人的注视就崩溃了：我看见眼睛，我看见一个没于世界的存在。从此，别人逃离了我，我想作用于他的自由，把他的自由化为我有，或至少，使他的自由承认我是自由。但是这自由是僵死的，它绝对不再现于我在其中与对象—别人相遇的世界中，因为它的特性就是对世界而言是超越的。[②]

弗拉特法斯小姐在他人的注视中试图扭转主客体的关系，勇敢地“注视注视”，即注视他人的注视，从而击溃和抵消了被动性，企图像一个经验丰富的猎手，一次次地攫取性对象的自由，但这个自由一旦获得就消亡了，因为她又置身于新的注视中，需要重新猎取新的主动性，卖淫就成了她从认识自己的身体到认识自己的内心的一种选择。她刚下定决心，两个美国魂就出现了——她听到了本·富兰克林(Ben Franklin)和托马斯·潘恩(Thomas Paine)的灵魂在小声说话，“在召唤她，也在禁止她”(IE，59)。申慧辉认为，也许应该把《美国魂》当作寓言故事来读，因为这不仅会使阅读本身较为轻松，也会使它不那么伤感。在表面的嘲讽下，《美国魂》充斥着精神上的困惑与茫然，甚至质疑与痛苦。就如同故事中反复出现的字眼“他们在召唤她，也在禁止她”所着意强调的，那些由美国各色名人所代表的种种价值观念，尽管充满了生命力乃至精神感召力，却也同样含义不明、混乱不清，让人不知道该如何识别判断，该何去何从。[③] 这也的确是《美

---

① 萨特. 存在与虚无[M]. 陈宣良，等，译. 北京：生活·读书·新知三联书店，2014：481.

② 萨特. 存在与虚无[M]. 陈宣良，等，译. 北京：生活·读书·新知三联书店，2014：481-482.

③ 申慧辉. 迎风飞扬的自由精神：苏珊·桑塔格及其短篇小说[M]//桑塔格. 我，及其他. 徐天池，申慧辉，等，译. 上海：上海译文出版社，2009：7.

国魂》的一个特点，每当弗拉特法斯小姐准备有所行动的时候，美国魂往往是召唤与禁止并举，也就等于既没有召唤也没有禁止，这些名人之魂成了空洞的象征，不能向她提供任何有价值的建议或指出一条理想的出路，她所能做的，就是完全按自己的本能一步步走下去，而这个本能，在完全摒弃原有生活的情况下，蜕变为性本能，使她任由情欲的指引走上色情之路，所以她从家里出走后所做的第一件事就是在公众场合出卖色相，恳求围观的人群"试试我吧"(IE，59)。

显然，弗拉特法斯小姐"从业"第一天的行为就饱含荒诞的色彩，这就不得不提及桑塔格对色情作品的看法。1967 年她发表了《色情之想象》("Pornographic Imagination")的长文，在文章中，她高调地为色情作品辩护。当然，她为之辩护的不是所有划入这一类别的作品，而是"既可被称为色情作品——如果这个陈腐的标签还有任何意义的话——同时也不可否认属于严肃文学"[①]的作品。在她看来，"将《色情之想象》与其他论述色情生活的作品区分开来的是，它把性活动当做一种极端的情形来对待。那意味着色情作品所描述的，很明显，非常不真实"[②]。这也是她认为"色情作品和科幻小说具有不少有趣的相似之处"[③]的原因。作为一个严肃的作家，桑塔格以一个从事色情职业的女性为主人公，而且这个人物就紧随科幻故事《假人》之后诞生，这是极为耐人寻味的举动。就在1963 年的《假人》与 1965 年《美国魂》之间，桑塔格还写下了一篇《杰克·史密斯的〈淫奴〉》("Jack Smith's *Flaming Creatures*"，1964)，为一部因为被视为淫秽色情而遭禁的"地下电影"鸣不平，称其是一个"对世界进行美学观照的成功的例子——这种观照也许根本上总是兼具男女两性特征的。不过，在美国，这一类别的艺术尚没有获得人们的理解"[④]。《美国魂》是作者对自己观点的具体实践，这一努力的重要性不在于为色情作品谋求出路，而在于其矛头直指的是作者与同行们一起意欲推翻的审查制度，其终极目标是言论自由。在当时的审查制度之下，作家和艺术家们感觉受到了强烈的压制，甚至有"单个的艺术家因违反'社会标准'而付出代价。譬如，喜剧作家列尼·布鲁斯(Lenny Bruce)发动了一次反对当地淫秽法案

① 桑塔格. 激进意志的样式[M]. 何宁，周丽华，王磊，等，译. 上海：上海译文出版社，2007：42.

② BERNSTEIN M，ROBERT B. Women，the Arts，& the Politics of Culture：An Interview with Susan Sontag [G]// POAGUE L. Conversations with Susan Sontag. Jackson：University Press of Mississippi，1995：71.

③ 桑塔格. 激进意志的样式[M]. 何宁，周丽华，王磊，等，译. 上海：上海译文出版社，2007：42.

④ 桑塔格. 反对阐释[M]. 程巍，译. 上海：上海译文出版社，2003：270.

的斗争,结果因此在1963年至1964年期间几度被捕”[①]。1969年,桑塔格仍然声称:“我反对审查制度。色情作品本身未必有什么价值,我当然也不会认为它对激发情欲有什么特别的好处,但我认为将色情作品当成某种商品来出售,而且对大多数人来说,是一种非常廉价的商品,这是一个自然的转向。”[②]《美国魂》与其说是向审查制度发起的一次挑战,不如说是桑塔格向审查机构发出的一份“陈情表”,她要证明的就是关乎色情的作品完全可以严肃地反映社会问题,具有深刻的现实意义。

《美国魂》最初名为《意志与道路》(“The Will and the Way”),从情节发展而言,这个标题更符合弗拉特法斯小姐的生命历程,她按自己的意志行事,从“淫秽先生”那里获得了丰富的情色体验后,“她的学徒期已满”(IE, 78),于是离开了“淫秽先生”封闭的色情场,踏上漫游之旅,跑遍了美国,将整个美国当成了她的色情基地。在一次次的情色交易中,她得心应手,游刃有余,认为这就是标榜为自由国度的美国应许给她的自由,所以颇为心满意足地宣称:“这是一个自由的国家,我说这句话的时候是认真的。我花了好长时间才找到我的自由,我不想放弃它。起码它还是我的,而不是别的什么人的想法的时候是如此。”(IE, 82)但正如萨特指出的那样,“情欲本身是要归于失败的”[③],弗拉特法斯小姐的这条道路行之不久,在遇到一个长相酷似前夫的青年水手后,她又重回小鸟依人式的主妇生活,步入了婚姻的殿堂,放弃了以情欲来换取自由感的生活方式,再度变身为出走前的那个循规蹈矩的妇女,在年轻的丈夫外出工作期间,她把自己打扮得笨拙难看,以此表示对他的忠贞。这样的日子同样好景不长,正值盛年的弗拉特法斯小姐由于食物中毒而一病不起,最后离开人世。就在她吃下有毒食物的时候,又有两个美国魂出现了。与以往含混的示意不同,这次的美国魂是在尖声警告她,这也是她从美国魂中接收到的最直接的信号,可是“她没有听见”(IE,

① 斯泰格沃德.六十年代与现代美国的终结[M].周朗,新港,译.北京:商务印书馆,2002:248.

② NEWMAN E. Speaking Freely [G]// POAGUE L. Conversations with Susan Sontag. Jackson: University Press of Mississippi, 1995: 21-22.桑塔格的这番言论受到了戴维·斯泰格沃德的批评,他指出,桑塔格的新审美观的最大缺陷就是当她极力颠覆批评家的专制时,也没有办法来抵御市场的腐蚀力。已广为接受的标准无论多么必要、多么好都必须废弃。当所有标准都被推到一边时,批判的评判——对艺术精华所培养的一种感觉——也就仅仅成为一种“品味”,相当于一个消费市场:生产商告诉消费者如何在大量无法辨识的商品中进行取舍。形式文学对评判的拒绝并不鼓励文化上的民主,而是创造出一种新的势力行为:“专家们”所代表的市场决定着什么是艺术,什么不是。同时在流行文化中,有销路的也是广告商、依赖投资商的唱片生产商以及据称拥护传统文化的公司的决定。详见:斯泰格沃德.六十年代与现代美国的终结[M].周朗,新港,译.北京:商务印书馆,2002:240-241.

③ 萨特.存在与虚无[M].陈宣良,等,译.北京:生活·读书·新知三联书店,2014:486.

90)。即便是在生死攸关的危机时刻,美国魂也未能给弗拉特法斯小姐提供切实的帮助。在弥留之际口述的遗嘱中,她终于认识了美国的真相:"美国——我向你致敬,特别是你那些不美的方面……我一直竭力想看到你和你的人民的最好的方面,这些人在外表上显得很友好并富有幽默感,然而他们内心里却常常很卑鄙……我花了一生的时间来发现你,也就是说,来发现我自己。我之所以是我,是因为我是这个国家的公民,也是它的生活方式的支持者。"(IE, 91)这段控诉式的语言凸显了"美国魂"标题的含义——死去的那些美国魂无力为美国人浇筑强有力的精神支柱,这个国家缺乏的是鲜活的精神指导。桑塔格要表述的是对美国的失望之情,"这是一个注定要毁灭的国家。我唯一祈求的是,美国崩溃的时候,不要把地球上的其他一切都拉下水"[①]。而与此同时,她解释了在官方坚持不懈的禁令和审查中,色情作品依然备受欢迎的原因:"事实上,我们的社会正是这样一个繁荣的'色情社会'。我们这个社会的结构如此伪善压抑,必然会迸发出色情作品,这既是其合理的表达,也是其具有颠覆性的、通俗的解毒剂。"[②]弗拉特法斯小姐误把色情当成自由,这是《美国魂》里警醒美国人的伪自由;桑塔格高扬色情作品的解毒功能,这是《美国魂》外启迪民智的一种思想的自由。当她坦言"色情作品其实根本不是关于性,而是关于死亡的"[③]时候,她也向弗拉特法斯小姐投去了又恨又怜的一瞥。

第二节 自由与处境

《假人》的"我"和《美国魂》里的弗拉特法斯小姐在自由的召唤下,彻底作别昔日的身份,一个沦落街头、成为衣衫褴褛的流浪汉,一个甘当娼妓、出卖肉体。前者目睹假人们小有所成的生活,落落寡欢;后者则在临终前完全忘记了自己出走后的种种经历,在遗嘱里留下丝丝怨念。他们意识到每个人都有自我选择的自由,但忘记了在这个自由的背后,还存在着种种限制。自由固然意味着无拘无束,但在人类社会里,它远非天马行空的任意妄为。萨特以这样两个问句道明了

---

① 桑塔格.激进意志的样式[M].何宁,周丽华,王磊,等,译.上海:上海译文出版社,2007:218.
② 桑塔格.激进意志的样式[M].何宁,周丽华,王磊,等,译.上海:上海译文出版社,2007:43.
③ 桑塔格.激进意志的样式[M].何宁,周丽华,王磊,等,译.上海:上海译文出版社,2007:65.

自由的另一面："如果我是小个子的话，我能够选择成为大个子吗？如果我是独臂的话，我能选择有两个胳膊吗？这些问题恰恰都提出我的处境事实上给我本身的自由选择带来的'限制'。"[①]《杰基尔医生》里的同名主人公正是希望变成一个外貌与品行都截然不同的人，由此有趣地对应了萨特的这个提问，作者也进而在具体的刻画之中阐释了自由与处境的关系。所谓处境，既非主观也非客观，"它是事物本身和事物中的我本身"，既"完全是主体（主体除了是其处境外，不是别的任何东西），也完全是'事物'（除了事物之外，没有别的东西）"。[②] 换言之，处境是主观与客观的统一体，只有主体身处其中，事物才能显现为存在，也只有在事物之中，主体才能发挥其自由，并且感受自由的限制。萨特以岩石为例，岩石本身是中性的，它"等待着被一个目的照亮，以便表露自己是一个对手还是一个助手"[③]：对于一个企图搬动它的人，它表现为一种敌对的抵抗；而对于一个想爬到它上面去观看风景的人，它又成了一种可贵的援助。只有主体介入，中性的岩石才具有意义。若要涉及攀登这块岩石，我们便"开始瞥见关于自由的悖论：只有在处境中（活动）的自由，也只有通过自由（显现）的处境"[④]；因为攀登与否是主体的自由选择，体现出主体的自由，同时这块被选中的岩石能否攀登得上又展示出处境对自由的限制。桑塔格在《杰基尔医生》的开头就描写了杰基尔度假时的一次攀岩行动，其中有句话读来别有深意："只要他的左胳膊牢牢地嵌在岩石表面的缝隙中，他的身躯就是自由的。"[⑤]（IE，199）"只要……就……"指明了自由的条件，亦即限制。

桑塔格的这个故事是对《杰基尔医生与海德先生》（即《化身博士》，*Strange Case of Dr. Jekyll and Mr. Hyde*，1886）的改写，杰里米·哈丁（Jeremy Harding）认为这个改写"才华横溢"，桑塔格"挚爱史蒂文森（Robert L. Stevenson），极端公平地对待他的小说，把杰基尔和海德各自分开，写成不同的两个人，这样比把他们写成同一个人的不同面目要好"[⑥]。当然，这是一家之言，

---

① 萨特.存在与虚无[M].陈宣良，等，译.北京：生活·读书·新知三联书店，2014：584.

② 萨特.存在与虚无[M].陈宣良，等，译.北京：生活·读书·新知三联书店，2014：666.

③ 萨特.存在与虚无[M].陈宣良，等，译.北京：生活·读书·新知三联书店，2014：585.

④ 萨特.存在与虚无[M].陈宣良，等，译.北京：生活·读书·新知三联书店，2014：624.

⑤ 原文为"His torso is free as long as his left elbow stays braced in a crevasse in the rock face"，详见：SONTAG S. I，etcetera [M]. New York：Farrar，Straus，Giroux，1978：189.

⑥ HARDING J. The Restless Mind [J]. The Nation，March 2007：34.

作正好点出了这篇改写之作与原作最大的区别。作为桑塔格写作生涯中的第一次改写[①],《杰基尔医生》又有何不同寻常之处呢?桑塔格将故事移到现代的美国,杰基尔是一个体面的医生,相貌堂堂,教育背景良好,拥有令人称羡的家庭,但是他特别希望变成海德那样的人,甚至希望能与海德交换身体。海德是杰基尔彻头彻尾的反面:外形猥琐,出身卑微,在阴暗处出没,总是做些伤天害理的事。杰基尔如此荒诞的想法源自"因为我不自由","我过的日子……全都是规划好了的"(IE, 232-233)。哈丁推测桑塔格对杰基尔的故事感兴趣是因为"她懂得善与恶联手的危险"[②],此言非虚,但在桑塔格笔下,杰基尔代表的善和海德代表的恶最终却没有联起手来,也正是因为自由不是一匹脱缰的野马,它依然在人力可控的范围内驰骋,世界才得以继续有序地存在着。

萨特在《存在与虚无》中具体考察了处境的几种不同的结构,第一个就是"我的位置"。他如此解释道:

> 我的位置(place)是由空间秩序和在世界的基础上向我揭示的诸多"这个"[③]的特殊本性定义的。它当然是我"居住"的地方(我的国家,包括其土地、气候、宝藏、山川地貌),但是,更简单地说,它也是现在显现在我眼前的对象的布局和次序(一张桌子,在桌子的那一边是一扇窗户,窗户的左边是一个大衣橱,右边是一把椅子,窗户后面是街道和大海)。这些对象指示出我是它们的次序的理由本身。我不可能没有一个位置,否则相对世界来说我就是处在悬空的状态,世界也就不再以任何方式向我表露……[④]

---

① 桑塔格在创作后期极其偏爱以名家作品或知名人士为写作材料,如 1991 年的独幕剧《一个帕西法尔》(*A Parsifal*)来源于瓦格纳的歌剧《帕西法尔》,同年的短剧《百感交集的皮剌摩斯与提斯柏》(*The Very Comical Lament of Pyramus and Thisbe*)取材自莎士比亚《仲夏夜之梦》中的戏中戏(这个戏中戏又源自古罗马诗人奥维德的《变形记》的第四章),1992 年的小说《火山情人》描述了英国驻那不勒斯大使汉密尔顿爵士的生活,1993 年的剧本《床上的爱丽斯》既戏仿《爱丽斯漫游奇境记》又以历史人物詹姆斯·爱丽斯为主人公,1999 年的剧本《海上夫人》(*Lady from the Sea*)改编自易卜生的同名剧作,2000 年的小说《在美国》以著名戏剧女演员海伦娜·莫杰斯卡(Helena Modjeska, 1840—1909)的生平故事为蓝本。

② HARDING J. The Restless Mind [J]. The Nation, March 2007: 34.

③ 英文译为"thises",参见:SATRE, J P. Being and Nothingness [M]. Trans. BARNES H E. Reprinted by China Social Sciences Publishing House (Beijing), 1993: 489.

④ 萨特. 存在与虚无[M]. 陈宣良,等,译. 北京:生活·读书·新知三联书店,2014: 594-595.

“我的位置”是“我”（即主体）与客观场所的统一，客观场所的方位性在“我”面前显示出东西南北、前后左右之分，而“我”也只能通过眼前呈现的客观场所才能确定自己的位置。但是杰基尔非常不满于自己只能在一个时空体内进行有限的活动，为了突破“我的位置”，他进行了反抗，并由此经历了一个求助于神秘力量和与邪恶直面交锋的过程，而这两种方式带给他的是对自由完全不同的感悟。

一、迷失：乞灵于神秘力量

在史蒂文森的《化身博士》中，阿特森（Utterson）是一个不可或缺的人物。他是杰基尔的律师，一个严守职业操守的可靠人士，接受杰基尔的委托保管其内容稀奇古怪的遗嘱。他控制了整个故事的叙事节奏，因为故事就是从他对海德的寻找逐步展开的；他还掌控着故事的情节发展过程，因为是他还原了杰基尔与海德原来是同一个人的真相，迫使杰基尔在他破门而入发现这个秘密之前服毒身亡。在桑塔格笔下，阿特森摇身一变，经营和管理着一所“人类潜能开发学院”，他似乎具有特异功能，能以人体通电的方式向别人传输能量，吸引了不少信徒。他的身份虽然发生了天翻地覆的变化，但是他的控制性丝毫没有减弱，这表现为两点：其一，从叙事过程来看，他是一个贯穿全文的“在场”，既有直接的与杰基尔的接触，又有间接的感应式的交互——杰基尔在一举一动中都会想到他，幻想两人之间即便处于完全不同的时空之中仍有一种看不见的联系；其二，从故事情节来看，也是他宣告了杰基尔的结局——在杰基尔企图了结海德性命的关键时刻，根本就不在现场的阿特森拨通了警察局的电话，杰基尔于是身陷囹圄。应该说，桑塔格更强化了阿特森的作用，将他挪移至一位密教宗师的位置，在杰基尔面前矗立起第一道自由之门。接下来的问题就是：一个内科医生何以与一个近似于江湖术士的人有着密切的联系？这确实让人匪夷所思，但如果了解到杰基尔对突破自身的强烈愿望，此举又在情理之中。杰基尔对自己要求极高，自认为“活力不够”并且“缺少创新精神”（IE，212），他就像浮士德那样，试图掌握无穷的知识和力量。浮士德不惜与魔鬼签订契约，以灵魂相许，杰基尔也在寻找他的墨菲斯托（Mephistopheles），当他得知阿特森正在致力于所谓的人类潜能开发时，他的欣喜之情可想而知。

在考察杰基尔与阿特森的关系之前，先了解一下桑塔格在创作《杰基尔医生》的同期发表的一篇重要论文或许有所裨益，这就是 1973 年 5 月 19 日出现在

《纽约客》上的《走近阿尔托》。桑塔格认为阿尔托的思想复制了诺斯替教(Gnosticism)的大部分教义。诺斯替教原本是希腊罗马世界的一个秘传宗教,公元1—3世纪流行于地中海东部地区,基督教诞生后成为其中的一个教派,后被视为异教,其教徒受到迫害,但其思想仍得以流传。据专家考证,1945年在埃及的那戈・玛第镇发现了诺斯替教派的经书《那戈・玛第文集》(*The Nag Hammadi Library*),诺斯替宗教的研究因而获得了大量的第一手材料,此后数十年来成为西方学术界众多学科联手对整个古代晚期进行全面研究的久盛不衰的一个热点。[①] 这个带着神秘主义性质的教派与20世纪的存在主义有着千丝万缕的联系,两者都肯定人的主体性是对西方哲学自苏格拉底之后注重物质主义的一种背离,两者的"核心都在追求真实的创造性"[②]。从关于阿尔托的这篇长达62页的论文中可以看出桑塔格对诺斯替教进行了深入的研究,如果说她将这个研究带进了同期的虚构作品中也许不是牵强之说,因为从阿特森身上处处可以窥见诺斯替教的痕迹,最为明显的是以下三点:其一,诺斯替教强调只有领悟神秘的"诺斯"(Gnosis),即真知,人的灵魂才能得救,拥有这种特殊能力的人很自然地就处于领袖的地位,扮演导师的角色。阿特森宣称"自己有先于别人知晓一切的习惯"(IE, 204),这令杰基尔疑惑,基于他接受的高等教育和从医的经历,他有理由对此表示怀疑,但因为"阿特森常常表现出具有一种沉着冷静,无法解释的超人的洞察力"(IE, 204),他又不由极为向往。他甚至幻想用自己的脑袋去撞阿特森的脑袋,"可以想到阿特森的脑袋一定会开花,他脑袋里所有的主意和想法都会溢出来,那时掌握人类和谐发展的秘密的人就不是阿特森而是杰基尔了"(IE, 212)。其二,按桑塔格的理解,"诺斯替教强调二元主义(身体—灵魂、物质—精神、善—恶、黑暗—光明),并在此基础上,许诺对所有二元论的摈弃"[③],也就是超越这些二元对立。阿特森正是这样一个矛盾体:"寡言却又健谈,贪财却又禁欲,油滑却又明智,平庸却又高贵,下流却又单纯,懒散却又活跃,狡猾却又天真,谄媚却又民主,冷漠却又热情,轻浮却又精明,易怒却又耐心,易变却又可靠,病弱却又强健,年轻却又衰老,空虚却又充实,像水泥一样重却又像氦气一样轻。"(IE, 212)他集对立的品质于一身,又能轻松地取信于追随者,高

① 张新樟.试论诺斯替宗教修行的理论和实践[J].宗教学研究,2005,(3):61.

② 刘耀中.诺斯替思想和现代[J].读书,1990,(12):105.

③ 桑塔格.在土星的标志下[M].姚君伟,译.上海:上海译文出版社,2006:55.

踞难以撼动的领导者的位置,具有无穷无尽的吸引力,令许多社会精英趋之若鹜。正如他的一位学生——曾经是著名的歌剧演员——所说:“虽然他可能会让你发狂、发怒或痛苦,但只要你和他真正接触,就一切都是值得的了。”(IE,214)其三,诺斯替教认为“每一个人的内心都藏着自由的火点”[①],而追求自由有两种途径:彻底的禁欲和绝对的纵欲。桑塔格也认识到了这一点,称阿尔托是在诺斯替教的感受力的迷宫里徘徊,在这个迷宫里,他选择了“自由需要放荡”[②]的道路,具体而言就是“一个人为了从‘世界’中解放出来,他就必须打破道德(或社会)法则。为了超越身体,就必须经历一个阶段的肉体放荡和语言上的亵渎,其理论依据是只有当道德已经被一个人故意蔑视,他才可能获得彻底的改变,即进入一种将一切道德范畴均抛在身后的优雅状态”[③]。阿特森是纵欲式修行的典范,小说里对此有大量的描述,杰基尔在阿特森的影响之下也是如此看待自由的,为了超越身体几乎是不择手段。阿特森的一名少年学生普尔(Poole)负责充当他的贴身男仆,而给他做清洁工作占据了这个学生的大部分时间。小说里的这样一段描述比较具有代表性:

> 每天早晨,阿特森都大声把普尔喊进屋。普尔会看到床上湿漉漉的一片狼藉,家具和地毯上有许多气味难闻的污迹,更衣室的墙上沾满了排泄物。至于卫生间——普尔可以想象夜里在卫生间和更衣室里发生了多少不由人控制的重大生理事件……一直流传着一些谣言,说这里上演的远远不止是阿特森喝咖啡和他食物消化的终端过程……普尔根据每天早晨看到的混乱狼藉及其种类的厚度所能证明的只是:在前一天夜里几乎人类所能进行的任何活动都可能在这里发生过。(IE,207-208)

除此之外,每天早晨在阿特森的身旁还会躺着一个深埋在毛毯和弄脏的被单下面的性别不详的人,其恣意纵欲的程度多少令人惊骇。可即便如此,阿特森的学员们依然在他的潜能开发学院潜心学习,对阿特森本人的放纵生活习以为

---

① 刘耀中.诺斯替思想和现代[J].读书,1990,(12):104.
② 桑塔格.在土星的标志下[M].姚君伟,译.上海:上海译文出版社,2006:54.
③ 桑塔格.在土星的标志下[M].姚君伟,译.上海:上海译文出版社,2006:54-55.

常,这也符合诺斯替教的差别化修行方法——持纵欲观的诺斯替主义者"从来都把他们的'自由'看作是独享的特权,绝不是为教会持'单纯信仰'的普通成员准备的"[①],阿特森的普通学员们接受了领导者的特权,甘于在学院里清心寡欲,从事粗重的体力劳动,施行禁欲式的修行。他们心怀敬仰地围绕在阿特森周围是因为阿特森除了拥有神秘的知晓力外还有一个至关重要的本领——能为别人传送能量,杰基尔就是由于亲眼看到阿特森在别人身上这么做之外还亲身经历过这种著名的能量传递,才参与阿特森的训练课程并且欲罢不能。当他有一次"心情非常沮丧,甚至想到了自杀"(IE, 221)的时候驱车前往阿特森的住所,在喝下了阿特森递给他的咖啡之后,他"突然感到有一股能量在自己的身体里骤然上升,就像一股强烈的电流带着蓝色的电光从阿特森的身体里流出接着又流进了他的身体"(IE, 221),在他觉得精力旺盛的时候阿特森却脸色苍白,"就像身体里的血液被抽干了似的"(IE, 221)。这使杰基尔大为惊异,阿特森从此仿佛成了他的救命稻草,是他克服心理焦虑和身体疲倦的寄托所在。

杰基尔在阿特森的学院里积极训练,得到了阿特森的青睐,成为他的得意门生,他肯定学院生活的成果:如果没有经过那种训练,他"就不可能成为今天这样一位能干的医生,不可能如此镇静、沉稳、富有自制力和观察力,不可能如此轻松地信任自己的同事、下属和病人,让他们按照自己的意愿行事"(IE, 230)。可是杰基尔真正想要获取的那种神秘的力量却一直未能显现,而更让他难以接受的是,他之所以来到阿特森的学院是因为要突破自己的处境,最大限度地享受自由,可事情的发展似乎走向了反面:"他也不能彻底地摆脱阿特森,他有一种被禁闭的恐惧的感觉。大多数阿特森的学生最后都满足地继续留在一间屋子里,他们到阿特森这里来是为了获得更多的能量,但那老头在他们身上施了什么魔咒。杰基尔拼命挣扎,想从那魔术师的咒语里解脱出来……"(IE, 218)这样阿特森反而为他的自由加上了一道枷锁。迷失在阿特森魔咒之中的杰基尔如果继续在所谓的人类潜能开发学院听命于阿特森,那么就像桑塔格评价诺斯替教的自由观那样,他"唯一可能的自由就是非人的、绝望的自由"[②],阿尔托在诺斯替教义的迷宫中疯癫而亡,其"非人的、绝望的自由"来得太残酷,杰基尔乞灵于神秘的

① 张新樟.试论诺斯替宗教修行的理论和实践[J].宗教学研究,2005,(3):66.

② 桑塔格.在土星的标志下[M].姚君伟,译.上海:上海译文出版社,2006:54.

宗教力量，其自由也黯然落空。他与阿特森的“亲密”接触不得已草草收场，他只能重新思考另外的道路。杰基尔医生的密教寻访之旅发生在现代社会的大都市纽约，这也许会令人难以置信，但他的经历绝非个案。1997 年美国的一位宗教研究专家不得不承认：“预言家们曾经认为，20 世纪技术的进步和城市化的兴起将进一步使宗教边缘化，宗教必将因失去存在的根基而衰落。但是，这种情况并没有发生。恰恰相反，宗教在全球范围内复兴，佛教、印度教、基督教、犹太教和神道以及众多的小的宗教派别，一而再、再而三地复兴和发展，宗教又进入了一个‘大觉醒’时期。”[①]许多身处物质文明高度发达的大城市的人，也像杰基尔一样，为了拓展个人的生活空间和强化个人的力量，迷失在形形色色的教义和信仰中。

二、醒悟：善恶对峙后的反省

尽管阿特森能向杰基尔输入能量，但杰基尔的期望远非如此，他希望自己能像阿特森一样拥有源源不断的能量，在这个希望越来越渺茫之际，他想到了海德：“如果第一种方法不奏效，后面还有另一种想法，关于海德的。”(IE，212)杰基尔“很想重新看到过去的海德，看到海德磨着牙，轰着油门，驾着车在切尔西的码头边黑暗的街道上横冲直撞……他无所不为：撞倒老太太，运送毒品，向反战组织的窗户里面扔燃烧弹”(IE，213)，为了能复原暴徒海德，杰基尔煞费苦心地在自己的实验室里研制变身药丸，但一无所得，只好向掌握了最先进的基因破译技术的姐姐寻求帮助，但后者的科研团队根本无暇从事这项研发工作，因为国防部向他们下达了更为重要的任务。这个任务是什么，文中没有正面的解答，但是联系其后的叙述，可以了解到这是为美国的对外战争研制化学武器，从而揭示出桑塔格在 20 世纪 60 年代中期的《死亡之匣》之后依然念念不忘的那个耗时耗力、造成巨大伤亡的时代大事件——越南战争。当然，桑塔格执意提及这个话题不是特意地回顾这场战争，而是在《杰基尔医生》诞生的过程中，它还没有结束，依旧像一个巨大的阴影笼罩在美国人的心头。战争的背景突出了杰基尔在个人处境中的挣扎和痛苦，在他专心致志地做手术拯救了一个病人的生命后，脑子里想的却是“与此同时，在世界的某个地方，一场战争正在进行，炸弹在下落，血肉

① 董小川. 20 世纪美国宗教与政治[M]. 北京：人民出版社，2002：123 - 124.

在横飞”(IE, 223)。作为一名救死扶伤的医生,在战争的大规模杀戮面前,无论他如何努力地挽救垂死的生命都显得杯水车薪,微不足道,这足以令他怀疑悬壶济世的意义,陷入痛苦之中,感到身心俱疲:“战争还在继续进行着——这是一种骨骼的疼痛,肠道的疼痛,心脏的疼痛。为了弥补每天对战争暴行进行的电视报道的不足,平民可以坐直升飞机到现场去做第一手的直接观察。无数骨骼小巧,五官纤细的人们——面部平滑无毛的男人和黑发垂肩的女人——这些扛着步枪和长矛,看上去仍然十分年轻的中年人每天都在被屠杀。他们又如何得到补充呢?”(IE, 223-224)作为杰基尔精神导师的阿特森对他低落的情绪不以为然:“阿特森说为战争烦恼是浪费精神,还说人类的愚蠢行为会永远存在,大多数人是一辈子都在睡觉的傻子,那些挣扎着要醒过来的少数人的唯一职责就是自我修炼。阿特森介绍了几种紧张的体力和精神的锻炼方法来治疗因战争而引起的忧郁症。”((IE, 224)杰基尔就是一个面对人类的蠢行而无法置若罔闻的人,但他从阿特森那里得不到真正的精神慰藉。

桑塔格原封不动地保留了《化身博士》里所有人物的姓名,但这些人物的职业和彼此间的关系基本上都被改写了。阿特森的变化前文已经谈及,再比如兰杨(Lanyon)从杰基尔的好友和同行变成了杰基尔的病人和律师,普尔从杰基尔的贴身仆人变成阿特森的学生和男佣,英菲尔德(Enfield)从阿特森的表弟变成了杰基尔的妻子的表弟,如此等等,不一而足。杰基尔的个人情况也有了很大的不同:从一个50岁上下的单身贵族变为一个家有娇妻、幼子绕膝的“准中年人”(IE, 206),如同《假人》里的男主人公和《美国魂》里的弗拉特法斯小姐一样,是比较典型的中产阶级。这自然是作者要突出其代表性,但还有一个因素需要考虑在内,那就是电影的影响。《化身博士》自诞生之日起就吸引着演艺界的关注,1887年就有据其改编的舞台剧,而在荧幕上这个故事的搬演自1908年起便势不可挡,至2008年已有近三十部电影问世[①],其中美国的版本最多,最有名的当属1931年版和1941年版。在这两个版本里,为了迎合观众和增强趣味性,杰基尔都被刻画成一个已有婚约的风度翩翩的成功医生,即将与纯洁善良的未婚妻完婚,但是还有一个美艳的酒吧卖酒女郎参与其中,形成了三角关系,最后这个

① Anon. [EB/OL]. [2010-01-12]. http://en. wikipedia. org/wiki/Adaptations_of_Strange_Case_of_Dr._Jekyll_and_Mr._Hyde.

女郎被变身为海德的杰基尔残害,于是剧情就具备了吸引观众的几大要素:爱情、艳情、悲情、凶杀、惊悚、悬疑等。饰演1931年版的杰基尔的男演员弗里德里克·马切(Frederic March)因此片荣膺奥斯卡影帝,该版本的导演更是鼎鼎大名的鲁本·马穆里安(Rouben Mamoulian)。1941年版的《化身博士》由当时红极一时的英格丽·褒曼(Ingrid Bergman)和拉娜·特纳(Lana Turner)分别饰演卖酒女郎和杰基尔的未婚妻,男主角则由当时如日中天的斯宾塞·特雷西(Spencer Tracy,曾拿下两届奥斯卡最佳男演员奖)担纲,其阵容之强大可想而知。以上种种足可见这个故事受欢迎和受重视的程度。桑塔格对电影这种艺术形式赞赏有加且阅片无数,写下了不少影评和影论,在她创作《杰基尔医生》之前就有16部根据史蒂文森的原著改编的电影,不难推断,她至少对这些版本的一部分是有所了解的,尤其是1931年和1941年的这两个版本。如前文所引,在小说中她写道:"过去海德身上有许多城市的恶习,背着个子大、行动笨的名声。但这只不过是19世纪的中产阶级关于住在郊区的贫穷移民形象在他们的恶梦中的胡思乱想,这种胡思乱想在我们这个世纪又被好莱坞的魔怪巨兽影片扩散开来了。"(IE, 200-201)她在自己的小说中添加上杰基尔妻子这一角色多少也有像为观众们津津乐道的电影版本那样的动机:增强小说的可读性和趣味性。因此在她的故事中,杰基尔的妻子娇媚迷人,令杰基尔无法弃之不顾,故事里更不乏对夫妻之间的亲昵行为的描写。至于在电影中出现的美艳的卖酒女郎,桑塔格没有忘记也将她添加进来——她原本是一名低俗的歌舞女郎,后来成为海德的女友,在找到一份空姐的体面工作后就抛弃了海德,投入一个有钱的汽车经销商的怀抱。桑塔格将史蒂文森《化身博士》里的全班人马几乎颠覆殆尽,唯独对杰基尔的职业不忍舍弃,让他继续当一名医生,这也许让人费解,但是当我们读到她论及阿尔托的这番话时或许可以释然:"他(阿尔托)提出的意象暗含了一种医学的而非历史的文化观:社会病了。像尼采一样,阿尔托自认为是文化的医生——同时也是该文化中病痛最为剧烈的病人。"[①]杰基尔倒未必是桑塔格用以体现文化病症的医生兼病人形象,但在一个"病了"的社会,一个医术再高明的医生也无法阻止人类失去理智般的自相残杀,他以医生的身份寻求超自然力的救赎,向阿特森叩响自由之门,何尝不是一个病人的痴心妄想呢?因此,他的医生

① 桑塔格.在土星的标志下[M].姚君伟,译.上海:上海译文出版社,2006:43.

职业更能给人留下深刻的印象。

桑塔格对海德在其他改编中被表现得如同巨兽般笨拙、庞大和凶残有所不满，她要突出的是在海德的外形塑造上，她是忠于原著的。确实，海德是《杰基尔医生》中带着明显的“穿越”痕迹的奇特角色，他从史蒂文森的小说走进桑塔格的小说，从伦敦来到纽约，外貌却不曾变化，身材瘦小、面目可憎却永葆青春。史蒂文森的杰基尔抵制不住诱惑，一再化身为年轻的、精力充沛的海德，桑塔格的杰基尔也是为海德的过人精力所动：“他是想让自己的身体变成海德的身体。有时他确实想变成海德那样矮小的样子，因为有时候他觉得那样也许很有用或很刺激，或者感到自己的身体在逐渐衰弱。那样做的好处是可以增强精力——海德所拥有的那种不同物种的精力。”(IE, 212)《化身博士》里的海德自始至终都是个十恶不赦的恶徒，但在《杰基尔医生》里，曾经犯下累累罪行的他成了阿特森的一名学员，“被阿特森驯服”之后“失去胆量或改弦易辙”(IE, 213)，尔后远离城市生活，搬到了乡下的贫民窟里与母亲一起居住，偶尔溜到城里也是行色匆匆，逗留片刻而已。杰基尔想要变成的不是经过阿特森调教的海德，而是那个一度作恶多端的恶棍，这样符合诺斯替教的一个修行原则，即“个人的拯救需要与恶势力接触，向它们屈服，在它们手里受苦，最后达到战胜它们的目的”[①]。杰基尔出师不利，阿特森提供不了他需要的活力，他姐姐也拒绝帮他研制化身为海德的药方，不过他仍然没有终止突破处境的努力，终于决定剑走偏锋，直接与海德见面，因为“即使自己不能变成海德，也可以去寻求他的帮助”(IE, 224)。

杰基尔去乡下寻找海德这一举措彻底地改变了他的生活轨迹。他找到蛰居家中的海德，表达了自己想变成对方的样子，却遭到了对方的嘲笑：“简直是一堆中产阶级的废话！你想变成我？你想过我这种无聊的日子？伙计，你简直疯了！”(IE, 230)杰基尔邀请海德重返城市，恢复其残忍暴力的本性，他也似乎毫无兴趣，断然回绝。一个曾经恶贯满盈的人竟然失去了作恶的念头，杰基尔也实在无计可施。由于赶不上回程的火车，杰基尔在海德的家里度过了一晚，也就是这个晚上，经过思考之后，两个人的想法都发生了巨大的改变。从杰基尔这一方来看，在真正与海德面对面后，他的善良又占了上风。这时他想到了自己亲眼所见的一次暴行：一个温和的老者在向一个矮个子年轻人问路时无缘无故地遭到

① 桑塔格.在土星的标志下[M].姚君伟，译.上海：上海译文出版社，2006：56.

对方的一顿暴打,直至气绝身亡。而他眼睁睁地看着这个可怕的罪行发生却选择无动于衷,袖手旁观。在海德的家中,他突然明白了自己当时无动于衷的原因。一是在悲观情绪的影响下,他"意识到自己孤零零地生活在这个到处都是恶魔的世界上"(IE, 239),单凭一己之力无以回天,所以安慰自己"就当这是一场梦而袖手旁观一次——就这一次——是可以原谅的"(IE, 239)。二是如同阿特森评价他那样,在他内心里也藏着一个恶魔,只是他的美德压制住了这个时刻蠢蠢欲动的恶魔,但是"魔鬼被关得太久,出来就会咆哮"(IE, 238)。发生在他眼前的暴行激活了他的另一面。他本来是要逃避这个随时都可能突围而出的恶魔,结果却在阿特森的密教指示中迷失本性,妄图以暴制暴,通过与海德共谋来寻求解脱。清醒了的杰基尔终于为自己目睹老者被害却选择沉默而追悔莫及:"如果是海德,那就必须制止。"(IE, 238)从这个年轻人的穿着打扮和外形特征以及凶残程度来看,他就是"改弦易辙"前的海德,杰基尔的"必须制止"虽然已经于事无补,但毕竟聊胜于无,而且为他与海德之间产生的强烈冲突埋下了伏笔。再说海德,他也在一晚的思索中"醒悟"过来,决定接受杰基尔的邀请,随其回到城市,怂恿杰基尔"干点什么,暴力的!"(IE, 236),比如"抢劫瞎眼的送报人,骚扰儿童,欺负低年级学生,掐死阿特森"(IE, 236),等等。杰基尔不得不为自己寻找海德的行为付出代价,为了避免海德凶性大发而致更多无辜的人受到伤害,他必须阻止重新燃起罪恶之火的海德。杰基尔与海德搏斗是一个两败俱伤的结果:前者在阿特森未卜先知的举报中以故意伤害罪锒铛入狱;后者从此一蹶不振,自杀而亡。

桑塔格曾经在一篇散论中写道:"自由不是一种内在的、心理方面的东西——倒更像是身体方面的适得其所。它是某人之所为,之所是。"[①]她把《化身博士》里的杰基尔(海德)一分为二,分解为两个本来毫不相干的两个人,由于共同的导师(阿特森)而略有耳闻,又由于职业的缘故(杰基尔在一个朋友的介绍下为海德看病)而有所了解。桑塔格将善与恶附着在两个不同的身体上,一个仪表堂堂,一个丑恶猥琐,可谓适得其所。《化身博士》的结局无可挽回:在杰基尔与自己的另一半进行殊死搏斗时,无论是杰基尔死还是海德亡,结果只有一个——世间再无杰基尔,也再无海德。桑塔格的处理手法避免了这种绝对的终结,尽管

① 桑塔格.反对阐释[M].程巍,译.上海:上海译文出版社,2003:238-239.

杰基尔必须经受牢狱之灾，可是海德的自我灭亡宣告了他的胜利——善恶相持得以以邪不压正收场。当然，杰基尔的胜利来得非常苦涩，一个高尚的人在处境的限制中迷失方向，不满足于自己"之所是"，错误地把阿特森和海德当成自由的引路人，只能处处碰壁。他的这一行为就像萨特评价热内的自我沦落那样，"这不是什么美好的自由……就热内而言，自由只是标示出之前不曾向他开放的道路"[①]。故事以杰基尔的话结束："别对我谈什么自由。"（IE，245）但也正如桑塔格在解读罗贝尔·布勒松（Robert Bresson）的电影时所言，这些电影表现的是禁闭与自由的意义，电影中的人物因为"接受监禁而获得了自由"[②]。杰基尔在狱中得知海德的死讯后终于感到了解脱，他在禁闭中更深地理解了自由的含义——人作为一种社会性的生命体，不可能享有不具任何道德约束力的自由。

第三节　自由与责任

杰基尔的自由诉求忽略了处境是人与外部环境密不可分的一个整体。他求助于阿特森的密教也好，求助于海德的邪恶也好，归根到底是要脱离自己所属的位置，逃避个人的社会责任。自由是人生存的基本权利，但不存在没有责任的自由。萨特认为，人"由于命定是自由，把整个世界的重量担在肩上：他对作为存在方式的世界和他本身是有责任的"[③]。萨特的这一说法虽是为了突出自由与责任的关系，但显然将责任过度放大，因此国内有学者客观地指出，强调责任是必要的，但夸大责任则大可不必。并非每一个人要因其每一个自由行动而对整个时代和全部人类负责。其实，每个人只要负起他应负的那一部分责任，就算对世界尽了责任。萨特似乎把每一个人都当作了叱咤风云的伟人，把每一个行动都视为了惊天动地的壮举。凡人小事，虽有责任，但并不重大得关涉整个世界，并不沉重得难以承受。夸大责任只会导致不负责任。[④] 桑塔格在 1986 年 11 月

① ANDERSON P, FRASER R, HOARE Q, et al. Conservations with Jean-Paul Sartre [M]. London: Seagull Books, 2006: 8.

② 桑塔格. 反对阐释[M]. 程巍，译. 上海：上海译文出版社，2003：216.

③ 萨特. 存在与虚无[M]. 陈宣良，等，译. 北京：生活·读书·新知三联书店，2014：671.

④ 尹戈. 萨特：自由的神话到自由的悲剧[J]. 湖南师范大学社会科学学报，1995，(3)：71.

24 日发表于《纽约客》的短篇小说《我们现在的生活方式》中，描述的就是这样一群普通的人，他们没有做出什么“惊天动地的壮举”，但在“凡人小事”中，春风化雨，承担起责任，为需要关爱的人送去温暖，共同谱写了一支温情的歌曲。

《我们现在的生活方式》这个标题典出英国小说家安东尼·特罗洛普(Anthony Trollope，1815—1882)的同名长篇小说。[①] 特罗洛普 1872 年返回故乡英国后，惊骇于这片土地上到处充斥的贪婪和虚伪，历时三年写下了这部在他所有作品中篇幅最长的小说，可谓有感而发，一发而不可收，成就了其晚年杰作，被公认为是对维多利亚时代伦敦社交圈的经典讽刺之作。桑塔格的小说虽然在篇幅上无法望其项背，但也没有辱没文坛先辈的这个标题，它被收入《1987 年美国最佳短篇小说集》[②]，是篇首之作，后又录入《美国 20 世纪 80 年代最佳短篇小说集》[③]，最后更是登上了《文学：进化中的经典》文集[④]。《假人》《美国魂》《杰基尔医生》的虚构性一目了然，离奇的情节构成了间离作品与读者的一道鸿沟，使读者能够清醒地反思这些稀奇古怪的故事背后深刻的寓意，而《我们现在的生活方式》则风格突变，通过一群人的谈话慢慢将故事铺展开来，说的都是普通的生活琐事，只不过围绕的中心事件是一件令人痛心的事——他们共同的一位好友不幸罹患艾滋病。在《我，及其他》的中文版中，桑塔格本人推荐将《我们现在的生活方式》纳入其中，自然有其深意。“现在”一词清楚地表明该故事不是对过去或未来的回味或幻想，而是直接书写当下，具有现实主义的写实风格。特罗洛普小说标题里的“我们”不时地出现在文本中，是一种“作者型声音”(authorial voice)。根据苏珊·S. 兰瑟(Susan S. Lanser)的定义，这个术语表示一种“异故事的”(heterodiegetic)、集体的并具有潜在的自我指称意义的叙事状态。在这种叙述模式中，叙述者不是虚构世界的参与者，他与虚构人物分属两个不同的本体存在层面。兰瑟强调她所谓的作者型声音的叙述对象被类比想象为读者大众，而“作者型”这个词并非用来意指叙述者和作者之间某种实在的对应，而是“意图表明，这样的叙述声音产生或再生了作者权威的结构或功能性场景。换言之，文

---

① 已有中文译本将其译为《如今世道》，见：特罗洛普. 如今世道[M]. 秭佩，译. 重庆：重庆出版社，2008.

② BEATTIE A, SHANNON R. The Best American Short Stories 1987 [M]. Boston: Houghton Mifflin Co., 1987: 1-19.

③ RAVENEL S. The Best American Short Stories of the Eighties [M]. Boston: Houghton Mifflin Co., 1990: 252-270.

④ BIRKERTS S P. Literature: The Evolving Canon [M]. Boston: Allyn & Bacon, 1993: 407-418.

本对(隐含)作者和集体的、异故事的主述者之间没有作记号区分的地方,读者即被引入,把叙述者等同于作者,把受叙者等同于读者自己或读者的历史对应者"[①]。特罗洛普使用"我们"是为了让读者在他笔下看到其落笔之时的伦敦众生相,但桑塔格的故事是以第三人称口吻来讲述的,似乎与"我们"无关,不过细读全文,就会发现其中一个人物讲了这样一句话:"现如今人人在为别人感到不安,这似乎成了我们的生活方式,我们现在的生活方式。"(IE, 270)"现如今"和"人人"既是故事中的时间和人物,也是桑塔格提笔之时的真实时间和人物——为艾滋病忧心忡忡的大众。桑塔格之所以写下《我们现在的生活方式》是因为某天晚上她接到一个电话,得知一位关系亲密的朋友被确诊为患上了艾滋病,她挂上电话后不禁"泪如雨下,之后便是无法入睡"[②],当晚便开始奋笔疾书,两天之内就迅速完成了这篇短篇小说。她所刻画的那一群人是她自己眼中的"我们"——她和她的朋友们,更是20世纪80年代为艾滋病所困扰的芸芸众生。

一、警示:伪自由的苦涩果实

按莱斯利·鲁伯斯(Leslie Lubbers)的说法,《我们现在的生活方式》"把伴随着一种无法预见和无法治愈的疾病的现象产生的抗拒和恐惧融合起来,形成一幅时代的生动写照"[③]。这种"无法预见也无法治愈的疾病"便是艾滋病,但时至2009年,鲁伯斯还是很谨慎地避免直接提及这个病名,这与艾滋病本身的恶名有关。艾滋病自20世纪80年代初被发现之后就与不恰当的性活动紧紧地联系在一起。在《我们现在的生活方式》出版之后,桑塔格对艾滋病的论述意犹未尽,于1989年又发表了《艾滋病及其隐喻》,在文章中,她写道:"染上艾滋病被大多数人认为是咎由自取,而艾滋病的性传播途径,比其他传播途径蒙受着更严厉的指责——尤其是艾滋病不仅被认为是性放纵带来的一种疾病,而且是性倒错带来的一种疾病时……一种主要通过性传播进行传染的传染病,必定使那些性行为更为活跃的人冒更大的风险——而且该疾病也容易被看作是对这种行为的

① 兰瑟.虚构的权威:女性作家与叙述声音[M].黄必康,译.北京:北京大学出版社,2002:17-18.

② FRIES K. AIDS and Its Metaphors: A Conversation with Susan Sontag [G]// POAGUE L. Conversations with Susan Sontag. Jackson: University Press of Mississippi, 1995: 256.

③ LUBBERS L. A Way of Feeling is a Way of Seeing [G]// CHING B, WAGNER-LAWLOR J A. The Scandal of Susan Sontag. New York: Columbia University Press, 2009: 174.

惩罚。”[①]在《我们现在的生活方式》中，一如鲁伯斯所言，“‘艾滋病’的字眼从未在其文本中出现，对病情预断的讨论也是尽量避免或者含混不清的，然后便是一种拒绝谈论的情绪”[②]，尽管文中提到患病者和他的朋友们最后克服了心理障碍，终于可以轻易地将疾病的名字说出口，但小说从头至尾确实没有出现“艾滋病”的字眼。这种与不道德的行为密切相关的疾病无论对于感染者还是未经感染者，甚至无论对于作者还是读者，似乎都是一种忌讳，是一种难言之疾。由于其表达上的隐晦，有的读者甚至无法辨识小说中反复提到的“疾病”就是艾滋病。据一位研究者的亲身经历，1991 年她在一门短篇小说写作课上向一群青年学生教授《我们现在的生活方式》时（在此期间大约有 12 万美国人死于艾滋病），班上仍有几名学生坚持认为故事中的疾病或许根本就不是艾滋病，有一名男学生则是“无论如何都无法被说服”[③]。当然，不愿直截了当地指出“艾滋病”这几个字不是桑塔格一个人的做法。根据该研究者的统计，在桑塔格之后相似题材的短篇小说中，“艾滋病”都是尽量避免的一个词；该研究者本人也是如此，在写一位养母抚养感染了艾滋病的婴儿时，她故意避开这个词，直到第六页才将其公布出来，全文一共也不过使用了两次，而她的顾虑是“编辑和读者可能因为这个主题而将这篇故事束之高阁，所以我要先将他们引入故事中才能吐露真相”[④]。自从艾滋病为公众知晓之后，人们产生了“艾滋猛于虎”的感觉，简直到了闻之胆寒，谈之色变的程度。在桑塔格的故事中，除了病名是个忌讳之外，患者的姓名也被刻意隐去，基本上以“他”来指代，不幸为难言之疾“光顾”的人也因此成了无名之人。

根据故事的提示，这位无名主人公“他”时年 38 岁，单身，有品位，生活条件优裕；但正是在 20 世纪六七十年代受到性自由和性解放影响的年轻人中的一员，其私生活恣意放纵，不仅是个双性恋者，而且还有吸毒、恋童等不良嗜好，以致被一位朋友称为“放荡王子”（IE，281）。当这位朋友为他的纵欲过度表示担

---

① 桑塔格. 疾病的隐喻[M]. 程巍，译. 上海：上海译文出版社，2003：102.

② LUBBERS L. A Way of Feeling is a Way of Seeing [G]// CHING B, WAGNER-LAWLOR J A. The Scandal of Susan Sontag. New York：Columbia University Press，2009：175.

③ WARNER S O. The Way We Write Now：The Reality of AIDS in Contemporary Short Fiction [J]. Studies in Short Fiction，1993，30(4)：492.

④ WARNER S O. The Way We Write Now：The Reality of AIDS in Contemporary Short Fiction [J]. Studies in Short Fiction，1993，30(4)：492－493.

心，劝诫他加以小心时，他不以为然地回应："不，我不小心，听着，我不能，我就是不能，对我来说性太重要了，一向如此，而且，如果我得了病，嗯，得了就得了吧。"(IE, 281－282)他的态度可以说是完全不负责任的，但绝非个案，因为"那种认为性传播疾病并不严重的观点，在20世纪70年代达到了顶点……在美国，1981年以前的性行为如今对中产阶级来说已成了失落的天真年代的一部分——当然，这天真披着性放纵的外衣"[①]。萨特本人因为存在主义的自由观被人误读和滥用而遭到指责，他在为存在主义辩护时特别阐明责任在存在主义中的重要性："如果存在真是先于本质的话，人就要对自己是怎样的人负责。所以存在主义的第一个后果是使人人明白自己的本来面目，并且把自己存在的责任完全由自己担负起来。还有，当我们说人对自己负责时，我们并不是指他仅仅对自己的个性负责，而是对所有的人负责。"[②]艾滋病的后果尤其能够说明对自己和他人承担责任的必要性：对患者而言，治愈的可能性非常渺茫，由于机体免疫力的下降，一些对正常人来说能轻松对付的小病就可能导致艾滋病人死亡；而对与患者有过性接触的人，甚至与患者毫无关系的人来说，这同样可能是一场灾难。无名患者不检点的生活不仅使自己遭受病痛的折磨，而且也使他的朋友们陷入惊恐之中，在病情披露之初，大家都一时无法接受这个事实。

桑塔格通篇采用一群人交谈的叙述方式来逐渐揭露核心事件，在人物的交谈中，这个故事呈现出姓名方面的两个极端，一是如前面提及的患者无名无姓，二是他的朋友们的名字则整整用到了英文字母表中的26个字母，从A到Z，无一遗漏。尽管这些名字不是按字母表的顺序出现的，但是在一篇短篇小说里出现如此众多的人物确实非同寻常；因此不少研究者都注意到了这个现象，略微梳理一下便能发现这些名字与英文字母表的关联之处。它们分别是Aileen, Betsy, Clairice, Donny, Ellen, Frank, Greg, Hilda, Ira, Jan, Kate, Lewis, Max, Nora, Orson, Paolo, Quentin, Robert, Stephen, Tanya, Ursula, Victor, Wesley, Xazier, Yvonne, Zack，可以看出，有的名字极为生僻，带着明显的为命名而命名的痕迹。桑塔格为何要如此为之，评论界也是众说纷纭。有人声称这"象征着该故事的主题：性行为就是一条链，把我们大家，包括不认识

① 桑塔格.疾病的隐喻[M].程巍，译.上海：上海译文出版社，2003：146.

② 萨特.存在主义是一种人道主义[M].周煦良，汤永宽，译.上海：上海译文出版社，2012：7－8.

的人,都一一联系到了一起,而现在,伟大的生命的链条已经变成了死亡之链"[①],而有人认为尽管这26个叙述者的确暗示着某种线索来探寻桑塔格迷宫式的故事,但与其说他们是一股相互联系的整体,倒不如说他们是处于一种分崩离析的状态,因为"在多重声音的叙述中没有哪一个视点要优越于其他视点"[②],整个故事是悲观的基调,如果一定要强加一抹亮色的话,充其量就是这些叙述者与无名患者一起"在一个最多仅仅能够提供安全和联系的幻影的世界里寻求某种关联性、确定性和稳定性"[③]。

其实桑塔格并非第一次痴迷于字母表式的命名,在她的小说处女作《恩主》中,希波赖特的父亲有一座"按花名字母顺序来排列的花园"(TB, 158),里面种了anemone(银莲花)、buttercup(金凤花)、carnation(康乃馨)、daffodil(黄水仙)、eglantine(多花蔷薇)、foxglove(毛地黄花)、gardenia(栀子花)、hyacinth(风信子花)、iris(蝴蝶花)、jasmine(茉莉花)、knotweed(矢车菊)、lotus(荷花)、marigold(万寿菊)、narcissus(水仙)、orchid(兰花)和poppy(罂粟)。由于找不到以"q"开头的花,希波赖特的父亲非常遗憾,而希波赖特自己也不禁热泪盈眶:"我不知道我是为父亲荒唐而又可爱的计划无法贯彻到底还是为没有花的名字能把字母接完而哭,抑或是因为我想到我的童年有孩子气的父亲作伴时,心酸得哭起来。"(TB, 158-159)其时希波赖特的父亲已经病入膏肓,不久于人世,花名的无法接续象征着生命的终结。虽然希波赖特愿意留下来陪着父亲走完人生的最后一程,甚至提出要去国家图书馆找到名称首字母为"q"的花,再去弄花籽,但父亲的一句"回到你的女人身边,想办法快乐吧"(TB, 160)就轻易地使他改变了主意,果断地置垂死的至亲于不顾,离开了家。《我们现在的生活方式》里26个叙述者都不是患者的亲人,但他们坚持探望和照料患者,希波赖特对父亲的亲情相形之下就显得无比渺小和虚伪。因此,这26个人物在故事中的意义与上面持悲观论调的研究者所称的正好相反,他们代表的正是一股团结的力量,在疾病和死亡来临之时进行着爱心接力。

至于桑塔格为何以"轮唱式"(antiphonal)[④]来组织这个故事,其实作者在

① PLATIZKY R. Sontag's The Way We Live Now [J]. Explicator, 2006,165(1): 53-54.
② PLATIZKY R. Sontag's The Way We Live Now [J]. Explicator, 2006,165(1): 54.
③ PLATIZKY R. Sontag's The Way We Live Now [J]. Explicator, 2006,165(1): 56.
④ PLATIZKY R. Sontag's The Way We Live Now [J]. Explicator, 2006,165(1): 55.

《艾滋病及其隐喻》中间接地解释了这种群体交谈的原因："为使一个事件显得确有其事，方法之一是反复谈论它。这样，反复谈论它，就是在提供任何具体建议之前，先灌输风险意识以及节制之必要性。"[①]在经过反复的谈论之后，《我们现在的生活方式》里忐忑不安的人们亦从惊慌失措中慢慢平静下来，而毋庸置疑，因为身边活生生的例子，他们的风险意识得到了强化，自然也明白"节制之必要性"。故事里不多不少26个与字母表对应的人名实则是"组成了对艾滋病现象做出反应的社会"[②]，桑塔格以艾滋病为主题创作的这篇短篇小说在一定程度上起到了科普的作用，当时"我们大多数人对艾滋病几乎毫不知晓……《我们现在的生活方式》是出现在主流刊物上的书写艾滋病的故事之一，而且迄今为止，它依然是其中最广为人知的"[③]。作者的写作灵感和动力来自身边的真人真事，在投射自身痛苦的同时，向公众提出一种警示。她曾经悲伤地谈到艾滋病给她带来的伤害："艾滋病已经摧毁了我的世界。我生命中最重要的一个人死于艾滋病，我(在他生病期间)每天不离左右。我已经失去了如此多的朋友。"[④]当某一个人因不当的行为患上艾滋病时，他(她)自己固然饱受折磨，但这种折磨更是扩散式的，就像桑塔格因好友的离世而黯然神伤那样，与患者息息相关的所有人都会因此在不同程度上体验着痛苦，桑塔格从患者和他的朋友们这两个方面进行了描述。患者住院后"这辈子头一次开始写日记了，因为他想把他对事态的这一惊人变化的心理反应过程记录下来"(IE, 271)，他自嘲地调侃日记的内容也许没有什么重要之处，"不过写写因这事竟然发生在他身上，竟也发生在他身上，而生的恐惧与惊愕"(IE, 272)。患者从前在过着放荡的生活时根本没有想过可能会出现的严重后果，但是一旦事情真的发生到他的身上，他就感到"恐惧传遍我的身体，把我撕开"(IE, 284)，其身心遭受的磨难可想而知，而他的友人们又何尝不是同样地惴惴不安呢？他的一位朋友感到心力交瘁，虚弱到"我不知道我是不是有体力对这事儿想这么多"(IE, 266)的程度，甚至认为"这一定就是伦敦人

① 桑塔格. 疾病的隐喻[M]. 程巍，译. 上海：上海译文出版社，2003：145-146.

② ROLLYSON C. Reading Susan Sontag：A Critical Introduction to Her Work [M]. Chicago：Ivan R. Dee, Publisher, 2001：144.

③ WARNER S O. The Way We Write Now：The Reality of AIDS in Contemporary Short Fiction [J]. Studies in Short Fiction, 1993, 30(4)：491.

④ FRIES K. AIDS and Its Metaphors：A Conversation with Susan Sontag [G]// POAGUE L. Conversations with Susan Sontag. Jackson：University Press of Mississippi, 1995：258.

在德军袭击时的感觉”(IE，266)。患者的朋友们为自己可能会遭受同样的厄运而忧心忡忡，更为可能会失去他而伤心欲绝。在大家谈论患者的种种优点时，一位朋友忍不住“突然颤抖起来，泪水涌出她的双眼”(IE，271)，因为她意识到“他们开始用回顾的方式谈论他了，总结他一向如何，以及什么使他们喜欢他啦，就好像他已经完蛋了，彻底地成为过去的一部分”(IE，271)。患者当初在毫无顾忌地享受性自由时，他没有想到这种所谓的自由结出的是苦涩无比的果实，含泪将其咽下的不仅是他自己，也是他的朋友们。

二、责任：患难之中的温情担当

洛佩特对桑塔格的虚构作品基本上持否定态度，认为其质量难以与论文相提并论。但对于《艾滋病及其隐喻》和《我们现在的生活方式》，他却一反常态，批评前者中有的话语“毫无疑问是桑塔格曾写过的最荒唐的段落之一”①，而后者作为她“著名的短篇小说”②在“展现由艾滋病激起的共同的悲伤和安慰”③时比前者把握得更为精准。他通过分析提出：“《我们现在的生活方式》确切的思想是什么？我会说它是在20世纪末以艾滋病作为催化剂来细察个人的身份和群体的亲近感之间的关系。疾病导致人格解体(depersonalization)，但也催生了作为某种政治副作用的集体感。它促进了彼此间的温柔情感和责任，同时还有一种在陈辞滥调中获得慰藉的集体意识(group-mind)。”④这番言论不无道理。无名患者的朋友们虽然在彼此的通话中透露出他们在这个可怕的疾病攻击好友之后寝食难安，惶惶不可终日，但他们谈论的中心更集中在对患者的照料上，讨论如何帮助他最大限度地减轻疾病带来的种种不适，由此也体现出他们在困难的考验中勇于担当的责任感。

在《我们现在的生活方式》里，无名患者的不幸固然使自己和朋友们痛苦不堪，不过这把双刃剑一边在他们的心上割开一道长长的伤口时，一边又辟出了一条成长之路，使他们更成熟地看待周围的人和事。在此之前，这群昔日关系混乱的年轻人在时代的浸染中不加分辨地全盘接受资本主义社会标榜的自由，桑塔

① LOPATE P. Notes on Sontag [M]. Princeton: Princeton University Press, 2009: 241.
② LOPATE P. Notes on Sontag [M]. Princeton: Princeton University Press, 2009: 242.
③ LOPATE P. Notes on Sontag [M]. Princeton: Princeton University Press, 2009: 242.
④ LOPATE P. Notes on Sontag [M]. Princeton: Princeton University Press, 2009: 244.

格毫不留情地批判道：

> 我们所在的这个社会的一套话语是：消费，增长，做你想做的，享受你自己。这个经济体系提供了这些前所未有的以身体流动性和物质繁荣而最为人称道的自由，它的正常运转依靠鼓励人们不断突破界限。欲望想必是无所节制的。资本主义的意识形态使我们全都成了自由——无限扩大的可能性——的鉴赏家。几乎每一项主张都声称要为人们增加某种自由。当然，不是每一种自由。在富裕国家，自由越来越被等同于“个人实现”——独自（或作为个体）享有或实践的自由。因而近来出现了大量有关身体的话语，身体被再度想象成一个工具，越来越被用于执行各种各样自我改善和力量提升的计划。既然人们有消费的欲望，既然自我表达被赋予无可置疑的价值，那么，对某些人来说，性怎么会不成为消费者的选择呢——自由的实践，更大流动性的实践，以及使界限步步后退的实践。①

在资本主义社会的消费文化中，民众被许诺以越来越多的个人自由，身体被物质化，性也成了实现和实践个人自由的一种消费品；而一旦被诊断出艾滋病，那些一度尽情享受的人们后来又不得不“独自”去承受，因为“像其他一切引起患者羞耻感的疾病一样，艾滋病常常是一个秘密，但患者本人除外。当某人被诊断为患癌症时，他的家人通常向他隐瞒诊断结果；而被诊断为艾滋病的患者则至少同样经常地向家人隐瞒诊断结果”②。即便是在距桑塔格的故事有31年之久的今天，哪怕是那些无辜的艾滋病人（比如医疗过程中的血液污染）也仍然是大多数人（甚至包括其家人）唯恐避之而不及的对象，更不要说主动提供帮助。可桑塔格笔下那个无名的艾滋病人无疑是一个幸运的患者，因为在他本应该像其他患者那样隐瞒病情，孤独地遭受疾病的折磨时，有一群好友陪伴在他左右。他们从患者身上看到了自己放浪形骸的过去，在反省中倍加珍惜彼此间的友谊。正如其中一人领悟的那样：“不论过去有什么嫉妒和抱怨使我们相互之间变得彼此

① 桑塔格．疾病的隐喻[M]．程巍，译．上海：上海译文出版社，2003：146－147．

② 桑塔格．疾病的隐喻[M]．程巍，译．上海：上海译文出版社，2003：111．

戒备或暴躁偏执,当这种事情发生了(天塌了,天塌了!),你就明白什么是真正重要的了。"(IE, 273)在他们过去的生活中,由于人人都重视自身自由的个性表达,难免会有不少纷争和芥蒂,可当不幸降临到朋友的身上,他们明白了人与人之间"真正重要"的是同舟共济,患难与共。标志着他们越发成熟的不仅是他们对生病的朋友的不离不弃,而且是他们已不再像轻狂年少时那样盲从,尽管在社会上"'瘟疫'是用来理解艾滋病这种流行病的主要隐喻。正因为艾滋病的出现,以前那种把癌症当作一种流行病甚至一种瘟疫的普遍误解,才似乎变得无足轻重了:艾滋病使癌症变得平淡无奇"[①]。但是他们能够以科学的眼光来看待艾滋病,比如有人坦言:"他的生病使这种病不再神秘,我也不像他生病以前时那么害怕,那么心惊胆战了。"(IE, 277)为了达到"我们的精神准备更充分了能更好地帮助他"(IE, 276)的目的,大家做足了功课。在患者面前,大家都强打精神,故作轻松,想方设法为其解闷取乐,因而"他的病床四周爆发出一阵阵的大笑"(IE, 270)。而在患者背后,大家也竭尽所能地去了解他的病情,并时刻关注医学杂志上有关艾滋病的文章,以便随时掌握最新的治疗信息;同时还与这个领域较有名望的远在巴黎的主治医生取得联系,就因为"关于这位医生对这种病的研究还有不少的宣传呢"(IE, 269)。尤其令人感动的是,大家都竞相取悦于病人:"为了在探视时能够从他那里得到一个特别愉快的反应,我们彼此竞争,每个人都竭力讨得他的欢心,想成为最被需要的,真正的最亲密最贴心的……因为他没有妻子和儿女或者正式的同居情人这类无法竞争的特殊关系,所以这种竞争是不可避免的;我们就是他所拥有的家庭。"(IE, 278)为讨一个艾滋病人的欢心而展开"竞争",这在一个物欲横流的社会是多么可贵!

病人其实是有家人的——他还有一个住在其他地方的母亲。这位母亲大约在病人的成长过程中没有起到应有的作用,因为在病人第一次出院回家后,负责专门照顾他的朋友昆廷(Quentin,也是他的同性恋人之一)不得不在繁忙的操劳之余"把他的情况及时告知他在密西西比的母亲,哎,主要是阻止她飞到纽约来把她的痛苦发泄到儿子身上,还要用她那些令人压抑的照顾方式扰乱家里的正常生活"(IE, 274)。病人的母亲在故事中一共就提到了两次,另一次是他再度住院,情况更加糟糕了之后,大家已经无法阻止他母亲的到来了,于是就安排她

---

① 桑塔格.疾病的隐喻[M].程巍,译.上海:上海译文出版社,2003:118.

住在医院附近的宾馆里,从这句话中我们能够琢磨出这对母子之间曾经的隔阂:"不过昆廷说,他似乎并不像原先预料的那么介意她每天的探访;艾兰(Ellen)说,其实是我们介意,你觉得她会待很久吗。"(IE, 285)昆廷按经验推断病人对于母亲的探望会"介意",而艾兰的"我们介意"和连个问号都没有的"你觉得她会待很久吗"明确地表露出对这位母亲的排斥,认为她的关心并非真心实意。病人自己在朋友们的呵护下感慨道:"我有这种感觉,我不知道该怎样表达,一种亢奋。不幸事件也会令人惊讶地陶醉兴奋。有时候我感觉特别好,特别有劲儿,仿佛我能从躯壳里跳出来。我这是疯了,还是怎么了?是不是因为大家对我的精心关怀与照料,就像一个孩子希望得到关爱的梦想成了真?还是因为药物?"(IE, 284)他身处不幸,但友情大大缓解了他低落的情绪,"就像一个孩子希望得到关爱的梦想成了真"自然不会是无缘无故的联想。如果说他与母亲曾经产生过龃龉的话,那么母亲的来访还是消融了他心中的芥蒂,但"父亲"一词却从未出现,可见他的家庭乃是一个残缺的家庭。对于桑塔格来说,"父亲"也是一个沉重的称呼,在《我,及其他》的第一篇《中国旅行计划》(其被收入该短篇小说集比较有争议,因为这实在是一篇非虚构的文章)中,她挖掘出儿时痛苦的记忆。她的父亲在她5岁时便客死中国,而她5岁前和爷爷奶奶生活在纽约,由亲戚照料,父母则远在中国做生意,也就是说,在她的生活中,父亲一直是一个缺失的存在。在《中国旅行计划》中,她对即将开始的中国之行充满了期待和焦虑,问自己这会不会是"一次可以缓解个人悲痛的旅行"?(IE, 20)桑塔格的母亲似乎也是一个不懂得给予孩子关爱的人,桑塔格的传记作家写下了这段话:"在后来的访谈中,桑塔格把她母亲讲成一个很自我的虚荣女人,不会做母亲,而总在担心自己容颜老去。米尔德丽德(Mildred)让苏珊别在外人面前叫她'妈妈',她不希望任何人知道她年纪都已经大到是一个孩子的母亲了。"[①]无论是作者本人,还是她笔下的艾滋病病人,亲情的缺失使得友情弥足珍贵。在小说中,这群兴趣相当、背景相似的人们彼此吸引,更彼此视为亲人,从而形成了一个不是亲人、胜似亲人的温馨团体。不过作者仍然借由无名患者对母亲的接受表达了血缘亲情的不可或缺:在生死攸关的关键时刻,亲人的陪护既是一种责任,也是一种莫大的慰藉。

---

① 罗利森,帕多克.铸就偶像:苏珊·桑塔格传[M].姚君伟,译.上海:上海译文出版社,2009:3.

在以无名患者为中心的这个团体中，由于其中的绝大多数人都有过高危行为，随时都会有人成为艾滋病毒的下一个猎物。果不其然，与大家一起来看望和照顾无名患者的一位朋友也生病住院了，与此同时，还有一些为这个圈子所知但关系不算亲密的人的噩耗相继传来。为了鼓舞病人的士气，这些消息都被严密封锁了，而无名病人的朋友们更加忙碌了，因为需要他们帮助的已经不止一个人了。在奔波于不同的医院时，大家还要竭力地编出种种理由来解释为什么有人突然不能来访了。可以想象，这些暂时还健康的朋友们需要承受多大的压力——不仅是身体上的劳累，而且是精神上的紧张。但他们在如此严酷的考验中越发坚强，大家想的是“我们应该怎样表现，团结一体，说笑逗乐，分散他的注意力，一无所求，轻轻松松，轻轻松松很重要，就像诗人说的，在所有的恐惧当中还有快乐”（IE，285）。正是因为他们坚信在恐惧中还有快乐，他们的精神已经升华到了一个更高的境界了。小说家戴维・莱维特（David Leavitt）认为《我们现在的生活方式》是治疗式的，使他感到“在恐惧中没那么孤单，由此还能足够勇敢地往下读”[①]，更可贵的是这个故事“超越了恐怖和悲伤，因此……是救赎性的，即使不是对艾滋病本身具有什么救赎意义，那么至少在人们面对艾滋病的过程中是具有救赎意义的……它提供了一种净化（catharsis）的可能性，而在当时净化真的是我们急需的某种东西”[②]。无名患者的朋友们得到了净化，他们作别昔日狂蜂浪蝶的生活，一边追求自身的健康，一边不计任何回报、无私地奉献着真诚的友谊和爱。曾有一位学者在 1977 年（也就是小说里这群人风华正茂的时候）的一部论著中为成长于 20 世纪六七十年代的年轻人狂放不羁的行为辩护：“要理解我们的社会正在发生什么，我们必须从我们的诗人、持不同政见者以及反文化主义者那里去寻找答案。在我们的社会激流中，有成千上万，也许是上百万的人们——其中大多数是年轻人——在绝望地追寻着人生中消失不见的意义。这不是一个疯狂的边缘群体。他们中间有千千万万人是在中产阶级和上中层阶级中长大成人的，衣食无忧，未经风雨。”[③]社会和家庭保障

① ROLLYSON C. Reading Susan Sontag：A Critical Introduction to Her Work [M]. Chicago：Ivan R. Dee, Publisher，2001：148.

② ROLLYSON C. Reading Susan Sontag：A Critical Introduction to Her Work [M]. Chicago：Ivan R. Dee, Publisher，2001：148.

③ MILES Jr R E. Awakening from the American Dream：The Social and Political Limits to Growth [M]. London：Marion Boyars Ltd，1977：232.

着这些年轻人的物质生活，但未能成功地向他们灌输和提倡积极健康的价值观："文化和消费越丰富多彩，我们越感到麻木，越感到价值的虚无，不少人逐渐丧失价值尺度、正义和责任。"[①]在桑塔格的笔下，反倒是他们自己在无法挽回的结果出现了以后幡然醒悟——这个醒悟来得有些晚，但亡羊补牢，多少还是预示了生存的希望。

桑塔格强调："自由意味着责任。当人们认识到事物正是其所是的时候，他们便是自由的，也因而才是负责任的。"[②]认识到事物是其所是，是正面地看待事物；相反，则是以消极的态度来否定周围的一切，自由也就不复是自由了。《我们现在的生活方式》里的那群人从恐惧、抵制到付出真情反映出的是他们认识艾滋病的过程，艾滋病在他们眼里没有演变为桑塔格所抨击的瘟疫的隐喻，尽管依然是不治之症，但也只是一种疾病而已。最后大家与患者一起，勇敢地说出了病的名字，"经常地并且轻松地读出那个词，仿佛它不过是一个普通的词，就像男孩儿、画廊，或者香烟、钱和交易一样"（IE，276），这样做的好处是"说出那个病名是健康的迹象，说明一个人能够接受自己的现实，人不可能长生不死，永不生病，不能逃脱生老病死，总之自己不是例外"（IE，276）。这也是《我们现在的生活方式》给我们"现在"的启示：接受现实，承担责任，认真生活。

《我，及其他》作为桑塔格短篇小说的集大成者，里面的每篇故事（包括看不出情节的"故事"）自然有各自独立的内涵，但是作者对"自由"的强调又将它们一一联系起来，从 20 世纪 60 年代直至 80 年代，形成了一条跨度较大的主线。60 年代的《假人》和《美国魂》在展现主人公们的自主选择时不乏夸张和荒诞的成分，批判的锋芒随处可见。美国在进入"丰裕社会"时，人们的内心世界却一片荒芜。科技的日新月异和生活水平的不断提高并没有给人们带来富足的精神生活，反倒将他们"解放"出来踏上了追求自由的不归之路。70 年代的《杰基尔医生》里的主人公似乎走得更远，在战争阴影的压抑下感到焦虑和苦闷，无心安享体面的生活，意图突破作为平凡人所处的"位置"，获得超能量，达到无拘无束的自由状态，当然难以实现。80 年代的《我们现在的生活方式》也批判了主人公不顾一切地享受所谓的自由后陷自己和他人于痛苦之中，由此告诫人们自由需要

① 刘丹凌. 从新感受力美学到资本主义文化批判：苏珊·桑塔格思想研究[M]. 成都：巴蜀书社，2010：246.
② 桑塔格. 反对阐释[M]. 程巍，译. 上海：上海译文出版社，2003：239.

责任的保驾护航。时值中国正大踏步走进“小康社会”,桑塔格的刻画有助于我们更加深刻地体会物质文明和精神文明齐头并进的重要性,理解所谓自由的人应该是全面发展的人,是有强烈的责任感的人,为建设我们的和谐家园义无反顾地贡献力量。

第三章　关注“他者”：《火山情人》与《床上的爱丽斯》的边缘书写

当历史的车轮前行到20世纪90年代，桑塔格已经度过了对其钟情的文学样式——长篇小说——漫长的沉寂期。此时她经历过20世纪60年代锋芒毕露的巅峰时刻，70年代风起云涌的政治旅行和痛彻心扉的癌症手术，80年代只争朝夕、马不停蹄的学术活动，等等，终于要“朝着与一个更大的观众群激情交流的方向迈进”[①]，那就是重新回到小说创作中来。在她准备继续在虚构作品中寻梦的这段时间，也就是20世纪80年代末至90年代初，萨特的终身伴侣、契约式爱情的发明者和实践者波伏娃辞世后，“人们对她的作品重新产生了强烈的兴趣”[②]。这是两个条件作用的结果：“一是人们细致地阅读波伏娃的文本，从中发现了她的独创性和思想的关联性；二是女性主义的研究触角不断伸及哲学、文学理论、历史、神学和科学。”[③]而波伏娃的著作里正好有这样一个包罗万象的体系，尤其是她的代表作《第二性》(*The Second Sex*，1949)。在完成这部皇皇巨

① 罗利森，帕多克. 铸就偶像：苏珊·桑塔格传[M]. 姚君伟，译. 上海：上海译文出版社，2009：296.

② TIDD U. Simone de Beauvoir [M]. London and New York：Routledge (Taylor & Francis Group)，2004：1[illegible]3.

③ TIDD U. Simone de Beauvoir [M]. London and New York：Routledge (Taylor & Francis Group)，2004：1[illegible]3.

著之前的波伏娃几乎等同于萨特的一个衍生物——提起萨特人们无法忘记他身边还有个形影不离的女人——仅此而已。但是《第二性》彻底打破了这种局面，波伏娃傲然展示了她深厚的学术功底和哲学功力，厚积薄发，将一部女性主义经典奉之于众。有人在概括性了《第二性》的批评状况后中肯地评价《第二性》的重要意义：

> 波伏娃在《第二性》中对妇女受压迫原因的分析，引起许多批评。有人批评该书的理想主义，认为作者只是专注于分析神话和妇女形象，而没有为妇女解放提供可行的策略。还有人批评书中的种族中心主义和男性中心主义的观点，认为波伏娃有把欧洲资产阶级妇女的经验普遍化的倾向；她把这些经验看成所有妇女的经验，而这又导致她刻意强调妇女在历史上的无所作为。尽管如此，我们还必须看到，还从来没有一种理论资源像这本书这样范围广阔，它激励我们在如此之多的领域——文学、宗教、政治、工作、教育、母亲身份和性——分析我们作为妇女的处境。《第二性》提出了很多问题，当代理论家继续着对这些问题的探讨，我们从其中可以看到，在某种意义上，所有女性主义的对话都伴随着和西蒙娜·德·波伏娃的对话；和波伏娃的对话可以成为一种方式，它使我们能够找到我们自己在女性主义的过去、现在和未来这一历史过程中的位置。[①]

这部巨著经过翻译漂洋过海到达美国之后，在女性主义运动的第二次浪潮中起到了不容忽视的作用。根据罗斯马丽·帕特南·童(Rosemarie Putnam Tong)的划分，女性主义有以下类别：自由女性主义、激进女性主义、马克思主义和社会主义女性主义、精神分析和社会性别女性主义、存在主义女性主义、后现代女性主义、多元文化与全球女性主义、生态女性主义。其中，存在主义女性主义指的是以波伏娃的《第二性》为理论核心的女性主义。约瑟夫·马洪(Joseph Mahon)在《存在主义、女性主义和西蒙娜·德·波伏娃》一书中也把《第二性》当成存在主义女性主义的代表作品，他在该书的前言中痛斥“20 世纪的哲学丑闻

① 童.女性主义思潮导论[M].艾晓明，等，译.武汉：华中师范大学出版社，2002：255.

不断,其中最臭名昭著的就是把西蒙娜·德·波伏娃从存在主义作品的主要选集和研究中排除出局”[①]。这本专著的最后一章的标题——“西蒙娜·德·波伏娃的存在主义女性主义:一种辩护”[②],颇能够说明作者对存在主义女性主义“归属”问题的看法。考特金将存在主义女性主义的代表人物略略扩展了一下,把一般认为是自由主义女性主义者的贝蒂·弗里丹(Betty Friedan)也纳入其中,但是他侧重于后者对前者思想的借鉴和传承,无意于发掘弗里丹为存在主义女性主义做出了何种贡献。本章遵循罗斯马丽·帕特南·童和约瑟夫·马洪的界定,论及的存在主义女性主义均以波伏娃的观点为主要依据。

罗斯马丽·帕特南·童表示:“人们产生误解,认为波伏娃忠实地遵循着萨特哲学的引导,这才有所成就;这个误解遮蔽了波伏娃自己著作的发展历史。”[③]但是,“不可否认的是,《第二性》确实保留了存在主义的内容。波伏娃在书中采用了很多萨特式的说法,她修正了这些说法的意义,以便能适合她的女性主义议题的需要”[④]。最重要的是,波伏娃深入地挖掘了萨特提出的“他者”的概念,将其用于探究妇女的性别问题,罗斯马丽·帕特南·童对此给予了很高的评价,认为“这部著作帮助了无数女性主义者理解妇女作为他者的充分含义”[⑤]。正如在中国人尽皆知的“白马非马”的谬论一样,波伏娃论证在所有的社会生活领域和精神思维活动中都存在着女人非人的谬见:“人类是男性的,男人不是从女人本身,而是从相对男人而言来界定女人的……女人是由男人决定的,除此之外,她什么也不是;因此,人们把女人称为‘le sexe’,意思是说,在男性看来,女性本质上是有性别的、生殖的人,对男性而言,女人是 sexe……女人面对本质是非本质。男人是主体(the Subject),是绝对(the Absolute),而女人是他者(the Other)。”[⑥]存在主义女性主义围绕“他者”这个核心概念,以女性的视角来剖析社会现象,关

① MAHON J. Existentialism, Feminism and Simone de Beauvoir [M]. New York: St. Martin's Press, Inc., 1997: ix.

② MAHON J. Existentialism, Feminism and Simone de Beauvoir [M]. New York: St. Martin's Press, Inc., 1997: 186-196.

③ 童. 女性主义思潮导论[M]. 艾晓明,等,译. 武汉:华中师范大学出版社,2002:256.

④ 童. 女性主义思潮导论[M]. 艾晓明,等,译. 武汉:华中师范大学出版社,2002:256.

⑤ 童. 女性主义思潮导论[M]. 艾晓明,等,译. 武汉:华中师范大学出版社,2002:255.

⑥ 波伏娃. 第二性[M]. 郑克鲁,译. 上海:上海译文出版社,2015:10-11. “他者”这个概念并非只是存在主义的创见。黑格尔(Hegel)是最早提出“他者”的先行者之一,用来说明“自我意识”(self-consciousness);胡塞尔(Husserl)也用到了这个概念,旨在说明“主体间性”(intersubjectivity);拉康(Lacan)将其与象征秩序(the symbolic order)和语言关联起来,而列维纳斯(Levinas)则将其与《圣经》中的上帝和人们口头传诵的上帝相联系。

注女性的生存问题。1951 年英文版的《第二性》尚未问世,桑塔格就迫不及待地读完了法语的原版,受到了深深的触动。1971 年,桑塔格在巴黎有机会与波伏娃进行了亲密的接触,进一步深入地接触和了解了存在主义女性主义,她深受波伏娃的赏识,还得到了其处女作《女宾》的电影拍摄权。1973 年桑塔格在《党派评论》上发表了《妇女的第三世界》,在文章的结尾处,她说:“我永远都不会把自己说成是一个解放了的妇女。当然,事情绝没有那么简单。但我一直都是个女性主义者。”[①]在她的后期虚构作品中,一个个令人印象深刻的“他者”形象破茧而出,从边缘走向了舞台的中心,上演了一幕幕精彩的“他者”故事。《火山情人》展示了以凯瑟琳(Catherine)、埃玛(Emma)和方塞卡(Fonseca)为代表的“他者”群像,《床上的爱丽斯》则刻画了自囚于闺中的爱丽斯。这些创作可以说是桑塔格在兑现自己很久以前的承诺,在 1972 年接受采访时被问到何时开始意识到妇女是被压迫的,她说道:“20 多年前一个极为特殊的时刻,我变得非常好斗,非常清醒。那是我在 1951 年读波伏娃的《第二性》时,那一刻我真的变得好斗起来。我感到波伏娃的这些想法在我有意识的层面上驻留了 20 年,而在无意识的层面上却驻留了一辈子之久。我总是尽自己最大的努力在我自己的生活中把这些想法付诸实践。”[②]《火山情人》和《床上的爱丽斯》在时间上的密集问世可以说是她的一次集中爆发。

第一节　《火山情人》:“他者”的毁灭

《火山情人》是桑塔格继 20 世纪 60 年代的两部小说《恩主》和《死亡之匣》之后创作的第三部长篇小说。时隔 25 年,就在人们以为桑塔格真的适从了自己作为批评家的角色,偶尔写写短篇小说的时候,它就像沉寂多年的火山终于爆发了一样,又将桑塔格的小说家情怀热切地呈现在大众面前。桑塔格称在写作《火山情人》时,“三年来我每天都在极度的狂喜中写作 12 小时。这部小说的确是我的

---

① 罗利森,帕多克.铸就偶像:苏珊·桑塔格传[M].姚君伟,译.上海:上海译文出版社,2009:187.原译文为“女权主义者”,笔者在全文中使用“女性主义”,为统一起见,故改动。

② POAGUE L. Conversations with Susan Sontag [G]. Jackson: University Press of Mississippi, 1995: 31.

一个转折点”[①]。她数次在接受采访时都毫不掩饰地表达了自己的欣喜之情，但是评论界的反应同样是像对《恩主》和《死亡之匣》一样，褒贬不一。如果研究针对《火山情人》的评论，我们也许会发现，它们绝大多数都一致地认同了该小说的类别——历史传奇小说(historical romance)。这也正是引起诸多争论的一个原因。比如就有人惊呼：“桑塔格写历史传奇小说？这是一个极端的文学矛盾修辞(literary oxymoron)吧？”[②]其实，历史传奇小说在美国并非“老掉牙”的小说样式，恰恰相反，桑塔格在20世纪90年代初期落笔于该样式正是她时刻关注文坛动向和读者群体的结果，反映出她紧跟时代节拍、力赶时代大潮的写作意识。1987年，斯坦福大学的学者乔治·德克(George Dekker)在其专著《美国历史传奇小说》(*The American Historical Romance*，1987)中指出，150多年来，美国最受欢迎的畅销书和最为一代代美国读者所津津乐道的小说就是历史传奇小说。[③] 这个局面也并没有因为21世纪的到来而有所改变。2010年9月15日，美国极具人气的《书目》(*Booklist*)杂志中有一篇文章仍然写道，在传奇样式大行其道的今天，关于吸血鬼、狼人、变形人的故事似乎无处不在，但历史传奇小说并未丢失阵地，反之，“时至今日，历史传奇小说在传奇样式中一直是并将依然是一个重要的乃至于至关重要的部分”[④]。根据另一位学者的研究，尽管历史传奇小说的发轫要从男作家说起，但真正使其经久不衰的却是女性，因为这种特殊的小说样式“绝大部分是由女人所写，为女人所读”，也正因如此，它只是作为一种写作和阅读的现象存在，而“往往为批评界所忽略”[⑤]。与《恩主》和《死亡之匣》的晦涩和含混相比，《火山情人》几乎是一个一百八十度的大转弯，主要情节脉络清晰，人物身份明确，描写细致具体。但如果因为与作者的早期风格有偏差或者与

---

① ROLLYSON C. Reading Susan Sontag: A Critical Introduction to Her Work [M]. Chicago: Ivan R. Dee, Publisher, 2001: 162.

② JOHNSON A. Romance as Metaphor [J]. The Nation, October 1992: 365.

③ 德克的这个时间段是以1821年詹姆斯·费尼莫尔·库珀(James Fenimore Cooper)的小说《间谍》(*The Spy*)的发表为起始的，这指的是美国历史传奇小说的肇始，他随后也表示，如果撇开地域限制，历史传奇小说的发端应以学界公认的沃尔特·司各特爵士(Sir Walter Scott)的《威弗利》(*Waverly*)为准，其首版时间为1814年。参见：DEKKER G. The American Historical Romance [M]. New York: Cambridge University Press, 1987.

④ CHARLES J, SHELLEY M. Core Collection: The New Stars of Historical Romance [J]. Booklist, 2010-09-15 (40).

⑤ GROOT J de. The Historical Novel [M]. London and New York: Routledge (Taylor & Francis Group), 2010: 52-53.

其主要写作样式不一致而否定这部作品的价值，那显然是一种偏见，更何况桑塔格一直就是一个视域开阔、笔触极广的文坛健将，在将近 60 岁的时候尝试历史小说又何尝不是她永不止步的一个证明呢？桑塔格从 20 世纪 60 年代的先锋写作中华丽转身，除了应了这位学者所说的“大多数严肃的小说家一生中至少都会尝试一次写历史传奇小说”[①]外，还与该样式的接受群体——女性——不无关系。

那么，《火山情人》到底是一部什么样的小说？

《火山情人》的素材取自真人真事，形式多变，让人领略到一种气势磅礴的历史感。小说的同名主人公，即“火山情人”，是 18 世纪英国驻那不勒斯大使汉密尔顿爵士（Hamilton，小说中称 Cavaliere 骑士），因为痴迷于维苏威火山而得名。他的人生轨迹是小说的主线，围绕他个人事业的兴衰沉浮，一幅宏大的历史画卷逐渐打开，其他主要人物也相继登场，使得这幅画卷更加丰富和生动。学者们似乎热衷于争论小说的文学价值，而对其独特的结构无动于衷。小说由一个“序”（prologue）和四个部分（part）组成，但是这四个部分的划分和所占比例却颇不寻常。第一部分以骑士和第一任妻子凯瑟琳回伦敦探亲开始，又以凯瑟琳客死他乡结束；第二部分以骑士的第二任妻子埃玛离开伦敦前往那不勒斯开始，以骑士濒临死亡结束；第三部分是骑士死前的内心独白；最后一部分最为奇特，是四位女性的死后独白，她们分别是凯瑟琳、埃玛之母、埃玛，以及女诗人、革命家方塞卡。其中，第二部分占了最大的比例，而骑士独白的第三部分只有 13 页，仅占全书的 3%。[②] 从整部作品的结构来看，女性角色的活动起到了分水岭的作用，其实在“序”之前，就有一个明显的提示，只是这个提示不知何故被人忽视了，桑塔格写下了如下文字：

> Dorebella (aside)：Nel petto un Vesuvio
> d'avere mi par.
> Cosi Fan Tutter，Act II[③]

---

① GROOT J de. The Historical Novel [M]. London and New York：Routledge (Taylor & Francis Group)，2010：45.

② 以上数据是笔者根据《火山情人》的首发版本（SONTAG S. The Volcano Lover：A Romance [M]. New York：Farrar，Straus and Giroux，1992）统计而来。

③ 在中国大陆第一部 *The Volcano Lover* 的中文译本里，这三行文字没有出现，详见：桑塔格. 火山恋人[M]. 李国林，伍一莎，译. 南京：译林出版社，2002.

熟悉歌剧的西方读者应该对此并不陌生，它来自莫扎特闻名遐迩的歌剧《女人心》(*Cosi Fan Tutter*，直译为“女人都是如此”)第二幕里女主角之一的多拉贝拉(Dorabella)的一句唱词，意为“我的心中仿佛维苏威火山在喷发”。直到2009年出版的一篇论文集里，两位编者才在作为介绍部分的前言里提到了这段著名的引文，并指出尽管小说的标题好像指的是汉密尔顿骑士以及他对维苏威火山的爱，可是这段意大利语的引文把重点置于女性身上。最重要的是，桑塔格在小说结尾把自己作为一个女人的地位与方塞卡的回忆呼应起来。[①] 不妨说，《火山情人》是以男人的名义来写的“他者”的故事。桑塔格在阔别小说样式二十几年后重整旗鼓，在新的作品里融入思索良久的女性主义元素并不是出人意料的举措，而是水到渠成的一种结果。按《火山情人》内部结构的提示，我们不妨从存在主义女性主义的角度来解读这部争议不断的小说，重新审视这一段经过虚构的历史。[②]

一、“他者”的灾难

既然是依托“火山情人”来展开故事情节，那么火山首先是小说里不容小觑的存在。有人提出，“维苏威火山作为娱乐和天启给桑塔格提供了理想的隐喻，用来喻指那个世纪爆炸性的能量”[③]。的确，从作为小说背景的风云突变的法国大革命和由此波及那不勒斯的急剧的政坛动荡以及对革命党人血流成河的残暴镇压来看，18世纪末释放了石破天惊的能量，见证了如同火山爆发般的惨烈图景，但是对于“我的心中仿佛维苏威火山在喷发”的边缘“他者”而言，火山隐喻的是吞噬她们的力量。《火山情人》的第一部分讲述的就是一个富于音乐才华的女性屈从于“他者”的角色，默默地消耗掉自己的生命，甘愿被毁灭的故事。这个女主角就是骑士的第一任妻子凯瑟琳。

凯瑟琳出身于一个富有的乡绅家庭，是家里的独生女，“一位和蔼可亲的、长得不太难看的演奏大键琴的女继承人”[④]，这也就意味着她将为她的未来夫婿带

---

① CHING B, WAGNER-LAWLOR J A. The Scandal of Susan Sontag [G]. New York: Columbia University Press, 2009: 12 - 13.

② 桑塔格在首发版本中表示，文中的“爵士”是经过虚构的汉密尔顿爵士的化身，她在写作时参考了大量相关的史料和传记以及当时的回忆录和书信等。

③ JOHNSON A. Romance as Metaphor [J]. The Nation, October 1992: 365.

④ 桑塔格. 火山情人[M]. 姚君伟，译. 上海：上海译文出版社，2012. 本书引自 SONTAG S. The Volcano Lover: A Romance [M]. New York: Farrar, Straus, Giroux, 1992 的内容参考该译本，除非特别说明，页码以该译本为准。

去极为可观的财富。骑士虽家世显赫,是公爵的孙子、勋爵的儿子和国王童年的玩伴,但他是家中的第四子,没有继承权,娶凯瑟琳是他摆脱困境的理想途径:一来可以解决从政的经费问题,二来可以利用凯瑟琳丰厚的嫁妆购买心仪的古玩字画。这两个人缔结婚姻关系根本没有感情基础,骑士在结婚多年后甚至向家族的另一个非长子大谈“屈服于娶妻的必要性……他找到了他所谓的永恒的安乐”(VL, 21)。骑士的屈服是为了攫取财富,而凯瑟琳则是别无选择。至于个中缘由,简·奥斯汀(Jane Austen, 1775—1817)在《傲慢与偏见》(*Pride and Prejudice*, 1813)里已经进行了详细的描述。波伏娃也总结道:“婚姻对于男人和女人,向来都是以完全不同的方式表现出来的。两性彼此必不可少,但这种必需从未曾在他们之间产生相互性;女人从来不构成一个与男性在平等基础上进行交换和订立契约的等级。”①在婚姻关系中,男女两性是主动和被动的鲜明对比:“少女就是这样显得绝对被动,她出嫁,在婚姻中被父母献出去。男孩子则是结婚,娶妻。他们在婚姻中寻找自己生存的扩大和确认,而不是寻找生存的权利本身。”②骑士要通过婚姻扩大他的生存范围,证实他的影响力;相形之下,凯瑟琳没有任何主动权,她顺从地接受了这一切,从此便把骑士奉为生命中最重要的一个人,在结婚的那天,她就在手腕上戴上了装有骑士几根头发的手镯。关键是,纯粹以金钱为目的而与她结为夫妇的骑士是否真的值得她如此地珍藏于心?她在骑士心中又有多重的分量呢?

骑士娶了凯瑟琳之后获得了在政坛活动的资金,谋得了英国驻那不勒斯大使的职位,生活条件非常优越,安享有几十个房间的三层大楼,奴仆成群,进出都是大排场。他的日程安排得满满当当,虽然小说中没有详细描述他如何在繁忙的政务、收藏、考古、登山、欣赏歌剧和学术研究之余仍然能游刃有余地出入一些风月场所,但还是间接地一笔带过了他生活中的这个方面。当骑士的外甥、时年20岁的查尔斯随“快乐之旅”到达那不勒斯时,“在他顺从地追随舅父去娱乐场所消遣的时候,查尔斯得到了当地一个叫楚迪夫人的妓女的性服务”(VL, 21)。骑士平日里在花街柳巷的流连由此不难想象,不过他有极其“正当”的理由:凯瑟琳体质欠佳,弱不禁风,她有时会热情地投入丈夫的怀抱,但“他都会局促不

① 波伏娃.第二性[M].郑克鲁,译.上海:上海译文出版社,2015:546.
② 波伏娃.第二性[M].郑克鲁,译.上海:上海译文出版社,2015:549.

安”(VL, 26)。骑士认为“他的婚姻是一次完全成功的婚姻——其中,一切允许出现的需要都得到了满足。没有挫折感,至少他没有,因此,不憧憬,也不企盼两人尽可能多地待在一起”(VL, 25)。凯瑟琳对他实在是一个“实用性”的伴侣。这对夫妻几乎并无夫妻之实,直到凯瑟琳去世,两人也不曾生育一男半女。这种婚姻状态在当时显然是不正常的。波伏娃指出,婚姻是女人“唯一的谋生手段和使她的生存获得社会认可的唯一方式”[①]。有两个原因使得女人必须结婚:一是必须为社会提供孩子;二是有责任满足男性的性要求,为他料理家务。[②] 这两点凯瑟琳都相去甚远,应该说,她经营的是一桩极其失败的婚姻。她是一个技艺精湛、才华横溢的大键琴演奏家,她的一腔心事都托付给了自己喜爱的音乐,只是高山流水,知音不遇。大使的府邸每周都会举办一次音乐会,这是凯瑟琳唯一在别人面前一展身手的机会,她精彩的演奏征服了涵养不高的观众,使得原本喧闹的人群都会变得鸦雀无声。精通韵律的骑士也承认,妻子的音乐素养在他之上,这也是他说服自己勉强接受凯瑟琳的一个理由:“他喜欢有种种理由去赞许她。他喜欢夸奖人,甚至胜于希望被人夸奖。”(VL, 26)赞美他的妻子就等于赞美他的个人品位,肯定他存在的杰出性,因为妻子不过是他的一件附属品而已,是他的身份和地位的表征,就像猴子杰克(Jack)一样。

骑士在那不勒斯专程让人从印度运来一只小猴,为其取名杰克,教它人的行为举止,带着它与客人会晤,一度成为众人瞩目的焦点。而这只小猴似乎深谙取悦骑士之道,模仿能力很强,桑塔格干脆在小说中以“他”来称呼这个机灵的动物。骑士对它的训练并非出于对一只宠物的喜爱,而是别有打算:

> 他教杰克模仿那个上眼皮肿大而下垂的鉴赏家的盯视,检验一下他的本领。客人们抬起头来,看见骑士的宠物猴拿着一个放大镜在研究一只花瓶,或者带着疑惑的目光在翻一本书,或者爪子在翻弄着一块浮雕宝石,并把它对着光线。很有价值。是的。肯定没错。是的,我明白。很有趣。(VL, 88)

---

① 波伏娃.第二性[M].郑克鲁,译.上海:上海译文出版社,2015:547.
② 波伏娃.第二性[M].郑克鲁,译.上海:上海译文出版社,2015:547.

骑士对猴子的兴趣远胜过对自己多才多艺又拥有大笔财产的妻子的关心,他宁可以猴子为伴,而不愿与妻子多多交流。这多少是出于对妻子才能的警惕,因为聪明的女人不是他喜欢交往的对象,譬如在对比那不勒斯国王夫妇时,骑士的看法是:“尽管国王……完全缺乏才智,缺乏洞察力,我还是喜欢和他而非和聪明的王后在一起。我发现,女人经常满腹牢骚。我认为很多女人都无聊空虚。”(VL, 396)不知道凯瑟琳在他眼里是“满腹牢骚”还是“无聊空虚”,但有一点是确定的,那就是尽管她自己也默认对骑士的依附性,酷爱收藏的骑士却无法把有着丰富的内心世界的她变为一件真正的藏品。他对一只异国猴子的需要既是出于弥补这一“缺憾”,又有意无意地参与了一起更大规模的收藏与掠夺活动——英国的海外殖民扩张运动。

英国对印度的殖民统治始于1757年,而骑士任英国驻那不勒斯大使是1764—1800年,这也就意味着在他的任职期间,印度已经沦为英国的殖民地,不仅国内一切事务均由英国接管,人民都为大英帝国的臣民,连一只小小的猴子也远涉重洋,成为一个英国外交官的私人把玩之物。骑士给小猴穿上当地人的服装,残忍地欣赏着猴子的孤独:“单独一只猴子无法表达猴子的本性。一只猴子独处就是流放——阵阵的情绪低落增加了它天生的机灵。”(VL, 86)事有凑巧,杰克在骑士府邸迎来了那不勒斯30年来的第一场雪,这场雪终于要了这只猴子的命,骑士以观察和爱护之名圈养的这只本应在印度的野外生活的动物成为收藏者的牺牲品,与其说是那不勒斯突如其来的寒冷天气杀死了它,不如说是骑士的占有欲断绝了它的生路,成了它的灾难。而在杰克死亡的时候,凯瑟琳也经历了一次死亡——一个敏感心灵的毁灭。

凯瑟琳不乏女性气质,而“具有女性气质,就是显得像残废、微不足道、被动、顺从。女人不仅要打扮,要修饰,而且要抑制她的自然,代之以她的女性长辈教导她的妩媚和造作的娇柔。任何对自身的确认,都减弱她的女性气质和诱惑力”[①]。她牢牢地记住自己的从属地位,在死后的独白里,她仍然坚持认可男女差异的合理性:“女人首先是个女儿,然后才是夫妻中的一方。我被描述成,我描述自己,首先,是说成嫁给他的人。他不会首先被说成是娶了我的人。”(VL, 409)不过在与骑士平淡如水的相处中,骑士一个远房表弟——威廉·贝克福德(William Beckford)的到来还是打破了凯瑟琳内心的平静。这是一个家境富有、率性而为的

① 波伏娃.第二性[M].郑克鲁,译.上海:上海译文出版社,2015:436.

年轻贵族，因为不容于社会的性取向而屡屡被驱赶，对音乐有独到的理解，真心地欣赏凯瑟琳的琴艺。两人在一起体会到了一种甜美而纯洁的感情，凯瑟琳变得容光焕发、精力充沛，威廉则以《少年维特之烦恼》来比喻这一段相知。遗憾的是，在这段纯精神的爱情中受伤的不是"维特"，而是"维特"的爱人。凯瑟琳对此早有清醒的认识，她深知，"当然是女人失去：这个青年男子离开，会再一次在肉体上而且多情地爱上什么人，可他是她最终的爱"（VL, 107）。自由是男人专享的特权，爱与不爱、离开还是留下，他可以自己决定，可是束缚在女性角色中的凯瑟琳却无力也不愿有所选择。最终威廉还是离开了那不勒斯，虽然他在写给她的信中信誓旦旦地表示会回来陪她迎接春天，可是一直到了飞雪飘零的第二年冬天，凯瑟琳也没有等到这个一度深情款款的"维特"。凯瑟琳迅速地憔悴和苍老，直至一病不起。骑士对发生在两人之间的事情心知肚明，他当初甚至很高兴凯瑟琳有人陪伴，无须占用他的时间，他自然更了解凯瑟琳顺从的性格不会给他造成任何威胁。他就像观看猴子杰克一样，观察着凯瑟琳起起伏伏的情感经历，而且面对病重的凯瑟琳，他假意安慰的话语简直到了冷血的地步："你失去了我年轻的表弟。但是我失去了杰克。"（VL, 113）凯瑟琳病重期间，骑士大为光火，因为她成了他行动的累赘，后来他找出许多理由离开凯瑟琳，任由她在病痛和感情的折磨中孤独地离开人世；而她在临终时还不忘让仆人把镶着骑士肖像的镜框拿下来，就这样怀抱着镜框黯然离去。这里包含着多少辛酸，又是多么辛辣的讽刺！凯瑟琳死后，骑士"缅怀起她的美德、她的才智、她的喜好。事实上，他主要谈他自己"（VL, 118－119）。夫妻之情何在？凯瑟琳与猴子杰克一样，只是他人生的一个小小的注脚而已。面对女性的这种"他者"境况，无怪乎波伏娃愤怒地写道：

> 当一个群体解体时，她们首先扑到胜利者的脚下。她们一般来说接受既存事物。她们的显著特征之一是逆来顺受。当人们从庞贝城的灰烬中挖掘出遗体时，注意到男人是在反抗的姿态中凝固住的，向上天挑战，或者企图逃跑，而女人却弯腰曲背，蜷成一团，面孔朝向地面。她们知道自己无力抗拒事物：火山、警察、老板、男人。她们说："女人生来是受苦的。这是生活……女人对此无能为力。"[①]

① 波伏娃．第二性[M]．郑克鲁，译．上海：上海译文出版社，2015：788.

这正是所谓的"哀其不幸，怒其不争"。凯瑟琳屈服于自己的命运，骑士和威廉无意而又必然地联手葬送了这个郁郁寡欢的"他者"。

二、作为灾难的"他者"

《火山情人》的第一部分以凯瑟琳的死亡结束，到了第二部分，骑士的生活开启了新的篇章。这是全书着墨最多的一个部分，一个与凯瑟琳有着天壤之别的女性人物——骑士的第二任妻子埃玛——粉墨登场了，正是她使得本应以高深的学术造诣而留名后世的骑士成了人尽皆知的史上最著名的戴绿帽者，而英国人迄今仍在纪念的海上英雄霍雷肖·纳尔逊（Horatio Nelson，1758—1805）也因她几乎毁掉了一世英名。桑塔格描写埃玛时采用了揶揄和调侃的口吻，从表层文本来看，这完全是一个"交际场上的暴发户，这个醉鬼，这个荡妇"（VL，328）。凯瑟琳无奈地迎来她生命中的灾难，埃玛则完全不同，她的出现被视为与之有关的男性的灾难。

历史上以埃玛、骑士和纳尔逊组成的奇特的"三人帮"激发了后人无尽的想象。他们的故事屡经改编，最有名的就是1941年由影坛传奇偶像劳伦斯·奥利弗（Laurence Olivier，1917—1989）和费雯丽（Vivian Leigh，1913—1967）主演的好莱坞影片《汉密尔顿夫人》（*That Hamilton Woman*）。在这部影片中，埃玛俨然已经成了三人中的主角。由费雯丽倾情演出的埃玛为这部电影增添了不少光彩，令其成为当时赚取了观众不少热泪的悲情片。桑塔格那时还是一个8岁的小女孩，但影片给她留下了非常深刻的印象，使她"激动万分"[①]。重拾儿时接触的这个历史题材时，她已年近六旬，并且久经文坛考验，于是在她的笔下，这位黑白影片中风华绝代的骑士夫人得到了更为细致的刻画，有了另一番韵致。这个女子到底有何独特之处呢？

这是一个曾经单纯可爱的农家少女，也像今天的小女孩一样，满怀着对未来美好生活的憧憬，做着绚丽多彩的明星梦，可是遭遇的却是坎坷的人生之路，几乎与弗吉尼亚·伍尔夫所假想的"莎士比亚的妹妹"一样。"他者"的客体（object）性在她身上真是名副其实，她被当成一个物品（object）被数易其手：14

---

① SPAN P. Susan Sontag, Hot at Last [G]// POAGUE L. Conversations with Susan Sontag. Jackson: University Press of Mississippi, 1995: 363.

岁时到伦敦谋生，做一个下等女佣，懵懂之中被东家的儿子诱奸，接着又从事了几个“更不可靠的工作”（VL，134）；后来一位准男爵把她带到乡下，以供淫乐，等到她怀孕后便无情地将她扫地出门；绝望之中她又回到伦敦，身无分文，还有母亲需要照顾，只好以有孕之身出卖色相，暂时度过几日。走投无路之下她写信向准男爵的朋友——骑士的外甥查尔斯求助，后者贪其美貌，接纳她为情妇，为他料理家务，省去了雇用佣人的开销，她的孩子也得到了比较妥善的安置，托付给一对农村夫妇抚养。查尔斯教她读书习字，她为了取悦他，认真地学习。正当她以为找到真爱，可以幸福地与查尔斯相守时，殊不知他的狰狞面目还是显露出来了：为了抵还欠舅父的债务，他竟然与新近丧偶的舅父达成了一笔肮脏的交易，以去那不勒斯学习接受骑士的教育为由将她送到了大使的府邸。查尔斯此举还有一个更阴险的目的：倘若舅父爱上了埃玛，他就会断绝与其他守寡的贵妇再结秦晋之好的续弦念头，查尔斯作为继承人的身份就能保全下来。蒙在鼓里的埃玛全然不知这舅甥二人的幕后交易，天真地称呼骑士“叔叔”，兴高采烈地在那不勒斯等待着查尔斯的到来。在骑士按捺不住表露用意之后她断然拒绝，并且写信向查尔斯如实汇报，没想到等到的答复却是让她顺从骑士。埃玛前后抵挡了9个月，最后她认命了，以骑士情妇的身份公开露面。至此，我们根本看不到她的任何邪恶之处，倒是看到了一个不幸的下层妇女令人唏嘘的悲惨遭遇。

当骑士第一眼看见抵达府邸的埃玛时，他的一个念头耐人寻味：“突然之间，他想起了杰克，思念起他来。”（VL，137）远道而来的埃玛在他眼里与那只印度猴不乏共同点：好奇、淘气、有无限的可塑性。最后的这一点是埃玛走进骑士的生活，轻而易举地赢得了他的青睐的主要原因。可以说，骑士等待这样一个机会已经很久了，这在第一部已经露出了端倪。第一部的第三节结尾处既不承上又不启下地突然插入了骑士读过的一则寓言，作者邀请我们一起再现一个皮格马利翁（Pygmalion）的改编版本：公园里有一尊塑像，作者强调这是“一个女人美丽的雕像，不，是一个美丽女人的塑像”（VL，49），她是狩猎女神，别人把她塑造出来，又抛弃了她，现在她属于皮格马利翁。皮格马利翁要让塑像起死回生，至于塑像如何慢慢获得人的能力，具备各种知觉，一切尽在皮格马利翁的掌控之中。皮格马利翁也迷恋塑像，“但是他有点好为人师，希望看到她把自己的才能发挥到极致”（VL，50）。这与后来骑士调教猴子杰克，尤其是埃玛如出一辙，同时也间接地为波伏娃著名的“女人不是天生的,而是后天形成的”[①]论断作出了补充:女人并不是生就的,而毋宁说是由男人逐渐形成的。作者在这个寓言的结尾处还写下了这样一段评论:

> 这是一名男子在教导、在解放一名女子——决定什么是对其最好,因此谨慎行动,不会全方位出击,非常满足于创造一个有限的生命这一想法——更好的是,一直保持,美丽。(无法想象故事里有一位女科学家和一尊希波吕托斯美丽的雕像;也就是说,美丽的希波吕托斯的雕像。)(VL, 51)

这段话包含着无声的质问:为什么被男人复活的总是女性的塑像,而且连复活的女性都是受到限制的,必须听命于男性的指挥?

埃玛的出现无疑再次触动了骑士对皮格马利翁塑造美丽妇人的幻想。他无法把凯瑟琳转变为一件完美的藏品,而若从塑造的角度来看,他更无法在她身上实现成为皮格马利翁的愿望:第一个制约条件就是凯瑟琳的外貌不如人意;第二个制约条件是凯瑟琳家道殷实,经济上无需仰人鼻息,事实上反倒是骑士需要借助她的财力,她是骑士的“恩主”。相形之下,埃玛简直就是一个不二人选:她美艳动人,却又出身贫贱,无依无靠,不能把握自己的命运,只能依靠美丽的外表得以生存。杰克虽然机灵可爱,但毕竟只是一只亦步亦趋、善于模仿的猴子而已;埃玛则是一个有血有肉、魅力四射的妇人,是个理想的性伴侣和装饰品。骑士从外甥手中接过这件不可多得的可塑之“物”,得意之余置廉耻与人伦于脑后,软硬兼施迫使姑娘就范,并且立即着手他的改造计划。他比皮格马利翁还要胜出一筹:“他已成为一个反过来的皮格马利翁,把他的美人变成一尊雕塑;更精准地说,成了一个有一张来回票的皮格马利翁,因为他能把她变成一尊雕塑,然后又能随心所欲地把她变回一个女人。”(VL, 158)

埃玛的聪慧超出了骑士的预料,她如饥似渴地学习声乐、舞蹈、绘画、钢琴、意大利语、法语,甚至生物和地质。她短短数月就掌握了意大利语,说得比居住在意大利20多年的骑士还好,法语口语也超过了他。归根结底,她都是为了让

---

① 波伏娃.第二性[M].郑克鲁,译.上海:上海译文出版社,2015:359.

母亲和自己赢得一处立足之地，因而刻苦学习和努力迎合骑士"是她得以生存下来的途径，也是她的取胜之道"(VL，179)。她最为有名的就是在骑士的指导下进行的造型表演(attitudes)。骑士按照自己收藏的古代花瓶和绘画里描绘的神话故事的女主人公的衣着为埃玛设计服装，让她在到访的客人面前用丰富的肢体语言来表现这些女性形象，在无需任何口头提示的情况下，埃玛惟妙惟肖的几个动作就能使客人立刻领悟她表现的是谁。这个时候的埃玛还是心甘情愿地服从骑士的一切安排："骑士最初叫她在一个高高的、用丝绒衬里的箱子里摆姿势，箱子的一面敞开着，接下来是在一个巨大的镀金框架里。但是，他不久就看到，她的艺术才能完全能够表达这些模仿。她的整个生命都准备好了要成为骑士的活雕像画廊。"(VL，160)埃玛一时名动天下，她的美征服了那不勒斯人，连俄国的凯瑟琳女皇都要求送一张她的肖像去圣彼得堡。如果她就此打住，继续充当骑士的活雕塑和情妇，或许能够避免后来的"灾星"之说。可是在经常扮演不幸的受害者的角色中(这些也是她扮演的最好的角色，比如被夺去孩子的母亲——尼俄伯，不能忍受被遗弃的耻辱而杀掉孩子的女人——美狄亚，等等)，她多少回想起自己屈辱的过去，自我意识逐渐增强，终于有了反抗的决心："她不想成为受害者。她不是受害者"(VL，163)。她认识到自己所具有的性吸引力，于是充分地利用这个武器，进行了反击，突破情妇身份，成为骑士明媒正娶的妻子。也正是这一点，她跨出了被视为越界的第一步。人们可以接受一个来自底层的表演者，但不能接受她竟然僭越本分，获得骑士夫人的头衔，因为：

> 在这些故事中，多半是一尊雕像有了生命，这座雕像是个女人——常常是一个维纳斯，她从底座上走了下来，以拥抱回报一个热情男子。要不就是一个母亲，不过她可能会留在壁龛里。圣母马利亚和女圣人的雕像并不变得可以走动……很少会有一座女性的雕像活过来是为了报仇的。但是雕像如果是男人，那么，他的目的几乎总是要作恶或报复作恶者。(VL，168)

埃玛的所作所为清楚地向外界释放出这样一个信号：她是一个行动的人，而不是只甘于做一个没有思想的玩偶。她旺盛的精力和无穷的活力温暖了骑士的暮年生活，进而影响了骑士的生活方式——征服者被征服了。在小说的后半部分,骑士失去了主人公的地位,逐渐化作埃玛的点缀。结婚后的埃玛和骑士在英国的名声一落千丈,前者由一个人们口耳相传的绝世美女变成了酒吧女郎似的粗俗怪物,而后者则因此落下了好色之徒的恶名。

埃玛越界的第二步是公然藐视社会舆论,作为一个有夫之妇竟敢与有妇之夫——英国海军上将纳尔逊发展私情。纳尔逊在狙击法国海上舰队的战斗中负伤,被接到英国驻那不勒斯大使的家中治疗,得到了埃玛母女无微不至的照顾。埃玛仰慕纳尔逊的英勇,而纳尔逊从埃玛身上看到的不仅是美貌,而且是勇敢。与他的妻子以前为他包扎伤口时的畏首畏尾相比,埃玛在血淋淋的伤口面前毫不畏惧,尽最大的努力照料和安慰他,两人的关系终于由互相敬重演变为彼此爱慕。在战场上叱咤风云的纳尔逊变得儿女情长起来,这无疑触犯了当时的禁忌,因为“女人对男人的影响总要遭到非难、让人害怕,怕这种影响让男人变得温文尔雅、柔情软弱;这意味着女人会对士兵造成一种特别的危险。人们认为一名战士同女人的关系应该是残酷的,至少是冷漠的,这样他才能继续做好战斗的准备,骁勇无比、蓄势待发,与兄弟心连心,将生死置之度外”(VL, 221)。

尤其令人无法容忍的是,埃玛能将丈夫与情人不可思议地团结起来,三人竟然相安无事地生活在同一个屋檐下,人们认为这个畸形的现象是埃玛使用性手段的结果:“凭借其美色控制住一个性格软弱的男人,并腐蚀一个正派的男人。”(VL, 325)埃玛轻松自如地周旋在两个男人之间而落入“红颜祸水”的老套责难之中,但使她背负更多骂名的还是与那不勒斯王后的交往,这是她越界的第三步,也是导致最严重后果的一步。

那不勒斯的王后虽贵为奥地利公主,但作为女人,她同埃玛一样,也是一个男权社会的牺牲品。她远嫁那不勒斯是国王的父亲和她的母亲达成的一桩政治联姻,是代替一年前在出嫁前夜突发天花暴死、年仅 15 岁的姐姐作为新娘的。而国王是个什么样的人呢?“他只知道追求感官刺激;他父亲故意让他几乎成为文盲,他被有计划地培养成一个软弱的统治者”(VL, 41),因而当这个新娘“一知道自己跟什么样的人订婚,哭得跟泪人儿似的,比她姐姐还伤心”(VL, 46)。这个信息不由令人对王后姐姐的死因生疑,可悲的是,她姐姐的暴毙没有阻止联姻的计划,她作为替代品被送出了维也纳。她成了国王合法的性发泄对象和生育机器,共生育了 15 个子女。

国王完全不理朝政,一心过着荒淫无度的生活,精明的王后开始管理国家事务，这一点成了她被无限度地妖魔化的主要原因，她被想象成长相奇丑无比的一个怪物。埃玛成为王后的心腹密友之后被风传为朝廷的鹰犬爪牙，帮助镇压资产阶级革命者；她还是一个小肚鸡肠、睚眦必报的小人，利用镇压之机疯狂迫害与其有嫌隙的人。但是此等种种恶行，想象或许多于事实，桑塔格需要耐心的读者读出弦外之音，比如在文中一闪而过的，意在“点醒梦中人”的语句：“人们讲述并编造骑士妻子的故事，以说明她获得的报复性强、冷酷无情的新名声。”(VL, 325)两个女人的闺中交往也招致风言风语，被认为有同性恋的嫌疑。在残酷镇压革命的过程中，国王没有受到谴责，人们认为国王处于被控制的状态，真正的统治者是王后，她似乎天生就是一个魔鬼：“身为暴虐的玛丽亚·特蕾莎(Maria Theresa)的恶魔家族的一名成员，她难道没有完全掌控住她那愚昧而被动的丈夫吗?”(VL, 328)可是随后的一句话却泄露了天机：“因为当王室成员有必要在那不勒斯湾出现，以便授予恢复政权必须采取的流血进程以完全的合法性这件事情决定的时候，王后曾想，非常想，陪她丈夫去和她在‘雷霆号’上的朋友会面。但是，国王渴望摆脱他那位专横的妻子一阵子，于是命令她待在巴勒莫。”(VL, 328)由此可见，国王的命令才是至高无上的权威。革命被镇压后，王后的结局是回到出生地，寄人篱下，而国王则在那不勒斯继续他骄奢淫逸的生活。

一个依附于人的弱女子何以手眼通天，翻云覆雨？埃玛身不由己卷入是是非非，被侮辱，被利用，被物化，乃至成为一只替罪羊。骑士和纳尔逊死后，她一文不名，在贫病交加中凄凉地死去，留下一个孤苦无依的女儿，正好14岁——埃玛少女时代去伦敦谋生的年龄。作者有意交代这一笔，不难想见这个女孩的命运，一轮新的“他者”的悲剧将会继续上演。

三、“他者”的声音

埃玛从一个连基本的生存条件都难以维持的少女最后变成洪水猛兽般的“灾星”。她是一座移动的活火山，无论是在骑士心目中，还是在别人的眼里，“她在取代火山的位置。她在成为具有国际声誉的当地的奇迹，就像那座火山一样”(VL, 150)。不仅如此，她还逐渐取代骑士，成为另一重意义上的“火山情人”，即像火山一般的情人，她超凡的魅力和炽热的爱情一如喷发的火山，将骑士和纳尔逊吞没。埃玛的这个具有破坏力的形象是通过第三人称的叙述展示出来的，她没有话语权，是一个失语的“他者”，但如果让她自己讲述这些故事又将会是什么样的情形呢?《火山情人》虽一再被批评为老式的历史小说,但批评者或许是故意回避了它最大的创新之处——女性人物的死后独白。这样,包括埃玛在内的四位女性都有了话语权,都可以挣脱第三人称叙述的束缚来自由言说,所谓桑塔格"没有深入地揭示人物的内心世界"[①]的责难不攻自破。也许是为了表示公允,男性角色也得到了独白的权利,但只有标题人物骑士获此殊荣,而作者对这两种独白方式的处理是完全不同的。骑士在生命之火逐渐熄灭时的独白充斥着谵妄之辞,人物、时间、事件混淆不分,其中不乏一些反常变态和阴森恐怖的意象,比如他说道:"我的亲妈一边朝我走过来,一边撩开她的睡袍,做出淫荡的动作。一圈男女坐在那里饱餐着尸体,轻轻地舔唇咂嘴,吐出一块块白骨。"(VL,395)骑士在前两部中是一个喜怒不形于色、城府极深的多面手,桑塔格在短短的第三部中颠覆了他过分严谨和理智的脾性,描画出他几近疯狂的最后时刻,与第四部中四位女性理智冷静的口吻形成了极大的反差。"男人是理性的、女人是感性的",这一偏见在这里同样被颠覆。

第一个出场的是凯瑟琳。她的独白实际上是为她安于做一个"房间里的天使"进行的辩白。她对自己在世时的生活的理解有些是符合常理的,而有的则是一厢情愿的臆想,比如:她非常清楚骑士"娶我是为了我的钱"(VL,405),"他允许我做一个完美的妻子来为他的发达尽力"(VL,406);但又承认"我的上帝啊,我是多么爱他!他渐渐爱上我,超过他原本预料的程度"(VL,405)。她似乎不记得在她病重的日子里骑士找出许多理由离开她到王宫去寻欢作乐,更不记得是骑士加速了她的死亡:她的医生在探望她的路上从马上跌落身亡,骑士坚持认为她应该对医生的死负有责任,她内疚地大哭,没多久就一命呜呼。凯瑟琳随骑士去那不勒斯时,宠爱她的父母伤心不已,而她"这个忘恩负义的女儿离开他们却开心死了"(VL,405)。这种情况正是被波伏娃一语道破的夫妻关系:"凡是他的工作召唤他的地方,她便跟随着他前往,基本上是根据他从事职业的地方确定夫妇的住所;她多少断然地与她的过去决裂,合并到丈夫的天地中……罗马法将女人作为 loco filioe(子女)置于丈夫手中……妻子之于丈夫,正如孩子之于母亲。"[②]

① TOYNTON E. The Critic as Novelist [J]. Commentary, 1992,94(5): 63.

② 波伏娃. 第二性[M]. 郑克鲁,译. 上海: 上海译文出版社,2015: 550.

凯瑟琳如此坚定地与婚前的生活告别，是因为她接受的就是这样的教育，早就做好了依附于人的准备。又加上她没有养育子女，她的婚姻生活带给她的变化不过是从父母的“孩子”变成骑士的“孩子”而已。她对骑士的感情与其说是爱，不如说带着奴媚的成分。例如她随骑士回伦敦省亲后又得踏上山水迢迢的旅程。心里明明有几分不舍，却竭力掩藏自己的泪光，声称“我回去不是不开心。尽管我害怕漂洋过海以及接下来的艰难……对我来讲，更重要的是，回去你很高兴”(VL, 18)。凯瑟琳被夫权至上的思想所毒害，骑士所做的一切她都能够忍受，“因为我的信念是，做妻子的职责即原谅、宽恕、容忍一切。我的苦恼本来可以向谁诉说呢?”(VL, 408)与骑士生活了那么多年，聪明敏感的她自然知道骑士在外寻花问柳，但她还是极力为他开脱，以他的成长背景和阶级特权作为托辞:“我想，也许可以说他自私。要我讲这种话是不容易的。我一开始找他的错便想起，他那种背景下长大的人是如何看待他的享乐权利和义务，他这种性情的人又是如何会在所有这些他都关注的情况下设法沉迷其中的……”(VL, 409)。凯瑟琳知道像她这样的女性最终会悄无声息地迷失和埋没在男性一统天下的洪流之中，但她连想都不愿去想是否有别的出路，是否能活出真正的自我，只是顾影自怜一番后再次肯定女人的“他者”性:“我们(是)不受保护的性别，我们当中人数最多的部分，就和男人一样，以一种不受保护的方式迎战逆境。”(VL, 409)

在埃玛出场之前作者安排了卡多根(Cadogan)太太的独白，这是小说主要部分微乎其微的一个角色，人们都以为她是埃玛的仆从，实际上她是埃玛的母亲。有人虽然着力论述《火山情人》是桑塔格的失败尝试，对她把“不同凡响的人物写得稀松平常”[①]感到不可理喻;但对她在女性独白上的创意还是非常认可的，称其“效果卓著”，尤其肯定了对卡多根太太的刻画，把平凡的人物写得栩栩如生，称赞她“是桑塔格最成功的创造”，在这个人物身上，“桑塔格就这么一次忘记了自命不凡的架势”。[②] 由于母女感情很深，立场一致，卡多根太太的独白可以看成是埃玛独白的铺垫和补充。她胸无点墨，举止粗俗，却有着豁达的胸襟和乐观的心态。埃玛出生才两个月她的丈夫就一病而亡，作为一个年轻的寡妇要拉扯大女儿，其艰难可想而知。她坚强乐观，敢于追求爱情，屡爱屡挫，仍屡挫屡

---

① JENKYNS R. Eruptions [J]. New Republic, 1992, 207(11/12): 47.

② JENKYNS R. Eruptions [J]. New Republic, 1992, 207(11/12): 48.

爱。她只有一次正式的婚姻，按道理应该从埃玛父亲的姓，但她没有，而是以她最爱的人的姓氏“卡多根”作为自己的夫姓，骄傲地宣告自己曾经有过一段难忘的爱情，至于这位卡多根先生如何抛弃她与别人远走高飞，她一点也不忌恨。如果说凯瑟琳的逆来顺受和孤独忧郁是深受男权至上教育的毒害，那么卡多根太太知命乐天的个性恰好是远离这种教育的结果。对于女性屈居男性的统治之下，她的见解具有“一种质朴的农民的智慧”[①]，其高度远远超过了一边自怨自艾一边自欺欺人的凯瑟琳：“可我有时候希望世界颠倒过来。我是说，如果一个女人像我家宝贝这样既大胆又聪明，又有胆量的女孩子，她就不用去讨好男人。”(VL，422)这是一种朴素的男女应当平等的思想。

从卡多根太太口中我们不仅感受到一个母亲对女儿的深沉的爱，而且进一步了解了埃玛遭遇的种种不幸以及面对磨难的坚强。这样作为第三个独白者，她的话语可信度得到了强化。在前面的第三人称叙述中，埃玛轻浮张扬，但在她的独白中，我们似乎听到了一个沉稳持重的人在讲述她大起大落的人生际遇。她断言：“那些这么残忍地说我的人，会非常后悔的。总有一天他们会意识到他们当年是在伤害一个悲剧人物。”(VL，438)她继承了母亲坚韧乐观的秉性，有着顽强的生命力和适应各种环境的能力。为了生存，她迎合各种男人，但在这些男人中只有纳尔逊发自内心地敬重她，她也就自此忠于这位海上骁将。一心想当母亲的她如愿以偿地怀了孕，但不得不再次牺牲做母亲的资格，因为这是纳尔逊的孩子，而她身为没有生育能力的骑士之妻，是不能公然地露出怀孕的迹象的。为了顾全骑士的颜面，她以日益发福为借口，并借着衣服的遮掩偷偷地生下女儿，将孩子寄养他处。骑士和纳尔逊相继死后，她终于可以与孩子在一起了，这意味着她可以以母亲的名分自居，不过她做出了一个艰难的决定：否认自己的母亲身份，只告诉孩子她是英雄纳尔逊的女儿，而自己不过是纳尔逊委托的监护人而已。她如此违心地隐瞒事实是为了保护女儿，不愿女儿在心里留下阴影：纳尔逊是国家英雄，被讴歌、被传诵，她则年老色衰，声名狼藉。她尽一切力量教育女儿，因为“孩子是他给我的、我给他的爱的礼物”(VL，437－438)。纳尔逊临终留下遗言，希望他为之捐躯的国家能够照顾埃玛和她的女儿，他不知道这个请求被置之不理，埃玛带着女儿颠沛流离，最后在法国客死他乡。埃玛“没有乞

① JENKYNS R. Eruptions [J]. New Republic, 1992,207(11/12): 48.

求、恳求、抱怨过”(VL, 438),更没有依靠男人,即便有人主动来送钱,她也不为所动,她的言语里闪耀着自尊自爱的光辉:“贬低我的人无法指责我淫荡,他们该感到多么遗憾啊! 同时,也没有根据说我爱财,尽管他们本来也想在这上面添油加醋的。”(VL, 438)

最后一个独白的是一个追求独立的知识女性方塞卡。当她说“或者我会在做一个女人有多复杂这一点上对自己撒谎。所有的女人都这样的,包括本书作者”(VL, 449)时,强烈的时空倒错感发人深省,无怪乎有人感叹“《火山情人》是一个文学的奇喻(literary conceit),桑塔格借一个 18 世纪的故事来说明过去对现代生活不可阻挡的影响力”[①]。方塞卡出身特权阶层,早熟早慧,小小年纪就有诗人之名。她也曾经像凯瑟琳一样步入婚姻的殿堂,但与力求做一个完美的妻子的凯瑟琳不同,她是一个“古怪的、不合适的妻子”(VL, 446),因为婚后她继续研究数学、物理、生物学和经济学等,侵犯了男人的领域,不容于家庭和社会。她为了重新获得自由之身,费了不少精力与丈夫离婚,这在 18 世纪需要极大的勇气和魄力。在那不勒斯革命中,她作为共和制的鼓吹者被捕入狱,随后被处以绞刑。她敢于与男性比肩而立,尽情展示个人的才华并服务于革命事业。王予霞中肯地指出,作为埃玛的对立形象,方塞卡没有沉溺于个人的情爱之中,而是把满腔热情献给了文学与政治,跻身于男人的世界。但她同时又认为方塞卡的独白是“脆弱的辩白,女性主义的情感的冲动。毫无疑问,这是桑塔格对女权主义的承诺和渴望以知识独立的方式生活愿望的表达”[②]。这一点笔者难以苟同:从方塞卡行刑前坦然镇定的举止中看不出“女性主义的情感的冲动”,而且她反复强调参与革命事业并不只局限于妇女的权利,而是放下性别问题,努力先去解决“人”的问题:

> 玛丽·沃斯通克拉夫特(Mary Wollstonecraft)的著作 1794 年在那不勒斯出版时,我读过并且感到佩服,但是,在我的报纸上,我从来没有提过妇女权利的问题。我是独立的。我没有把我的思想放在我性别的某个琐碎的概念上。的确,我首先不认为自己是个妇女。我思考我

① JOHNSON A. Romance as Metaphor [J]. The Nation, October 1992: 365.

② 王予霞. 苏珊·桑塔格纵论[M]. 北京: 民族出版社, 2004: 275.

们正义的事业。我很高兴忘记我只是个女人。在我们的许多会议上，我很容易就忘记我是唯一的女性。我要成为纯粹的火舌。（VL，447－448）

在谈及埃玛的情况时，她的见识更是不俗：“如果埃玛·汉密尔顿出生在另一个国家，作为一个共和主义女英雄，她的结局有可能是她非常勇敢地站在某个绞刑架下。”（VL，449）情况也确实如此。在埃玛与骑士回伦敦举办婚礼期间，画家罗姆尼（George Romney）为她画像时热情洋溢地谈到革命，她不由为革命的激情深深打动：“假设骑士的爱人待在伦敦，那么，她也会成为一个秘密的革命同情者，至少是同情一阵子。”（VL，194）在她心中也萌动着进步的力量，但是一旦离开伦敦，她的生活就封闭在守旧势力里，罗姆尼宣传的共和思想也就烟消云散了。她的生活圈和有限的见识决定了她的所作所为，与王后的姐妹情谊使她同情王后，在一定程度上促成了纳尔逊支援那不勒斯王室，镇压共和派人士。方塞卡是与桑塔格比较接近的一个人物，甚至二者不从夫姓，坚持用原来的名字都如出一辙。肯尼迪表示无需从字里行间去找寻桑塔格的自我指涉便能看出“方塞卡酷似作者：她是一个作家，一名行动者，抵制女性身份，因为她（在学问上）步入男人的世界，想要功成名就”[①]。“作者”与“行动者”是桑塔格众多标签中的两个，但如果说她否定女性身份，可能有欠公允，至少与桑塔格公开表明自己是个女性主义者颇有出入，何况她在《火山情人》之后还推出了一部女性主义主题极其明确的剧本《床上的爱丽斯》呢？其实方塞卡在多大程度上近似于桑塔格并不重要，重要的是她在这部小说里产生的效果：作为一个自立自强的女性，她的言说丰富了女性的声音。

用查尔斯·麦克格拉斯（Charles McGrath）的话来说，“由于是桑塔格的作品，《火山情人》自然是睿智之作，以大量的事实研究为基础，但正如许多评论家指出的那样，小说也有轻松活泼的一面，而且甚至——谁也意想不到——有一种老套的、娱乐大众的愿望”[②]。桑塔格此举并非只为娱乐大众计，她早年本来就

① KENNEDY L. Susan Sontag: Mind as Passion [M]. Manchester: Manchester University Press, 1995: 125.

② MCGRATH C. A Rigorous Intellectual Dressed in Glamour [N/OL]. The New York Times, 2004-12-29 [2010-09-09]. http://www.nytimes.com/2004/12/29/books/a-rigorous-intellectual-dressed-in-glamour.html?mcubz=0.

致力于消解高雅文化与大众文化之间的壁垒，她在很多场合都表示了对“理论家”和“批评家”头衔的排斥，最钟情的乃是虚构文学，只是她在批评界的卓越成就和受到的高度关注遮掩了她意图在虚构作品中透露的锋芒。如果将目光投向更大的读者群就意味着要迎合大众趣味，把令人望而生畏的、在评论文章中侃侃而谈令普通读者晕头转向的各种概念的“最智慧的女人”的自我至少部分地遮掩起来。[①]《火山情人》是她朝此方向努力的一个结果，有评论家读完该小说后感到它的出现具有“不可避免性”(inevitability)，它是桑塔格注定了要写的小说，从散文家的道德智性转换到小说家的智性感悟。对于她的崇尚者来说，这部小说正好证实了她的原创性，而且还有可能会赢来整整一批新的读者，因为《火山情人》“不仅仅是一个思考着的女人(或人)所写的历史传奇小说，而且还是一部着笔老道的、富有洞察力的、寓意深刻的小说”[②]。这样的解读多少道出了桑塔格的创作初衷，她借备受女性青睐的小说形式以吸引众多的女性读者，希望她们在读完小说后深思自己的处境。正如国内有学者在全面考察《火山情人》的叙事时间时指出的那样，“历史上发生的事件成了过去，可留下的影响和感受还在”[③]，尽管小说发生在18世纪末，但她所要表达的是对现实的关注：两个多世纪过去了，女性是否真正地突破了过去的种种束缚，获得自由了呢？波伏娃认为这是不容乐观的：“现今包含着往昔，过去的全部历史是由男人创造的。当女人开始参与规划世界时，这个世界仍然是属于男人的世界，男人并没有觉察到这一点，而女人也几乎觉察不到。拒绝成为他者，拒绝与男人合谋，对女人来说，就等于放弃与高等阶层联合给她们带来的一切好处。”[④]《火山情人》里的凯瑟琳就是如此，她从不质疑男性的特权，成为一个甘愿埋没的“他者”；埃玛在人生的沉浮中无力主宰自己的命运，屡受侮辱反倒以红颜祸水留名于世；方塞卡勇于反抗，但她由于“超越了女性影响的范围而受到惩罚”[⑤]，被处以极刑。这一个个“他者”，无论采取何种生存方式，踏上的都是同一条归途——毁灭。

---

① 柯英．穿越时空的对话：论《火山恋人》的作者型叙述声音[J]．当代外语研究，2010，(11)：18.
② JOHNSON A. Romance as Metaphor [J]. The Nation, October 1992: 367.
③ 郝桂莲．流连忘返：《火山恋人》的叙事时间分析[J]．当代外国文学，2009，(2)：123.
④ 波伏娃．第二性[M]．郑克鲁，译．上海：上海译文出版社，2015：16.
⑤ JOHNSON A. Romance as Metaphor [J]. The Nation, October 1992: 366.

第二节 《床上的爱丽斯》:"他者"的反击

如果把《火山情人》喻为从峭壁上飞泻而下的瀑布,那么紧随其后的八幕剧《床上的爱丽斯》就是山间缓缓流淌的小溪。前者激情四溢,后者不温不火,甚至停滞不前——它的中心人物就是一个躺在床上不能动弹的女子。同《火山情人》中有名有姓的历史人物一样,这位女主人公在历史上也确有其人:她是19世纪的一位名门女性——爱丽斯·詹姆斯(Alice James, 1848—1892),即大名鼎鼎的美国小说家亨利·詹姆斯(Henry James, 1843—1916)以及心理学家、伦理学家威廉·詹姆斯(William James, 1842—1910)的妹妹。

作为一名多产作家,桑塔格称在其各种类型和风格的作品中,最看重的是《床上的爱丽斯》——这种说法并不鲜见,因为她对《火山情人》也有类似的表露。不过在这部剧作的题注中她说"我感觉我整个的一生都在为写《床上的爱丽斯》做准备"[①],如此表述的确是其他作品未曾得到的"殊荣"。既然如此,人们不免产生这样的疑问:为什么选择戏剧形式?为什么选择爱丽斯·詹姆斯?

对于第一个问题,正如崔卫平所言,"桑塔格自幼喜欢戏剧,剧场中不同人物发出的声音令她惊奇,在写作中她最先崭露头角的是戏剧评论,她对于这门艺术的熟悉程度,可以她1993年为呼吁国际社会干预,在萨拉热窝导演塞缪尔·贝克特(Samuel Beckett)的《等待戈多》为佐证"。[②] 洛佩特也说:"桑塔格是一位戏剧女性。她最优秀的随笔之一就是写戏剧与电影的关系,在这篇文章中,她其实是为前者对后者产生的影响进行辩护,与所谓'纯电影'的观念分道扬镳。"[③]如此看来,选择戏剧形式作为《床上的爱丽斯》的载体也就在情理之中了。在该剧本的中译本出版前,有人专门撰文纪念并指出,作为极具天赋的小说评论家,桑塔格的剧本也令旁人黯然失色。该剧1991年9月在波恩上演时,曾引起轰动,

---

① 桑塔格. 床上的爱丽斯[M]. 冯涛,译. 上海:上海译文出版社,2007:题注5. 本书引自 *Alice in Bed: A Play in Eight Scenes* (New York: Farrar, Straus, Giroux, 1993)的内容参考该译本,除非特别说明,页码以该译本为准。

② 崔卫平. 苏珊的敌人[J]. 中国新闻周刊,2005,(2):59.

③ LOPATE P. Notes on Sontag [M]. Princeton: Princeton University Press, 2009: 168. 此处指的是收入《激进意志的样式》中的《戏剧与电影》一文,写于1966年。

并引发了当时戏剧界的高度重视。[①] 从《美国当代戏剧史》的考证中还可以找到桑塔格选择戏剧形式的另一个原因：自20世纪80年代至90年代的10年时间内，贝丝·亨利(Beth Henry)、玛莎·诺曼(Marsha Norman)和温迪·瓦萨斯坦(Wendy Wasserstein)三位女性主义剧作家先后获得了普利策戏剧奖[②]，桑塔格从中受到的鼓舞是可以想见的，因此王予霞认为她“过去一直在先锋文学领域里大显身手，并未直接关注过妇女问题。在美国女性主义戏剧繁荣之时，她也推出了《床上的爱丽斯》，直接面对女性问题”[③]。这部剧本可以看作是她加入女性主义剧作家行列的一个努力。

至于第二个问题，桑塔格本人在2000年10月作出了回答，当时此剧被搬上美国舞台，在纽约进行首演。[④] 桑塔格与时任该剧舞台指导的美国先锋戏剧大师理查德·谢克纳(Richard Schechner，1934—)以及任导演的伊沃·范·霍夫(Ivo Van Hove，1958—)进行了一次对话，《纽约时报》予以了全文刊载。谢克纳问到为什么要选择爱丽斯，为什么要选19世纪时，桑塔格答道：“我写这部戏不是要与历史事实保持一致，而是要从这个不同寻常的妇女的生活中提取一些元素，受制于这些元素，她的人生毫无建树。这个被困住的妇女不一定非得是爱丽斯·詹姆斯。她拥有一个真实人物的名字以及观众能对这个故事有所了解，不过是表层的东西。”[⑤]因此，爱丽斯只是一个符号，代表的是像她一样被困住的女性。

爱丽斯·詹姆斯究竟是怎样一位女性？她的故事缘何为桑塔格提供了创作的灵感？历史上真实的爱丽斯出生于一个杰出家庭，是五个孩子中唯一的女孩，19岁时遭遇心理危机，之后一直罹患各种莫名病痛，于43岁死于乳腺癌。其实

---

① 详见：陈怡. 纪念桑塔格《床上的爱丽斯》出版[N/OL]. 东方早报，2006-12-27[2010-05-18]. http://book.sina.com.cn/news/b/2006-12-27/1244208213.shtml. 此处有个时间问题需要交代一二：通常意义上，学术界评论的《床上的爱丽斯》指的是1993年的英文版，其实该剧的创作要从1990年算起，1991年在柏林上演的是德文版。

② 周维培. 美国当代戏剧史[M]. 南京：南京大学出版社，1999：15.

③ 王予霞. 苏珊·桑塔格纵论[M]. 北京：民族出版社，2004：297.

④ 2006年中央戏剧学院研究生在“黑匣子”公演了《床上的爱丽斯》，这也是该剧在中国的首次上演。2009年10月香港话剧团对此剧的再次创作更是引起了戏剧界的广泛关注。参见：周思源. 被流放的女性群像：关于《床上的爱丽斯》的戏剧反思[J]. 戏剧文学，2011，(7)：43-46.

⑤ SONTAG S, IVO V H, RICHARD S. Another Alice's Wonderland, As Susan Sontag Found It [N/OL]. The New York Times, 2000-10-29[2011-05-13]. http://www.nytimes.com/2000/10/29/theater/another-alice-s-wonderland-as-susan-sontag-found-it.html.

桑塔格并不是第一个对她的故事感兴趣的人。1980 年吉恩·斯特劳斯(Jean Strouse)发表了《爱丽斯·詹姆斯传》(*Alice James: A Biography*)，赢得了读者的好评；1983 年凯瑟琳·沙恩(Cathleen Schine)的小说《床上的爱丽斯》(*Alice in Bed*)出版，故事的女主角也叫爱丽斯，也在 19 岁时身患不明疾病，卧床不起。因此一位热衷于文学研究的网友于 2006 年 7 月 11 日发布了一篇题为《竭力寻找爱丽斯》("Desperately Seeking Alice")的网络文章，将这两部与桑塔格的剧本极有关联的作品梳理了一遍，对这样的"巧合"颇为惊讶。[①] 桑塔格没有在任何场合提及这两部先驱性的作品，毋庸讳言，这一点似乎不近情理。即便不考虑凯瑟琳·沙恩的小说中比较近似的内容，其一模一样的题名至少也应该引起过桑塔格的注意。至于吉恩·斯特劳斯所写的传记，其开篇的引言部分提到了弗吉尼亚·伍尔夫在《自己的房间》(*A Room of One's Own*)中假想的莎士比亚的妹妹，将她在伍尔夫笔下的命运进行了一番概括，并且写道："威廉和亨利·詹姆斯的确有一个颇有才华的妹妹，从她身上有可能细细地观照伍尔夫假想的情景。"[②]而桑塔格在《床上的爱丽斯》的题注中第一句话就是"想象一下，如果莎士比亚有个妹妹，一个才华横溢、与其兄长具有同样超群创作天赋的妹妹，将会怎样？这就是弗吉尼亚·伍尔夫在她划时代的论争著作《自己的房间》中向我们提出的一个问题"(AB，题注，1)。

桑塔格是否从吉恩·斯特劳斯和凯瑟琳·沙恩对爱丽斯的书写中汲取灵感也许无关紧要，关键是这三位作者注意到的共同点：一名被困住的女性。而桑塔格在此基础上还赋予了这位爱丽斯另一重身份："我这位历史人物的芳名，爱丽斯·詹姆斯，不可避免地会令人想起 19 世纪那个最著名的爱丽斯，即刘易斯·卡罗尔(Lewis Carroll)《爱丽斯漫游奇境记》的女主角。"(AB，题注，3)她的这个拓展另有深意，成为整部剧本中一个独具特色的部分。

为了将《床上的爱丽斯》推上美国舞台为大众所熟悉，伊沃·范·霍夫对剧本的研读可谓极其深入。他发现："这是一部存在主义戏剧，不是一部历史剧。它探问的是这个问题：'我们如何生存？'没有人能为他人给出一个答案。你得在

① Anon. [EB/OL]. [2012-04-15]. http://www.mutanteggplant.com/vitro-nasu/category/books/susan-sontag. 从该文的题目来看，作者似乎有意与一篇对桑塔格较为肯定的文章大唱反调，具体可见：CASTLE T. Desperately Seeking Susan [J]. London Review of Books, 2005, 27(6): 17-20.

② STROUSE J. Alice James: A Biography [M]. Cambridge: Harvard University Press, 1999: xiv.

自己身上找到答案。”[①]桑塔格对此比较赞同，回应说：“爱丽斯不停地思考这个问题，这个大问题：人如何生存？人如何必须生存？人如何生存得更好？我喜欢她就是尽管她孤独无助和自我沉迷，但她仍然对这些问题持坦率的态度。”[②]因此，存在主义在《床上的爱丽斯》中依然是一个明显的印记，而它又是桑塔格唯一一部明确表明女性主义立场的作品，她将其定义为“一出戏，然后是一出写女人的悲哀和愤怒的戏；而最后，成了一出书写想象的戏”（AB，题注，5）。对其予以存在主义女性主义的解读或许不悖作者本人的意愿，她表示：“对一部戏最大的恭维就是对它作出不同的解读。没有什么解读是‘正确的’。能够流传下来的文本总是被重新创造和重新想象的。”[③]桑塔格为此剧定下了“悲哀”“愤怒”和“想象”的基调，我们不妨以此为线来串联起对它的解读，对应剧中三种“他者”的反击形式。

一、悲哀：意识与言语反击的悖论

在一个人才济济的、男性占绝对主宰位置的家庭中，爱丽斯将自己的存在形容为“偶然性的”（accidental），四个哥哥和位居绝对中心的父亲使得家中这个最小的女孩简直可有可无。在物质层面，她衣食无忧，生活优越，并且得到了良好的教育。传记作家说，“她聪颖机智，精通多种语言，热爱阅读，精力充沛，思维活跃，爱丽斯参与了所有的家庭游历——这些游历使得詹姆斯家的孩子在同龄人中与众不同，但是身为女孩这个事实使她甚至与自己的兄弟们隔离开来”，而且当“男孩子们毫无顾忌地在外面学习、玩耍时，爱丽斯同父母和姨妈待在家里”[④]。也就是说，爱丽斯并非一直都是一个身体状况欠佳的弱不禁风的女子，相反，她也曾经精力充沛过。但是她旺盛的求知欲和与兄弟们比肩的愿望被压

① SONTAG S, IVO V H, RICHARD S. Another Alice's Wonderland, As Susan Sontag Found It [N/OL]. The New York Times, 2000 - 10 - 29[2011 - 05 - 13]. http://www.nytimes.com/2000/10/29/theater/another-alice-s-wonderland-as-susan-sontag-found-it.html.

② SONTAG S, IVO V H, RICHARD S. Another Alice's Wonderland, As Susan Sontag Found It [N/OL]. The New York Times, 2000 - 10 - 29[2011 - 05 - 13]. http://www.nytimes.com/2000/10/29/theater/another-alice-s-wonderland-as-susan-sontag-found-it.html.

③ SONTAG S, IVO V H, RICHARD S. Another Alice's Wonderland, As Susan Sontag Found It [N/OL]. The New York Times, 2000 - 10 - 29[2011 - 05 - 13]. http://www.nytimes.com/2000/10/29/theater/another-alice-s-wonderland-as-susan-sontag-found-it.html.

④ STROUSE J. Alice James: A Biography [M]. Cambridge: Harvard University Press, 1999: 43.

制下来,因为“在19世纪,中上层阶级的女孩子们被视为情绪化、感性化的,而不是智性化、审美化的。会缝纫、跳舞、唱歌或弹奏音乐,熟读法文,谈论小说,也许还会绘画——但不是博学多才的——就被认为是‘有成就的’了”[①]。女孩子们能歌善舞也好,侃侃而谈也好,都是局限性的,都是社会附加的女性气质的一部分,“博学多才”已经超出了社会的期望值,是不被鼓励的特性。在被“他者化”的过程中,爱丽斯的肉体与精神一起陷入委顿状态,最后退守一隅,甚而将一张床作为自己的逃避之所,企图以肉体禁闭来对抗精神禁锢。

《床上的爱丽斯》中第二幕开始的舞台说明颇有深意:在繁琐的维多利亚式的陈设中,爱丽斯“躺在一张巨大的铜床上,偎在一大堆(足有十床?)薄薄的被褥底下”(AB, 3)。房间的陈设表现出爱丽斯的生活条件非一般人可比,巨大的铜床自然也能说明这一点,但更能营造一种孤独感和隔离感。而最令人心惊的是那一大堆被褥,桑塔格对这个创意非常满意,她在一次谈话中专门讲到了这个设计的来源。有一次她拜访她的意大利出版商时发现在通往露台的入口处叠放着一大摞薄的被褥,一直堆放到墙的高处。这个视觉冲击给她留下了深刻的印象,后来出版商的妻子告诉她这是室内设计师的意思,因为这样会比较有趣。这时在作者的脑海中“突然出现了一个被压在十床被褥下的女子。她并没有被压得气息奄奄。这些被褥象征着她半自愿的自我囚禁”。作者很自然地自问:“这个女子是谁?”又很快地自答:“哦,是爱丽斯・詹姆斯。”[②]巨大的铜床和层层叠叠的被褥是爱丽斯的栖身之所,她固执地坚守这个阵地。当最疼爱她的哥哥哈里——亨利・詹姆斯——来探望她时提出“我给你去掉一床被子吧,我能做得来”(AB, 41),她置之不理并立即将话题转到哈里身上。申慧辉指出:

> 应当承认,爱丽斯比朱迪丝(伍尔夫假想的莎士比亚的妹妹)幸运。爱丽斯接受了教育并且学习出色,就连她那才华横溢的哥哥都对她的机敏和想象力赞不绝口。此外,她从父母那里继承了财产,所以不必因生存而忍受男性的利用和侮辱。而且,她的父亲爱她,哥哥也爱她,是

---

① STROUSE J. Alice James: A Biography [M]. Cambridge: Harvard University Press, 1999: 43.

② SONTAG S, IVO V H, RICHARD S. Another Alice's Wonderland, As Susan Sontag Found It [N/OL]. The New York Times, 2000-10-29[2011-05-13]. http://www.nytimes.com/2000/10/29/theater/another-alice-s-wonderland-as-susan-sontag-found-it.html.

> 那种真心的爱。可是，这一切并没有从实质上改变爱丽斯的命运，相反却使作为女性的爱丽斯与周围人的关系更为复杂。原因是，如果说朱迪丝的父亲为她做的安排基本是出于生存的需要，那么比较而言，爱丽斯的父亲对她的要求似乎不那么单纯——其中的自私成分或许更多些；或者，从另一方面讲，爱丽斯的事例说明，单纯的经济独立并不意味着女性真的可以摆脱传统的束缚而获得真正的自由和解放。①

爱丽斯的父亲为她安排了一切，但又时刻提醒她与兄弟们的性别差异。如果说到父亲对她自私的要求，那就是将她置于家中，让她扮演乖巧女儿的角色。通过那些她自愿覆盖在身上的一床床被褥，桑塔格放大了爱丽斯在父亲权威下的压抑情绪，描述了她在意识领域进行的抗争，而这个抗争在剧本中具体表现为弑父情结。第二幕的结尾处爱丽斯似乎突然陷入谵妄状态，其语言的暴力程度令人不寒而栗："我看见自己手持匕首——不，是块砖头。我看见他的脑浆从脑袋里翻涌而出。他黑色的爱尔兰人的脑浆。"(AB, 10)这句话看似荒谬，但在这个八幕剧中的重要性却是不容忽视的。不了解爱丽斯家族渊源的读者可能会不知所云，以为只是她的呓语。实际上，爱尔兰是爱丽斯的祖先所在之地，此处的"他"指的正是爱丽斯的父亲，将爱尔兰血统传承给爱丽斯的人。正是这句血腥味十足的话引出了以闪回形式处理的第三幕，假想的弑父场景几乎演变为真实的谋杀：

> (1) 爱丽斯已经来到梯子前。她爬了几级，细审上层书架上的书籍，取出一本砖头样的厚书，然后慢慢下来。
>
> (2) 爱丽斯站在父亲身后，将那本砖头样的厚书举过他的头顶。父亲回顾之下，微笑着伸出手来。她将那本砖头放在他手上。(AB, 19)

(1)和(2)这两段舞台说明的中间是父亲的一段话，这个安排应该说是独具匠心的。父亲告诉爱丽斯："你只需下定决心施展出你的才能，一个广阔的世界

① 申慧辉.从一间屋子到一张床[J].读书，2002，(9)：96-97.

就将展现在你面前。哪怕你是个女人。没错，我认为你并非最适合于家庭生活。你必须发挥出你出色的禀赋。无须害怕男人，将它完全发挥出来。”（AB，19）这就如同告诉一个已经被判死刑、即将奔赴刑场的囚犯要珍惜生命，要利用宝贵的时光在人世间有所作为。社会不需要爱丽斯这样的女性来施展才能，奋力打拼的责任理所当然地落在男性的肩膀上，但是父亲仍能理直气壮地劝诫爱丽斯发挥才能，似乎她从未被剥夺过这样的权利。这种心口不一的鼓励之词激怒了爱丽斯，诱发她意欲利用占据的有利位置予以反击，然而父亲的微笑使匕首转化为砖头，砖头又还原为书。未能实现的忤逆之举演变为深深的遗憾，在狂想达到巅峰的第五幕中，爱丽斯依然对此耿耿于怀：

> 迷尔达：（对爱丽斯）我想是有个男人伤透了你的心。
>
> 爱丽斯：也许是我父亲。
>
> 迷尔达：我们可以杀了他。不过你随之也得杀了你自己。
>
> （AB，77）

这就是一个悲哀的悖论：如果爱丽斯的反抗必须以自身的毁灭作为代价，那么反抗本身的意义何在？“黑色的脑浆”是现实的反面书写，这个恐怖的意象形象地表现了爱丽斯对男女智性差异的怀疑之情，她颠倒脑浆的黑白暗示了现实的黑白颠倒：谁说女子不如男？但是她还不能认识到父亲不过是在家庭中实施权威的父权制的一个代理人而已，真正将她的“他者”身份确定下来的是促使父亲视其为温室之花的整个父权制。正是由于父亲对她生活的直接参与和干预，他成了她的第一个假想敌，而与她的生活密切相关的另一个人则成了她的第二个假想敌——哥哥哈里。她对父亲予以意识上的反击，而对于哈里，她的反击更多地停留在言语层面。

整个第四幕是爱丽斯与前来探望的哈里之间的对话，乍看上去，这是一个任性的小妹对一个耐心的哥哥故作娇蛮的姿态，但仔细推敲之后，可以读出爱丽斯的几许尖酸和辛酸。根据舞台提示，爱丽斯此时已年届40，但长发披肩，还像一个小姑娘。也就是说，在家里，她的固定形象就是一个柔弱的小女孩，需要男性亲人的照顾和呵护，这一点从哈里充满爱怜的话语里可以了解：“当她的猫头鹰在外面的世界里忍受着风霜毒箭时，我亲爱的小兔子安全舒适地躲在窝里都琢磨些什么呢?”(AB, 29)众所周知,在西方文化里,猫头鹰是智慧的象征,哈里自比为猫头鹰,不仅拥有非凡的智慧,而且还能勇敢地面对外部世界的纷纷扰扰,而在他的庇护之下,爱丽斯这只毫无抵抗能力的小兔子才得以安心地享受温暖的被窝,可以无忧无虑地随便“琢磨些什么”,不需要竭尽心力进行深刻的思考,更不需要与他一起直面外界的“风霜毒箭”。哈里称呼爱丽斯是“可怜的小鸭子”“亲爱的小兔子”“聪明的小耗子”“珍爱的小海龟”,这些亲昵的言语打造出一个备受宠爱的、可爱可亲的小女孩形象,但是爱丽斯根本就不领情,当她醒来看见哈里就在床边时,一开口就是尖酸的话语:“我睡觉的时候大张着嘴巴,是吧? 涎水流到枕头上了吗? 枕头都湿了。(握住他的手,把他拉近)你摸摸,摸摸枕头。我涎水直流呢,我真让人恶心。”(AB, 28)她故意自毁形象,以极其贬损的语言打击破坏哈里使用的美化性的语言。哈里对爱丽斯的称呼有两个特点,一是突出“小”,似乎爱丽斯是个永远长不大的孩子;二是以各种小型动物来指称,唯独没有正常的人的称呼,因此有意无意地突出了爱丽斯的“他者”性。关于自己病理不明地卧床不起的问题,爱丽斯希望听到哥哥的看法:

> 爱丽斯:哈里你到底觉得我为什么会变成这副模样?别跟我说是因为我过于敏感。
>
> 哈　里:我怎么会这么说?(热切地)我想是因为太过聪明了。
>
> (AB, 30)

哈里的答案与父亲的劝慰之语实则如出一辙:都肯定了爱丽斯的智力,前者坦言爱丽斯之所以缠绵病榻就是聪明反被聪明误的结果,后者则为她指出了一条根本走不通的所谓出路,无怪乎她将二者都树立为假想敌。在这一幕里,桑塔格运用了后现代的时间倒错手法,把哈里在爱丽斯去世两年后所说的话移植到文本中,让爱丽斯有机会为自己辩驳。桑塔格从哈里的书信中找到了这一段话:“在某种意义上她悲剧性的健康对于她的人生问题而言恰是唯一的解决途径——因为它正好抑制了对于平等、相互依存云云所感到的哀痛。”(AB, 31)她将其置于剧本中,并且用了引号,以表明哈里所说的是一段引言。这时爱丽斯愤愤不平地回应道:“这话多么可怕。为什么平等、相互依存对你是理所当然,在我就成了问题?”(AB, 32)在哈里看来,爱丽斯的疾病恰好解决了她的聪明才智无从寄托的矛盾,使她不能够追求平等自由,从而也就免去了必然会遭遇的挫败。但是她在世的时候,他不愿这么直接地说,所以他补充道:“等你在 43 岁上去世后两年我才会这么说——”(AB, 32),但在作者眼里,哈里所言确实不公,所以在剧本中充分行使了作者虚构的能动性,为爱丽斯赢得反唇相讥的权利,但这也正是爱丽斯反击的悲哀之处:真实的爱丽斯何曾有过这样的机会?就像《火山情人》中女性声音死后的集体独白那样,这亦是她反击的另一重悖论:死后反击。

二、愤怒:空谈的盛宴

桑塔格学识渊博,喜欢也擅长用典,对历史事件、历史人物和经典作品不仅有独到的见解,而且能灵活自如地运用这些历史性题材,成就其一篇篇灵感迸发、振聋发聩的佳作。在《床上的爱丽斯》中,她戏仿《爱丽斯漫游奇境记》里最著名的一章“疯狂的茶会”,描写了几个女人的聚会。这是一场名副其实的疯狂的茶会,其疯狂程度完全不亚于《爱丽斯漫游奇境记》。后者是以成人的思维来想象儿童误入一个荒诞的梦幻世界,这个世界映照的是成人的独断专行和不可理喻;而前者则让 19 世纪与爱丽斯出生于同一个地方——马萨诸塞州的两位文学女性的鬼魂与两位舞台人物齐聚爱丽斯的茶会,进行一次想象中的语言狂欢。这四位女性的出场可谓意味深长,充满了强烈的象征性和代表性。

第一个出现的文学女性是玛格丽特·福勒(Margaret Fuller, 1810—1850),她是“美国第一位重要的女文人”(AB,题注,4),提出了“女性气质”和“姐妹情谊”等女权理论观念,为妇女争取平等的写作和研究权利做出了可贵的尝试。玛格丽特也是自童年时代便受到了良好的教育,她充分利用自己的家庭条件,经常在家中举办学术活动,并且冒着违法的危险发表演讲,吸引了不少文化名流。[①] 也许更为人熟知的是她深受超验主义运动发起人拉尔夫·沃尔多·爱默生(Ralph Waldo Emerson, 1803—1882)的赏识,担任超验主义刊物《日晷》(*The Dial*)的编辑。1845 年她发表了《19 世纪的妇女》(*Woman in the Nineteenth Century*),这是美国第一部倡导男女平权的著作。不幸的是,她 40 岁时在从寄寓地意大利返回美国的途中遭遇风暴,与丈夫以及襁褓中的孩子葬

① 那个时候女人发表演讲是违法的,参见:王予霞.苏珊·桑塔格纵论[M].北京:民族出版社,2004:282.

身大海。王予霞称，“玛格丽特的英年早逝对男权社会来说无异于消除了一大隐患”[①]。在她与爱丽斯的对话中不时提到水和大海，而舞台提示也有波浪的声音。桑塔格在此借玛格丽特被大海无情地淹没的命运，揭示妇女抗争的艰辛和失败的终局。剧中玛格丽特与爱丽斯对此都心领神会：

> 玛格丽特：我在别人眼里是个麻烦。我死了会有很多人长出一口气。
>
> 爱 丽 斯：我对自己而言就是个麻烦。（大笑）你一心想活。看看为了慑服你费了多少事。那些汹涌的巨浪。
>
> （玛格丽特叹了口气。）
>
> 抱歉。我并非有意这么随随便便提你的伤心事。我脑子里成天转的就是死，死对我来说就是个密友和安慰，我忘了对生活在广阔世界里的你来说它是多么沉重。（沉吟）我活得太轻飘飘的了，我需要些重量。
>
> （AB，53）

玛格丽特与爱丽斯都意识到自己的“麻烦”属性，不同的是玛格丽特为追求女性权利主动出击从而成为那些反对者眼中的“麻烦”，而爱丽斯则是被动而又“安全舒适地躲在窝里”自怨自艾地成为自己的“麻烦”；而且从生存的欲望来看，玛格丽特“一心想活”，爱丽斯却是“脑子里成天转的就是死”。在这一点上，她同《死亡之匣》里的迪迪颇有相似之处，其肉身只是一具躯壳，而她也只是寄居在自己的生命里，随时都思考着如何终结这个躯壳。她羡慕玛格丽特跌宕起伏的人生历练，其生命也因此变得厚重，而她不过是一个无所建树的人，她看不到自己生存的价值，在一日又一日的哀叹中蹉跎了岁月，“轻飘飘”地活在这个世界上。

剧中上场的第二位文学女性是艾米莉·狄金森（Emily Dickinson，1830—1886）。这位美国文学史上的经典人物，如今在美国诗坛上的稳固地位已不可撼动，但在生前甘于深锁闺中，独自燃烧着创造的才能。淹没玛格丽特的海浪意象也可以用来引出艾米莉的出场：她也是一位才华横溢却在生前被湮没无闻的女

① 王予霞.苏珊·桑塔格纵论[M].北京：民族出版社，2004：282.

文人。玛格丽特在自己短暂的生命里酣畅淋漓地发挥着奋斗的激情,艾米莉与之相反,消极地退守在自家的宅院里,她与爱丽斯的情况颇为相似,只是后者比她走得更远,干脆将自己囚闭在一间屋子的一张床上,而且频频地思考自杀的问题。众所周知,在艾米莉的诗歌中关于死亡的主题占据着极大比例,她除了是爱丽斯的同乡,还是爱丽斯沉迷死亡想象的一个知音。玛格丽特在这一点上无法与二者达成一致,从以下三个人的对话中可见端倪:

> 爱 丽 斯:你到底为什么不满意艾米莉?(对艾米莉)如果我请玛格丽特讲清楚她到底什么意思,你不会介意吧?
>
> 艾 米 莉:不会。
>
> 爱 丽 斯:尽管直言不讳。
>
> 玛格丽特:我历来如此。不过现在我怀疑——
>
> 爱 丽 斯:但讲无妨。
>
> 艾 米 莉:没错。
>
> 玛格丽特:(稍停片刻后)我觉得你都没有给生命一个机会。
>
> 爱 丽 斯:是因为我邀请了艾米莉吗?
>
> 艾 米 莉:人无法正面地去思考死亡,正如人无法正视太阳。我只把它想成是斜的。
>
> 玛格丽特:你喜欢这种调调对吧。
>
> 爱 丽 斯:(对玛格丽特)我想是的。(对艾米莉)我觉得你对死亡的兴趣比我的更加有趣。
>
> 玛格丽特:我还以为我们聚到这儿是来谈生命的呢。
>
> (AB, 67 - 68)

玛格丽特对爱丽斯与艾米莉热烈讨论死亡很是不屑,虽然桑塔格在题注中强调邀请玛格丽特与艾米莉的鬼魂"为的是劝告和安慰爱丽斯"(AB,题注,3),但显然爱丽斯的这两位同乡彼此之间都没有形成共识,更谈不上劝告和安慰,反倒是爱丽斯需要扮演周旋和调停的角色。玛格丽特对女性被排挤和压迫的命运的愤怒之情依稀可辨,相形之下,艾米莉的认识尚未上升到如此高度,她更愿意采取逃避的方式,因而提出"人无法正面去思考死亡,正如人无法正视太阳。我只想把它想成是斜的”,也就是说,如果让她帮助解决爱丽斯的困扰,她的答案或许只能是装作视而不见。戴安娜·特里林(Dianna Trilling)1943年阅读爱丽斯的日记后将她与艾米莉·狄金森进行了比较:“二者……都反对获得公众认可的生活,其强烈程度如同需求对自己的过分关注一样;但是这是天才女性的一种常见的缺陷。两人之间最重要的区别是艾米莉身上的作者性超越了女性角色,她的诗歌是她最初也是最好的私密情感的精粹,而爱丽斯将自己最初和最好的能量都耗费在糟糕的健康状态中。”[①]这一点也解释了桑塔格为何如此看重艾米莉,赋予其“殊荣”来参加这场她精心“策划”的茶会。在艾米莉有关死亡的诗歌中,“死者全然超越了常规模式,他们不仅依然能思考,而且都能开口说话”,尽管让死者说话并非狄金森首创,“然而,她却把这种模式发挥到极致”[②]。桑塔格对死者说话的方式亦是情有独钟,《火山情人》的第四部就是不容辩驳的明证,在《床上的爱丽斯》中她再一次运用了这个手法,不仅是玛格丽特与艾米莉的鬼魂都开口说话,而且还在两人的争论中引出了第三个死者的鬼魂——爱丽斯的母亲。可以说,艾米莉与其说是爱丽斯的死亡知己,不如说是桑塔格的写作知己,因为对超越了女性角色的作者性的追求也是她为之奋斗的人生目标。

与玛格丽特和艾米莉这两位历史上确有其人的女性不同,参加爱丽斯茶会的第三位和第四位女性——昆德丽和迷尔达是被桑塔格作为虚构作品中的“两位具有代表性的愤怒女性”(AB,题注,4)推上舞台的。昆德丽是瓦格纳歌剧《帕西法尔》里的女主角,受巫师控制诱惑男主角帕西法尔未果,昏睡不醒,后被帕西法尔拯救,但随即香消玉殒。最后一位迷尔达,是浪漫主义芭蕾舞剧的代表作品《吉赛尔》中出现的薇丽女王。薇丽乃是被情人抛弃含恨而死的少女冤魂,迷尔达带领她们对男性实施复仇,逼迫他们舞蹈直至力竭而亡。不过将昆德丽归类为“愤怒女性”未免牵强,因为无论是在《帕西法尔》中还是在《床上的爱丽斯》中,她都背负沉重的罪孽感,在昏睡和梦呓中诉说自己的苦难,甚至连抗争的言辞都没有,这使她受到迷尔达的奚落:

昆德丽:因为我的身体沉重得很。那个纯真的男孩(帕西法尔)来

① STROUSE J. Alice James: A Biography [M]. Cambridge: Harvard University Press, 1999: 325.
② 刘守兰. 狄金森研究[M]. 上海: 上海外语教育出版社, 2006: 240.

了而我想腐蚀他……他终究还是抵制住了我。所以我倍感羞辱。我堕入一个耻辱的无底洞中。现在仍在下沉。多累人啊。多希望能完全忘却。

迷尔达：这就是你的复仇啊。男人不是将女人变为娼妓就是变为天使，你怎能相信这些鬼话？你就没有一点自尊吗？

（AB，85）

迷尔达毫不留情地指出了昆德丽昏睡的真实原因，即认可自己的邪恶和逃避所谓的耻辱。然而，迷尔达愤怒的矛头对准的是所有的男性，代表一种极端的女权主义。这正应了玛格丽特的一句警语：“女人以不同的方式绝望着”（AB，61）。昆德丽丧失自尊的自轻自贱和迷尔达不分对象的复仇行为，实为不同方式的绝望之举。

前来参加“疯狂的茶会”的还有一位不速之客，爱丽斯过世的母亲。母亲的出场弥补了第三幕闪回中的缺场。桑塔格运用了荒诞派戏剧的手法处理了这个缺场，在提及她时，爱丽斯的父亲穿上了裙子，代表她与爱丽斯交谈。在爱丽斯父亲的眼中，她是一个“死活都不开口都快把我逼疯了”（AB，17）的妇女，他有权剥夺她的话语权。在茶会上，母亲依然是一个极为被动的角色，找不到一个落座之处，最后放弃了与昆德丽争夺座位，黯然离去。爱丽斯对母亲的态度同样也是排挤和敷衍的，玛格丽特提倡的女性间互帮互助的“姐妹情谊”似乎无法惠及母女关系。迷尔达宣称“我们不是正在谈无助吗？现在我们还要乞灵于反抗”（AB，88），但反抗不是一代人或一群人能够完成的。一个家庭的女性成员间尚存在疏离的关系，整个社会的妇女达成一致，进行性别压迫的反抗，又从何谈起？茶会上各路女性代表的出场和彼此间机敏的交锋并未提供任何有关性别压迫的解决之道，疯狂的茶会只是一场空谈的盛宴。

三、想象：不可企及的胜利图景

桑塔格对各类文体都能驾轻就熟，她创作的虚构和非虚构作品经常彼此互为观照，形成互文。在《疾病的隐喻》中，桑塔格发前人所未发，通过大量的例证，系统地对疾病的隐喻意义进行了研究，认为疾病常常被用作隐喻，来使对社会腐败或不公正的指控显得活灵活现。传统的疾病隐喻主要是一种表达愤怒的方式;与现代隐喻相比,它们相对来说缺乏内容。现代的隐喻却显示出个体与社会之间一种深刻的失调,而社会被看作是个体的对立面。疾病隐喻被用来指责社会的压抑,而不是社会的失衡。[①] 桑塔格力图消解强加于疾病的隐喻神话,但在《床上的爱丽斯》中还是结合了疾病的传统隐喻和现代隐喻,既书写"女性的悲哀和愤怒",也用来指责社会的压抑。导致爱丽斯卧床不起的不明疾病无疑为桑塔格纯想象式的创作搭建了最宜施展和尽情发挥的舞台。

申慧辉将《床上的爱丽斯》与《自己的房间》对比之后表示,"卧床不起"只是一种象征,是女人在男权社会里无能为力的象征。比起伍尔夫的描写,这种缺乏行动能力的形象或许缺乏戏剧性,但它更接近本质的真实。[②] 这番评述不无道理,因为桑塔格明确地在题注中阐明了《床上的爱丽斯》与伍尔夫的渊源,但她成功地解决了爱丽斯卧床不起的形象"缺乏戏剧性"的不足,在剧本的第七幕设计了一个令人难忘和大吃一惊的情节,也是桑塔格本人颇为自得的一笔:爱丽斯突然轻松自如地从床上起来,面对年轻的夜贼侃侃而谈。桑塔格称"这次货真价实的对决将这出戏推向高潮"(AB,题注,4),爱丽斯由此获得了想象的胜利。

然而,如果细细审视这场对决,一个问题始终悬而未决:爱丽斯的胜利到底有何依据?

夜贼入室,只为行窃,之所以挑选爱丽斯的病室是因为事先已得知爱丽斯生活富足,而且还是个行动不便的病人,容易得手。不想病人并未入睡。如果面对沉着冷静的爱丽斯夜贼惊慌失措,他在气势上或许会输爱丽斯一着,可是在爱丽斯冷不丁地开口之后,他没有任何慌张的表现:

爱丽斯:拿上那面镜子。

男青年:真他妈的倒霉。

(并未转身。他讲话带伦敦土腔或爱尔兰口音。)

爱丽斯:镜子在第二个抽屉里。

(男青年捂住耳朵。)

就在抽屉里的。应该在。

---

① 桑塔格.疾病的隐喻[M].程巍,译.上海:上海译文出版社,2003:65-66.

② 申慧辉.从一间屋子到一张床[J].读书,2002,(9):97.

（他转过身。）

男青年：（狂怒）什么该死的镜子！（AB，104－105）

由此看来，他根本就没有被爱丽斯吓住，反倒是爱丽斯提出的要求激怒了他。爱丽斯的行为可以理解为表演，而且多少带着终于有了观众的喜悦之情。哥哥哈里与她太过熟悉，对她乖戾的性情了如指掌，因此无法成为她理想的观众。这个窃贼与她可谓素不相识，除了大致知道她的身体状况和家庭情况之外，对她的底细几乎一无所知，在这样的人面前一反常态，似乎更能掌控表演的主动权。桑塔格认为爱丽斯"缺乏自恋，这更多是一个女人的问题而不是一个男人的问题"[①]。不过从剧本展现的情况来看，事实也许正好相反。波伏娃在《第二性》中专门论述了女性的自恋问题，感叹道："女人由于缺乏行动，发明了行动的替代物；对某些女人来说，戏剧代表了特殊的替代物。况且女演员可以谋求非常不同的目的。对某些女人来说，演戏是一种谋生手段，一种简单的职业；对另外一些女人来说，可以通往成名，再用于风流的目的；对还有一些女人来说，是自恋的胜利。"[②]爱丽斯在窃贼面前滔滔不绝，二者悬殊的背景隔断了交流的成功性，但爱丽斯需要的不是有效的交流，而是观众；更重要的是，这个舞台是她的，她是绝对的中心。上面所引对话中的冲突聚焦于一个与女性气质息息相关的东西——镜子。梳妆打扮被认为是女人的天性甚至是本分，镜子所起的作用不容否定。镜子的意象在第二幕已经出现，护士劝说爱丽斯起床，希望她能略施脂粉，将自己打扮一番，不要忘记自己的性别身份，并拿出一面装饰精美的镜子让她看看自己的模样。爱丽斯告诉护士这面镜子原来的主人是当时法国著名的女演员萨拉·伯恩哈特（Sarah Bernhart，1844—1923），在爱丽斯眼中，萨拉"简直就是个烂疮，虚荣得都溃烂了"（AB，10）。她急于撕掉强加于女性身上的"虚荣"的标签，刚一意识到有梁上君子光顾就迫不及待地要求他带走镜子，这就是她在小偷猝不及防的情况下开口说话的原因。根据波伏娃的研究，"女人在整个一生将通过

① SONTAG S，IVO V H，RICHARD S．Another Alice's Wonderland，As Susan Sontag Found It [N/OL]．The New York Times，2000－10－29[2011－05－13]．http://www.nytimes.com/2000/10/29/theater/another-alice-s-wonderland-as-susan-sontag-found-it.html．

② 波伏娃．第二性[M]．郑克鲁，译．上海：上海译文出版社，2015：829－830．

镜子的魔力，得到强有力的帮助，离开自己又同自己汇合”[1]，但是爱丽斯拒绝这样的自我认同，这恰恰是她自恋的表现形式：她不愿成为像萨拉那样“虚荣”的人（姑且不论萨拉是否真的如此）。萨拉扮演的是各种不同的女人，而她只愿意扮演自己，成为自己的女主角，而她的这个女主角身份也是自己想象出来的。波伏娃就此已做了鞭辟入里的分析：“自恋的女人所钟爱的女主人公，由于不能在生活中自我实现，只是一个想象出来的人；她的统一性不是由具体世界给予的，这是一种隐秘的本源，一种‘力量’，一种像燃素一样隐蔽的‘美德’。”[2]即便爱丽斯有表演的欲望，天天与护士在一起或者偶尔与哈里在一起根本激发不起她表演的热情，陌生窃贼的到来打破了她几乎陷入停顿的生活节奏，使她立刻打起精神，准备一场反击。具有讽刺意味的是小偷认为镜子毫无价值，粗暴地拒绝了她的要求，这也就意味着她必须继续保存着这面在她看来代表着虚荣、实际上却可以自我观照的镜子。

第一个回合的交锋爱丽斯未占任何上风，于是便有了第二个回合：

> 男青年：你是说你在装病，就这么回事。真的？
> 爱丽斯：不，我真的有病。我不过喜欢取笑自己。我自己连床都起不了。
> （她起床。男青年看起来吓了一跳。）
> 我是不是吓着你了？
> 男青年：你脑子有病。
> （爱丽斯穿过房间，把一盏煤气灯调亮。）
> 你要是想喊人，我就得制止你。（AB，112－113）

爱丽斯突然起床的确吓了小偷一跳，但小偷很快就指出了爱丽斯真正的病症——“脑子有病”。而且在爱丽斯出人意料地从容地在房间里穿行的过程中，他完全没有夺路而逃的企图，而是对她发出了警告和威胁。更令人匪夷所思的是，在爱丽斯随后近乎鼓励的邀请之下，他继续行窃，只是这种偷盗行为完全变

① 波伏娃. 第二性[M]. 郑克鲁，译. 上海：上海译文出版社，2015：819.
② 波伏娃. 第二性[M]. 郑克鲁，译. 上海：上海译文出版社，2015：826.

了味：主人不仅在场，而且任由他随意拿取值钱的物品。此时镜子再度出现：当小偷在抽屉里东翻西找的时候，摸出了那把镜子。他一开始没有意识到这就是爱丽斯所说的镜子，于是把它举起，看看有没有什么价值，是否值得带走。爱丽斯开口了：“你要是肯拿走它，我会祝福你的。”（AB，121）然而小偷立刻回应：“可是它不值钱的。木头的！”（AB，121）爱丽斯的希望再度落空。小偷的回答尽管是出于实用角度的考虑，但也可以理解为他无意为之（而作者有意为之）的警醒之语——摆脱一面小小的镜子所带来的烦恼何须求助于他人？纵使镜子被赋予了无穷的内涵，纵使她瘫痪无力，打破或丢弃这个表象也还是可以办到的。小偷无法理解爱丽斯的行为，也无法与爱丽斯展开对话，在他看来，爱丽斯一定是患上了“精神病”，因为“听起来你肯定脑子不正常”（AB，111 - 112）。这个回合的结果是爱丽斯被贬低为精神病人。

在爱丽斯与小偷相遇的这场戏中，她除了突如其来地从床上起身，几乎是欣赏性地观看小偷的盗窃行为之外，还向小偷要酒喝，把他随身携带用来提神醒脑和壮胆的烈酒喝得一干二净。这一举措突破了她在“疯狂的茶会”中以温文尔雅地喝柠檬奶茶来消磨时光的淑女形象，其意图是拉近与小偷的距离，显示她也是一个有血有肉、并非不食人间烟火的凡俗之人。遗憾的是，小偷并不领情，称其干的是“疯事”（AB，115）。爱丽斯询问他在小偷小摸的营生中是否有女人参与，这简直令他无法想象：

> 男青年：女贼汉？怎么可能。我才是个贼汉。还得有个乌鸦，也总是个汉子，负责在街上望风……可我从没见过一个女人爬墙上屋的。那不可能，你什么都不明白。
>
> 爱丽斯：可女人为什么不能爬墙上屋呢？我可以想象一个女人爬墙上屋的情形。在我的国家，在西部，女人扛着枪骑着马，表现出你们这个老式的王国几乎一无所知的大无畏本领。
>
> 男青年：你竟然说起一个女人爬墙上屋，太滑稽了，而你一天到晚就躺在床上。（AB，111）

爱丽斯据理力争女人“爬墙上屋”的可能性，正如小偷所说，“太滑稽”。小偷的回击一针见血:"你一天到晚就躺在床上。"爱丽斯想象着在美国,女人策马扬鞭、英姿勃发的豪迈之情,却使她的自我矛盾之处一览无遗——她不正是来自那片她想象着的土地吗?她为何不留在那里尽情施展"大无畏本领",却在"这个老式的王国"里黯然神伤?1884年当爱丽斯前往英国时,她"发现英国人非常尊重圣日,那里没有人在意她一生无所事事,所以再也没有离开过英国"[①],在英国终其一生是她自己的选择。小偷满载赃物,临行前爱丽斯嘱咐其"做点更有意义的事,别白白浪费了你的时间,你的青春,你可怕的精力"(AB, 128)。话未说完,小偷已然离去,失落至极的爱丽斯只能徒劳地感叹"外面的世界多么广阔"(AB, 123)。由此看来,在与小偷的这次相逢中爱丽斯获得的是拒绝、贬低和深深的失落。

桑塔格解释说这出戏展示了"精神囚禁的事实,想象的大获全胜"(AB,题注,5)。如果一定要说爱丽斯取得了想象的胜利,那么这个胜利具有双重涵义,一是这只是她想象中的场景,正如那场"疯狂的茶会"一样,也许根本就不曾有任何窃贼光顾,她更不曾离开病榻半步;二是这场对决的双方根本就不是真正意义上的对手,爱丽斯在一番雄辩之后陷于自我陶醉之中,只能想象自己成为胜者。无论从哪个方面来衡量,爱丽斯的胜利都是子虚乌有的。无怪乎波伏娃语重心长地表示"自恋的戏码是以牺牲真实生活为代价进行的;一个想象的人物期待想象的观众赞赏;迷恋自我的女人失去了对具体世界的控制,不考虑和他人建立任何真实的关系"[②]。爱丽斯也承认她对自我的沉迷:"这个世界上有这么多可怕的引人入胜的事在发生,而我却深陷在这个污浊的自我中不能自拔,让我受苦,把我紧紧束缚住,使我如此渺小。"(AB, 124)

尽管《床上的爱丽斯》试图倾诉妇女的悲哀和愤怒,可是"桑塔格在叙述女性命运时的平静是令人钦佩的"。究其原因,"也许有人会说,桑塔格处于女权主义兴盛的时代,妇女权益较之伍尔夫的时代有了大大的改观,所以她可以心平气和一些了"[③]。然而,妇女权益的改观并不等同于彻底的改变,因为"同样是桑塔格生活的20世纪末,社会上又在流行一个词汇——'怨妇',这又说明着什么?这个词汇散发着某种类似贬损的偏见气息,排斥着理解与同情,更是扭曲了妇女争

---

① 王予霞.苏珊·桑塔格纵论[M].北京:民族出版社,2004:278.

② 波伏娃.第二性[M].郑克鲁,译.上海:上海译文出版社,2015:834.

③ 申慧辉.从一间屋子到一张床[J].读书,2002,(9):97.

取身心解放的正当追求，将其降格为一种不健康的、抱怨的情绪，而不是理性和冷静”[①]。桑塔格对此当然不会没有察觉，因此她为爱丽斯的狂想曲加了一句警语：“想象的胜利仍嫌不够。”(AB，题注，5)她不是像有位研究者说的那样，“颂扬一位非同寻常的女性未被承认的品质——这位女性有可能会成为詹姆斯家庭里最杰出的一员”[②]；更有可能的是，她对爱丽斯的惋惜要远远多于赞扬。在爱丽斯的所谓反击中，她的反击对象是三位男性，他们分别是父亲、哥哥和夜贼。前两位是她的亲人，根本就没有什么实质性的抗争，他们只不过是她的假想敌而已，她最终还需受惠于他们，才得以拥有“一个人的房间”，并安全地退守在一张床上——没有父亲的遗产和哥哥的照料，她才是真正的一无所有，她也没有想过要自食其力，勇敢地走下床，走出房间，投入到外面的世界中去。至于年轻的夜贼，她的抵抗更是无从说起，而她竟然为此心醉神迷，以为终于品尝到了胜利的果实。用波伏娃的话来说，在这种情况下，“她失去理智，烦恼不安，陷入自欺的黑夜之中，往往最终在她周围建造起偏执狂妄想”[③]。或许桑塔格在创作《床上的爱丽斯》时没有注意到詹姆斯家族还有另外一位卧病在床的“爱丽斯”，那就是爱丽斯的大哥威廉·詹姆斯的妻子。试想，如果在“疯狂的茶会”中，两个爱丽斯不期而遇或者同时出现来招待来访者，戏剧性可能会更强。在剧本中，几个女人的聚会本意是要同仇敌忾，点燃受制于男权社会的愤怒之火，可是她们未能明确目标，彼此之间还龃龉不断，愤怒的大火始终不曾点燃。玛格丽特的淡然、艾米莉的隐忍、昆德丽的自卑、迷尔达的过激注定了这场聚会是一场空谈的盛宴。

罗斯马丽·帕特南·童在评论存在主义女性主义时指出，当波伏娃要求女人超越她们内在性的限制时，她并不是要她们否认自己，而是让她们抛弃妨碍她们进步、迈向真正自我的重负。的确，有些重负对于任何女人来说都太沉重了，不可能抛弃；但她们可以通过或大或小的集体赋权行动来处理解决。现状不会总是如此。没有任何人、任何事情能够永远阻碍一个坚定向前的妇女群体。[④]我们从《火山情人》和《床上的爱丽斯》中看到了作为“他者”的女性群像，看到了她们以不同的方式绝望着或斗争着，但唯独没有看到这样一个坚定向前的女性

① 申慧辉. 从一间屋子到一张床[J]. 读书，2002，(9)：97.

② BRUSTEIN R. Deconstructing Susan [J]. New Republic，2000，223(24)：25.

③ 波伏娃. 第二性[M]. 郑克鲁，译. 上海：上海译文出版社，2015：836.

④ 童. 女性主义思潮导论[M]. 艾晓明，等，译. 武汉：华中师范大学出版社，2002：279.

群体。桑塔格本人独立自强，几乎是单枪匹马地在文坛拼搏，因此在她的虚构世界里，产生积极作用的姐妹情谊难觅踪迹。肯尼迪确信桑塔格"意在承认在她对女性主义担负的责任和为了达到思想独立的理想而生活(和写作)的愿望之间存在着冲突，但是在这部小说里，就像在她其他许多作品里一样，重要的是保持她诸多'立场'的开放"[①]。她为女性的弱势地位呐喊，但"他者"路在何方？桑塔格将这个开放式的问题留给了读者。

① KENNEDY L. Susan Sontag: Mind as Passion [M]. Manchester: Manchester University Press, 1995: 125.

第四章　超越自我：《在美国》的历史虚构

继《床上的爱丽斯》和《火山情人》之后，桑塔格对历史题材的兴趣似乎有增无减。2000 年问世的《在美国》依然以历史人物和历史事件为蓝本。尽管桑塔格当时仍在筹划并已经开始写作下一部长篇巨制①，但随着 2004 年作者的离世，这一计划付诸东流。《在美国》就成了她虚构作品的绝响，而且也是其虚构作品中获得最高荣誉的一部力作：该书一出版就被授予了当年的国家图书奖最佳小说奖，翌年又赢得"耶路撒冷"奖。

评论界延续了一贯的风格：毁誉参半。《纽约时报》率先刊文作出回应，一方面认为这部小说以"情感的智慧和精巧的叙事完美地支撑起了她（桑塔格）冷峻得令人晕头转向的随笔作品"，然而它终究不过是对"极其传统的 19 世纪小说的极其传统的模仿"②。桑塔格同时面临的还有涉嫌剽窃的指控。多琳·卡瓦耶（Doreen Carvajal）以《到底是谁的语言：桑塔格的新小说因未指明来源引发哗

① 在 2000 年 7 月接受陈耀成的采访时，桑塔格透露："我目前正着手写的小说，写的则是 20 世纪 20 年代一些在法国的日本人。"详见：桑塔格，陈耀成. 苏珊·桑塔格访谈录：反对后现代主义及其他[N/OL]. 黄灿然，译. 南方周末，2005-01-06[2013-08-03]. http://www.southcn.com/nfsq/ywhc/ls/200501060743.htm.

② KAKUTANI M. Love as a Distraction that Gets in the Way of Art [N]. The New York Times, 2000-02-29(E8).

然》为题，言之凿凿地指出桑塔格从一些史料和报纸杂志上原封不动地至少照抄了十几段有关波兰演员海伦娜·莫杰斯卡（Helena Modjeska，1840—1909）的材料，而她正是《在美国》的女主人公玛琳娜·扎温佐夫斯卡（Maryna Zalenzowska）的原型。[①] 桑塔格对此予以否认，在她看来，历史上真实的莫杰斯卡是一个可怕的种族主义者，但她在小说里“通过虚构对其进行了美化”[②]。有人由此评论说桑塔格此举无意中暴露了这部小说的缺陷，“她无力驾驭历史的复杂性，而为了使女主人公更加令人钦佩，她不惜将她理想化，将她塑造得缺乏趣味，思想单纯”[③]。其实早在1988年5月，在里斯本举办的一次国际作家会议上，桑塔格就告诉记者她的写作不针对具体的“事件、阶段，我所写的一切都是虚构，甚至当我在写随笔的时候也是如此。我写的随笔就是一种虚构的类型”[④]。在《在美国》中，桑塔格亦借玛琳娜的爱慕者和追随者——作家里夏德（Ryszard）之口强调了她对虚构的态度：“如果作家完全按事实描述，甚至连结尾都不能做一些改动，那么，把真实事件改编成故事又有什么意义呢？”[⑤]有人肯定了桑塔格的这种做法，认为“历史的想象在这里起了作用，桑塔格对一些广为人知的历史事件只是点到为止”。[⑥] 那么，我们不妨提这样一个问题：桑塔格对真实人物和真实事件的虚构性改编又有何意义呢？

这里还需要继续提一下《火山情人》和《床上的爱丽斯》。《火山情人》是作者沉默25年后的一次爆发，为了吸引读者，尤其是女性读者，她采用了历史传奇小说的写作样式；至于《床上的爱丽斯》，作者更是极其高调地宣称自己女性主义的立场，其中的历史人物并不一定真的只在历史的长河中一浮而过，而是在当下继续存在并不断涌现，所以作者关注的依然是现实问题。桑塔格曾经毫不掩饰地表露过对《火山情人》的自豪之情，因为它不仅给她带来了新的写作激情，而且扭

---

① CARVAJAL D. So Whose Words are They, Anyway? A New Sontag Novel Creates a Stir by Not Crediting Quotes From Other Books [N]. The New York Times, 2000-05-27 (B9).

② ROLLYSON C. Reading Susan Sontag: A Critical Introduction to Her Work [M]. Chicago: Ivan R. Dee, Publisher, 2001: 42.

③ ROLLYSON C. Reading Susan Sontag: A Critical Introduction to Her Work [M]. Chicago: Ivan R. Dee, Publisher, 2001: 42.

④ SAYRES S. Susan Sontag: The Elegaic Modernist [M]. New York: Routledge, 1990: 59.

⑤ 桑塔格.在美国[M].廖七一，李小均，译.南京：译林出版社，2008：156.本书引自 SONTAG S. In America: A Novel [M]. New York: Farrar, Straus, Giroux, 2000 的内容参考该译本，除非特别说明，页码以该译本为准。

⑥ WOOD M. Susan Sontag and the American Will [J]. Raritan, 2001,21(1): 143.

转了其早期的长篇小说读者群体有限、不被大众所认可的局面。1992 年 9 月 17 日《华盛顿邮报》刊登了一篇题为《苏珊·桑塔格，终于火了》("Susan Sontag, Hot at Last")的文章，文章称："人们涌上街头告诉她，他们为她的小说挥洒热泪，她很开心。'读者的反响的确对我很重要，'她如是说，'写出人们看重的东西真是美好。'"①《火山情人》使桑塔格大受鼓舞，因此在《在美国》中她沿袭了采用历史题材的做法并加以改编，其意义在于：其一，继续以古喻今；其二，扩大读者群体，以偿自己作为一名受欢迎的小说家的夙愿。同样是以历史人物和事件为题材，同样涉及跌宕起伏的人生际遇，同样是多角恋爱纠缠不清，《火山情人》的副标题是"一部传奇小说"(A Romance)，而《在美国》则变成了"一部小说"(A Novel)。这标志着作者终于重拾了创作小说的雄心壮志，要在《在美国》中大显身手，充分展示一名几乎是"大器晚成"的小说家的写作功底。②

2001 年 2 月 2 日，桑塔格接受了美国公共电视台的采访，话题就是荣获国家图书奖的《在美国》。当被问及莫德耶斯卡的故事为何吸引了作者以至于要将其写成一部小说时，作者回答道："我一直都想写一部主人公是一个表演者、女人、演员、歌剧演唱家、舞蹈家的小说。我曾经试着写一部小说，主人公隐隐约约是伊莎多拉·邓肯(Isador Duncan，1877—1927)③的影子，不过小说一直未能完成。因此我想写的是一部与戏剧有关，然后又是与发现美国的人们有关的小说。当我听说这个在 19 世纪 70 年代来到美国的女演员的故事时，这两个因素就结合起来了。"④如此看来，其实真正结合起来的是三个因素：女主角、戏剧、美国。桑塔格念念不忘以女性人物为书写对象，那是因为在 20 世纪 90 年代的《火山情人》和《床上的爱丽斯》中，尽管她塑造了一系列令人耳目一新的女性形象，可是她们在饱受生存之痛后，背负着"他者"沉重的枷锁，黯然走向毁灭，故事内外都不曾为她们指出一条突破重围的道路。《在美国》则以一个在美国大获成功的女演员为例，抹

---

① SPAN P. Susan Sontag, Hot at Last [G]// POAGUE L. Conversations with Susan Sontag. Jackson: University Press of Mississippi, 1995: 262. 紧随这篇文章标题之后的是这样几句话："纽约——请把这个加入到你认为毕生都见不到的现象中去吧：尼克松再度成为流行人物；德国统一了；苏珊·桑塔格的小说上了畅销书排行榜。"见同一出处第 261 页。

② romance 主要是作为一种消遣式阅读的文类，不为评论界所关注，而 novel 则不同。不过有趣的是，桑塔格直接标出"romance"的《火山情人》从阅读和批评的角度都受到了关注，享受到了 romance 和 novel 的双重待遇。

③ 美国著名舞蹈家，现代舞蹈的创始人，为舞蹈的改革和创新做出了巨大的贡献。桑塔格对她颇有敬意，在《火山情人》中也有所提及。

④ Anon. [EB/OL]. [2010-06-09]. http://www.pbs.org/newshour/conversation/jan-june01/sontag_02-02.html.

去密布于《火山情人》和《床上的爱丽斯》中的阴云,以女演员坦然面对自己不可限量的锦绣前程作为结局,可谓留下了一个光明的尾巴。至于桑塔格对戏剧的偏爱,第三章第二节已有交代,此处不再赘述。桑塔格生长于斯的美国自然是该小说中最重要的一个词,从标题中就可以看出其所占的分量。在写作步骤上,作者称自己首先“从一个主题开始,而这个主题就是戏剧、自我重塑、发现美国”[①]。上文提及的《纽约时报》的那篇书评中的一段评论中肯地回应了桑塔格的这句话,指出女主人公“放弃她那失败的乌托邦乡村式的淳朴生活,带着些许遗憾——这与在她离开波兰前往美国的遗憾并无二致——过上倍受宠爱的女演员的奢华生活,无疑,她的这一决定强调了美国让人们重塑自己的自由,同时又指向了超越(transcendence)的主题:超越文化和个人的历史,这贯穿了作者所写的这部作品”[②]。在展现一个戏剧女演员从波兰到美国的人生历程中,“超越”一词恰恰是贯穿《在美国》的一根红线,将桑塔格谓之戏剧、自我重塑和发现美国的主题有机地连接在一起,但它远非只是指向超越文化和个人的历史,而是有着更深远的指涉。

大多熟悉以萨特为主要理论奠基人的存在主义哲学的读者都会了解,萨特最初发表于法国《哲学研究》杂志1936—1937年第6期上的论文《自我的超越性》建立了他的存在主义的人的存在的本体论,在《存在与虚无》中他又进行了进一步的阐发,从而构成了存在主义哲学的一块基石。正如一位资深的萨特研究学者所概括的那样,在宣称自我是“超越性”时,萨特从三重意义上用到了这个词。首先,在区分散朴性与超越性上,萨特表明意识有能力去超越想象和追逐一个未来目标的既定条件;在反思中被发现的自我与个体的原始谋划相统一,因而成了超越的能力的产物。其次,在反思中被发现的自我之所以是超越性的,还在于它不存在于意识内部;它既是我的意识的客体,也是他人能够体验的客体。再次,在反思中被发现的自我的超越性还体现在其不局限于被发现的那一刻;它是作为一种被设定的模式,不停地循环并且可能会持续。[③] 萨特曾经用一个很形象的例子来说明这种超越的永无止境,他提醒道:

---

① Anon. [EB/OL]. [2010-06-09]. http://www.pbs.org/newshour/conversation/jan-june01/sontag_02-02.html.

② KAKUTANI M. Love as a Distraction that Gets in the Way of Art [N]. The New York Times, 2000-02-29(E8).

③ MORRIS P S. Sartre on the Transcendence of the Ego [J]. Philosophy and Phenomenological Research, 1985,46(2): 195-196.

> 人们可以想起那头驴子，它身后拖着小车，企图咬住绑在被固定在车辕上的木棍顶端上的胡萝卜。驴子为咬住胡萝卜所做的一切努力的结果，是使整个套车前进，而胡萝卜则始终和驴子保持相同的距离。这样，我们跟着一种可能追跑，而且正是因此而被定义为达不到的。我们跑向我们自身，因而是不能重聚的存在。在一个意义下，跑是没有意义的，因为终点从没有给出，终点是随着我们跑向它而创造和计划的。而在另一个意义下，我们又不能否认它抛出的这种意义，因为无论如何一切可能都是自为的意义：但是还不如说这逃避是既有又没有意义的。①

按照萨特的解释，超越相当于是一个奔跑或者逃避的过程。然而按中文表述的习惯，奔跑应带着积极的一面，是有意义的；而逃避，则是一种消极的举措，只能终于无意义的循环往复。这种一分为二的超越也符合《在美国》中那群波兰人的行动：他们离开波兰，既是奔向新生活，也是逃避过去的生活。以女主角玛琳娜为代表的“奔跑者”不断完成自我的超越，以高涨的热情融入新的世界之中；而以她的团体中一对感情不和的夫妻为代表的逃避者则无法适应陌生的土地，还是回到了出走的起点，他们的生活不但没有得到改变，反而还无可挽回地恶化了。“超越”在《在美国》中之所以是一个关键词还在于它在“他者”问题上的破解功能。波伏娃正是在萨特超越论的基础上，发展了存在主义女性主义的超越观，她呼吁妇女超越根深蒂固地内化于心的“他者”性，达到思想上的真正的解放。本章要探讨的就是在《在美国》中桑塔格如何在精心的改编中平心静气地为自己也为读者讲述一个有关超越的故事。

第一节　自我重塑：超越“他者”的重负

《在美国》讲述的是19世纪70年代后期，波兰舞台皇后玛琳娜在事业如日中天之时，突然决定离开波兰，带领丈夫、儿子以及一小群关系亲密的朋友一起移民美国去建立一个傅立叶式的理想社区；然而这个乌托邦式的社区好景不长，以失败告终，玛琳娜于是克服重重困难，重返舞台，在美国取得了巨大的成功。在分析玛

① 萨特．存在与虚无[M]．陈宣良，等，译．北京：生活·读书·新知三联书店，2014：261.

琳娜和她的追随者们奔赴美国的动机时，比较有代表性的观点为以下几点：从表层而言是玛琳娜出于对舞台生涯的厌倦和对后起之秀崛起的不安；从深层而言是玛琳娜不堪承受无法实现的民族复兴重任，为了摆脱苦难深重的波兰带给她的精神创伤才毅然背井离乡。① 还有研究者认为，虽然波兰当时处于异族的统治之下，但男女主人公既无衣食之虞，也谈不上有宗教政治迫害之苦，他们远涉重洋，奔赴他乡完全是遵从"内心的召唤"，希望寻求一块精神上的净土。他们自愿选择了"一个边缘位置"，是一种崇高的"自我放逐"。② 不过细读文本，隐藏其中的或许另有原因。其实，玛琳娜出走他乡还与她的性别不无关联。她对美国的向往，首先是希望在一个梦想之地超越自己的性别限制，不再因为处处拘泥于女人的身份而无法施展自己的才华，而通过描写她的这一努力，桑塔格也呼应了波伏娃的超越论。

一、出走：自我重塑的诉求

玛琳娜在波兰虽被尊为舞台皇后，拥有大批崇拜者，但演员尤其是女演员并不为上流社会所认可。玛琳娜的丈夫波格丹（Bogdan）出身名门，享有贵族头衔，因而他的家人从不把玛琳娜视为他门当户对的妻子，他的兄长干脆拒绝与她见面，以此表示强烈的反对和对她的不屑一顾。玛琳娜并没有抱怨来自丈夫家庭的歧视和阻力，为了陪波格丹与祖母会面，她甘愿住在旅馆里，并趁其兄不在之机，偷偷摸摸地前往波格丹家。不过，玛琳娜对丈夫家庭的迁就和让步表达的仅仅是她的一份歉疚之情，而不是对个人职业的否定，因为她年长波格丹几岁，不仅有过一段婚姻，而且还有一个儿子，所以与没有婚史的波格丹结为夫妇，她不免觉得对其有所拖累。③ 她认识到作为一个红极一时的女演员，表面上似乎

① 李小均. 漂泊的心灵，失落的个人：评苏珊·桑塔格的《在美国》[J]. 四川外语学院学报，2003，(4)：72.

② 廖七一. 历史的重构与艺术的乌托邦：《在美国》主题探微[J]. 外国文学，2003，(5)：73.

③ 桑塔格为了充实玛琳娜急切出走的理由，加入了家庭的矛盾，突出其表演事业也受到来自丈夫家庭的阻力，将玛琳娜的原型海伦娜·莫杰斯卡的经历进行了较大的改动。实际上，根据海伦娜本人所写的、去世后出版的回忆录，其丈夫家人对其甚为友好，礼遇有加，尤其能说明问题的是，海伦娜能够与家世显赫的丈夫结识并结为夫妇，月下老人正是其丈夫的堂兄。而且，海伦娜与丈夫的年龄差距也没有几岁，仅有一岁而已。他们乘船离开波兰时，海伦娜丈夫的三个兄弟还前来送行，依依惜别，叮嘱他们早日回家。详情参见：MODJESKA H. Memories and Impressions of Helena Modjeska：An Autobiography [M]. New York：The Macmillan Company，1910：133，168－172，259. 不过，海伦娜的幸运仅仅是个案而已，根据其传记作家的说法，就在海伦娜以婚姻关系跻身贵族家庭时，也有其他几个女演员嫁入豪门，但是上流社会根本就不认可她们，海伦娜是第一个受到夫家欢迎的女演员，也正因如此，上流社会接受了她。详见：COLLINS M. The Story of Helena Modjeska (Madame Chlapowska) [M]. London：W. H. Allen & Co.，1883：8. 桑塔格的改写使人物更具典型性，她曾经写道："必须区分作家在一部根据真实历史人物写的小说中刻意选择改变已知事实，不同于对事实了解不足。"相关论述详见：桑塔格. 同时：随笔与演说[M]. 黄灿然，译. 上海：上海译文出版社，2009：54，注释②.

风光无限,但是在当时的社会环境下,“公众生活不适合女人。最适合女人的地方在家里。她是家里的主宰,不可企及,神圣不可侵犯!然而,一个女人敢于鹤立鸡群,敢于伸出渴望的手去摘取桂冠,敢于毫不犹豫地将自己的灵魂,将自己的热情和失望袒露在大众面前,她无异于授权于公众,让他们对自己最隐秘的个人生活刨根问底”(IA, 50)。

她迫切地寻求重塑自我,转换成可以被接受、被肯定的身份,追寻她理想的成功生活,而这种追求是她一以贯之的个人风格。在早年的演艺生涯中,她跟随第一任丈夫的剧团走南闯北,历经千辛万苦,一心摆脱妇女的屈从地位和自卑心理,渴望功成名就:“我有强烈的失败感,渴望服从,由于我是女人,从小养成奴颜婢膝的性格,这种失败感和渴望服从的倾向就更为强烈,我是多么顽强地在进行斗争。这是我选择舞台生涯的一个原因。我所扮演的角色培养了我的自信心,使我敢于挑战。表演能够克服我身上的奴性。”(IA, 123)舞台上的表演是玛琳娜超越自我的一种途径,可是她的这一愿望在波兰似乎难以得到彻底的实现。在小说第一章里,玛琳娜就痛心地叹息失去了俄罗斯剧场管理官妻子的庇护,她在华沙连《哈姆雷特》这样的经典戏剧都无法演出,因为该剧描写的情节是谋杀国王。更为甚者:

> 每周二都有两名警察守住我们的大门,监视每个进出的客人,登记名字,查问外国客人的住址,查问与我们的关系。不过压迫者的举动并不让我感到吃惊。让我吃惊的是这里的评论家!如果我知道如何去憎恨,或许仇恨能使我解脱。我应该麻木不仁,应该有一副铁石心肠。哪个真正的艺术家拥有那样的铠甲?只有感情丰富的人才能表现情感;只有具有真爱的人才能激发爱的火花。(IA, 50)

与此相印证的是玛琳娜的丈夫波格丹的遭遇:“我喜欢的不仅仅是戏剧,我还喜欢主办爱国报纸。爱国报纸很快就被当局查封了。因为老是被警察跟踪我受不了。”(IA, 81)玛琳娜偏爱悲剧,对莎士比亚的戏剧尤为情有独钟,但对于一个表演艺术家而言,无法演出自己心仪的角色,无法表现自己的真情实感,无异于无法施展自己的才华,同时还要受到剧评人的苛评,期望凭借表演来超越自身又如何实现呢?而与此同时,因为表演而获得的民族英雄的身份也是玛琳娜所无法承担的。她竭尽所能，利用演员的特殊优势来维护波兰人民的爱国主义情绪："我把一切都献给了祖国，不要忘了这可是了不起的爱国行动。你想一想，在华沙唯一允许波兰人讲波兰语的地方就是舞台！"（IA，49）她还将儿子皮奥特（Piotr）从华沙转到克拉科夫，和外婆在一起，因为"华沙的学校用俄语教学，而在克拉科夫奥地利的统治比较宽松，允许学校仍然使用波兰语"（IA，62）。可是，艰难的时局使她意识到个人的力量根本无法扭转乾坤，空怀一腔爱国情愫却无国可爱，面对"但是你怎么能离开自己的地方，离开这个地方？"（IA，35）的质疑，她只能作出自嘲式的回答："我什么地方也没有！"（IA，35）或者违心地说："是的，我就喜欢旅行！就喜欢漂泊不定……没有家的感觉真好！"（IA，39）如此看来，这样的生活远非理想状态，玛琳娜的出走实属必然。当她还名不见经传时就深受一本名为《灵魂卫生》的书的影响，该书宣扬只要有强烈的愿望，就一定能达到目的。于是"在这种乌托邦精神的感染下，我会半夜从床上爬起来，一边跺脚一边喊：'我必须成功，我一定要成功！'"（IA，41）但当她终于实现梦想，在演艺界大红大紫之时，她意识到了大环境对她的限制，表面风光的背后是难以言明的辛酸和痛苦。她的失落之情又该寄向何处？这时她把目光投向遥远的"新世界"——美国，移民的天堂。与其说是人们奔赴美国，不如说是美国在召唤人们。"上帝扮演起旅行社的角色，将信使派往四面八方，传播新世界的召唤"（IA，53）。正如里夏德在克林顿堡看到一则极具煽动性的告示所言：

> 嗨，到加利福尼亚去！
> 那是劳工的天堂。
> 宜人的气候，肥沃的土地。
> 没有严冬，不会虚度时光。
> 没有枯萎病也没有虫害。（IA，110）

这样的"福地"正是玛琳娜梦寐以求的乌托邦，与她急迫的自我重塑的需求一拍即合。"乌托邦"一词在小说中出现过数次，国内外的不少研究者都注意到了这一点，其中一位尤其提到了小说的题词，并据此指出桑塔格在《在美国》故事开始之前就表达出了对乌托邦理想（utopian aspirations）的兴趣。小说的题词是简简单单的一句"美国将会是"（America will be），源自兰斯顿·休斯

(Langston Hughes, 1902—1967)的诗歌,宣告美国的精髓——或者说,至少是美国神话的精髓——是其不断地转变为别的东西的状态,是其积极的未来,以及绵延不绝的现代性。[①] 的确,"美国将会是"意味着无限的可能性,而玛琳娜所看重的就是美国神话中包含的这种积极的层面与其早年奋斗中依赖的"乌托邦精神"非常吻合,更何况"气候、国度、职业彻头彻尾的变化有时会将人带回到青春年少的时光,重塑思想和身体"[②],美国也因而成为她远走他乡的理想的目的地。

随后小说的情节转向了玛琳娜取消所有演出合同,在率众离开波兰之前前往波兰南部边境的扎科帕内山区旅游度假的经过。无怪乎伊莱恩·肖瓦尔特(Elaine Showalter)抱怨:"总体而言,《在美国》不过是一部毫无情节可言、节奏缓慢的编年史,勾勒了玛琳娜生涯中的一些想法和事件。"[③]然而如果将阅读的视角拉长,结论可能正好相反。这次旅行恰恰是这群波兰人美国之行的排演,这非常符合他们的领袖玛琳娜的身份和风格——她总是要经过反复的严格的排练才能正式登台演出。深山之旅是玛琳娜逃离都市、养精蓄锐的有效良方,更是她重塑自我的开始。在此之前她主要借助表演来培养自信,塑造自我,但放弃了表演,也就意味着失去了建构自我的有利条件,她需要另辟蹊径。她选择扎科帕内作为落脚之处是因为"黝黑的土著居民有着浓厚的民族习俗,方言也别有风味,在城市人眼中犹如美洲的印第安人,充满异国情调。这使扎科帕内比其他村庄更具吸引力。他们曾观看高大灵活的高地男子在仲夏节日与拴着铁链的驯养棕熊一道跳舞"(IA, 55)。对从未去过美洲而又即将前往美洲的玛琳娜来说,扎科帕内不啻是一个理想的排练场所。这些"犹如美洲的印第安人"的土著成为她眼中的一个全新的国度的象征之一,以新奇的眼光来观看他们蛮夷般的生活方式并且与他们近距离地接触有助于她尽早融入那一片新的土地。在扎科帕内,玛琳娜一行人住在简陋的棚屋里,除了做饭之外,所有的事情都自己动手,于是玛琳娜慨叹"这就是我们的乌托邦"(IA, 57)。这里人们不禁心生疑问:既然波兰有建立乌托邦的所在,她又何须大费周章地奔向异国他乡?究其原因,扎科帕内只

---

① WAGNER-LAWLOR J A. This Rude Stage: Enacting Utopia and the Utopic Sensibility in Sontag's In America [J]. Women's Studies, 2008, 37(8): 1010.

② COLLINS M. The Story of Helena Modjeska (Madame Chlapowska) [M]. London: W. H. Allen & Co., 1883: 155.

③ SHOWALTER E. Review of In America [N/OL]. Newstatesman, 2000-06-05[2010-10-10]. http://www.newstatesman.com/200006050052.

能满足她一时隐居的愿望，但这个世外桃源般的地方终究还是在波兰境内，不能使她摆脱压抑的大环境，即便能够长期居留于此，她也无法真正地实现超越。因此，在玛琳娜眼中，“封闭、优雅而又粗犷的扎科帕内犹如一块洁净的石板，他们可以在上面描绘理想社区的蓝图”(IA, 55－56)，却不能在上面直接建立理想的社区。

玛琳娜的自我重塑意味着要放弃过去，她宣称自己要做一名自由自在的农妇，忘记舞台，忘记波兰的一切，但矛盾的是她在随身的行李中依然不忘装入表演的戏服，这既为她日后的复出埋下了伏笔，预示着乌托邦社区不可避免的失败结局，也昭示了她不愿放弃表演、依然要借助表演来实现自我的潜在意图。

二、退隐：自我重塑的酝酿

享受扎科帕内山区的安逸和宁静是玛琳娜对未来生活的短暂的预演，也是在不受干扰的环境中默默地向四分五裂的祖国举行的揖别仪式。从山区返回城市后她便大刀阔斧地着手处理各项事务，以便尽快地踏上行程。正如文中写道，寻求新生活的芸芸众生“急于奔向新的天地；他们认为，在那些地方没有历史遗留下来的种种羁绊，人们不必维持原样，可以一次又一次、永无休止地重新塑造，摆脱成见，放下包袱，一切从头开始。包袱越轻，走得就越快”IA, 54)。这句话点出了重新塑造是一个不断演进、不断超越的过程。有人认为，在波兰与美国的舞台之间，桑塔格加进了加利福尼亚这一场景，“不仅是为了服从历史真实，同时也是为了情节需要。玛琳娜逃离了波兰的舞台，心怀美好的理想，试图与自己的朋友建立一个农业乌托邦社区。我们可以把这一举动看作她逃离以往的艺术世界、回归本真世界的尝试”[①]。从玛琳娜在美国的乡间从事日出而作、日落而息的农业生产来看，这种说法自然不无道理，不过玛琳娜要在异国他乡建立一个乌托邦只是她超越自我的一个环节而已，其终极目的不是遁世，而是在蛰伏之后更好地入世。关于玛琳娜的这个策略，详细地研读过其原型海伦娜的相关资料的桑塔格应该了然于胸。出版于1883年的《海伦娜·莫杰斯卡的故事》记载道，少女时代痴迷于戏剧表演却又屡遭母亲反对的海伦娜每每在感到压抑之时，就会“跑向村野，独自待上一会儿。她最大的快乐之一就是去周边的一座城堡，在地面上的一个角落里驻留；要么她就去教堂，长时间地静坐着。隔离感和孤独感使

① 郗桂莲.静默与喧嚣：《在美国》的历史书写[J].外国文学评论，2011，(1)：128.

她欣然不已”[①]。静默是她恢复内心平静、使内心更为强大的方式。桑塔格本人则在《静默之美学》(又译《沉默的美学》)一文中分析了严肃的艺术家选择静默的原因,那就是“静默是艺术家最为与众不同的姿态:借由静默,他将自己从尘世的奴役中解放出来,不再面对自己作品的赞助商、客户、消费者、对手、仲裁人和曲解者。不过,我们不应该忽视这对‘社会’的放弃其实是非常社会性的姿态”[②]。她笔下的表演艺术家玛琳娜正是这一静默美学的实践者,她在退隐之中似乎是放弃社会,但从她后来名重一时的复出可以看出,她的姿态“其实是非常社会性”的。

1876 年 8 月,玛琳娜正式踏上了人生中最重要的一次旅程。她在写给留在波兰的好友的一封信中强调了自己此行的目的——向命运发出挑战:

> 不过你明白,我每时每刻都在琢磨自己该做些什么,即从内心到外表进行反抗。天命难违,女人更难改变自己的命运。你们男人要容易得多。你们会因为行为鲁莽、勇敢无畏、独树一帜、敢于冒险而受到褒奖。而一个女人内心的顾虑就多得多,她必须行为谨慎、和蔼可亲、胆小怯懦。而且有许多事需要担心,这一点我很清楚。亲爱的朋友,别以为我一点都不现实。每次我表现出勇敢无畏,那不过是在做戏。要勇敢你只能这样,你同意吗?勇敢的外表。勇敢的表演。既然我知道自己并不勇敢,一点都不勇敢,这促使我要表现出异乎寻常的勇敢。(IA, 122 - 123)

玛琳娜将自己生而为女儿身归结于天命,是命运的安排。与男人相比,女人的命运更难逆转,这表示她内化了身为第二性的“他者”性。不过,可贵的是,她与《火山情人》和《床上的爱丽斯》里的女性人物们最大的区别就是,她不仅“十分珍视自己反抗的性格”(IA, 123),而且能够时刻反省个人的处境,“琢磨自己该做些什么”,期待完成从内心到外表的全方位反抗。她和追随者们在加利福尼亚的阿纳海姆租下了一处农场,开始了扭转“他者”命运的艰难尝试。

这群刚到阿纳海姆、对农业活动一无所知的波兰人,在初涉艰苦的劳作之前,面对一片辽阔的土地,似乎感受到了久违的自由,一个个踌躇满志,以为终于

---

① COLLINS M. The Story of Helena Modjeska (Madame Chlapowska) [M]. London: W. H. Allen & Co., 1883: 16 - 17.

② 桑塔格. 激进意志的样式[M]. 何宁,周丽华,王磊,等,译. 上海:上海译文出版社,2007:8.

找到了用武之地，可以大有作为。玛琳娜在这种情绪的感染之下，不免过早地下了一个轻率的结论，告诉好友"如今，崭新的生活，新奇的景致，以及展现出的广阔前景已浑然臻于圆满。这毕竟并不困难。亨利克(Henryk)，你在听我说吗?改变生活就像脱掉手套一样，非常容易"(IA, 145)。然而，在大家正式从事繁重的体力劳动之后，在手忙脚乱地穷于应付之时，这种带着理想主义色彩的陶醉之情就发生了不小的变化，使玛琳娜无所适从了。她意识到理想与现实之间存在的差距，"原来期待的新生活意义异常丰富，现在突然少了许多，这对她来说就像氧气变得日益稀薄；她感到有些眩晕"(IA, 159)。不过，作为这次移民活动的策划者和实施者，玛琳娜不愿轻言失败，她竭力从过去二十多年的演艺生涯中寻找与目前的状况相似的地方，以克服心底的失落和彷徨，今昔对比，她发现：

> 这一切又是那么熟悉。整个团队屈从于艰苦的日常劳动，屈从于领袖的颐指气使，发号施令，玛琳娜把这些都视为常事：毕竟在演艺界人们都有强烈的团体意识。新近才扎根的生活和巡游演员的生活几乎没有区别。如果说他们还没法应付农业生活中一些最简单的工作，这也难怪，他们准备得太仓促，他们到了离开舞台的最后一刻才开始考虑要肩负起农民的角色。他们需要一段时间"在舞台两侧见习"，直到掌握自己的角色为止。(IA, 158)

这是玛琳娜在茫然中的自我安慰，她相信自己能够将舞台经验运用到社区的运作之中，与团队成员们一起适应新的环境和新的角色。与虚构来自丈夫家庭的阻力来强调玛琳娜在波兰遭遇的诸多不公一样，桑塔格在此为了刻画玛琳娜勇于挑战和坚忍不拔的精神也在原型的基础上进行了改动。实际上，海伦娜本人一进入阿纳海姆租住的地方就大失所望，尽管她在波兰的扎科帕内体验过简朴的生活，但是当她看到简陋的居所时，仍然忍不住感到一阵"痛苦的沮丧"[①]，眼前的一切就像"一处有失整饬的小小墓园"[②]。同时，她也没有从自己的

① MODJESKA H. Memories and Impressions of Helena Modjeska: An Autobiography [M]. New York: The Macmillan Company, 1910: 287.

② MODJESKA H. Memories and Impressions of Helena Modjeska: An Autobiography [M]. New York: The Macmillan Company, 1910: 287.

团队里得到鼓舞，在回忆录中她不无幽怨地回忆了"队友们"的行为：第一次去橘子园里干农活时，"我们的绅士们……看上去急不可耐，精力充沛，豪情冲天，期待着从与土地母亲的接触中获得极大的快乐……傍晚回来时，他们筋疲力尽，但是信心满满"①；可是到了第二天早上，就有人连吃早饭都迟到了；到了第三天，有人抱怨背部扭伤了；一周后，"只有两个人坚持干活，那就是我的丈夫和我的儿子"②。作者还有意延迟了女主人公重返舞台的计划，用了将近全书三分之一的篇幅来书写那段乌托邦时光。③ 正是在远离尘世纷扰的日子里，她说服自己忘记昔日的种种不快："别再悲伤了！珍惜今天的时光吧！珍惜今天的太阳！"(IA，144)波兰阴冷的气候留在她内心深处的记忆逐渐在加利福尼亚明媚的阳光中消融："她沐浴在阳光下，真切地感受到了荒漠中炫目的阳光包裹着自己的肌肤，晒干了已经流出和还没流出的眼泪。多年来她一直在与无边的焦虑进行顽强斗争，如今她几乎可以感觉到焦虑在慢慢退隐，感觉到生命的活力在胸中涌动。"(IA，144)这就是玛琳娜自我重塑所需要的新鲜而旺盛的生命力，这与其说是身体上的，不如说是精神上的。她虽然洞若观火地看到了乌托邦社区黯淡的前景，但是这对于她并不重要，她已经收获了最可贵的新生力量，因此随着"日子一天天过去，玛琳娜感觉更加坚强，更加健康……加利福尼亚赐予人们健康，鼓励人们为健康而劳动。但是，当人的渴求减退，当需求让位于随遇而安，当精力充沛而又无忧无虑，以及当仅仅为了生存，为了再生而感到喜悦的时候，你就变得坚强无比，健康强壮"(IA，167)。社区没能给玛琳娜带来物质上的财富，但锻炼了她的身体和脑力，为她最终的蜕变做好了最充分的准备，使她就像一只在悬崖峭壁上忍痛撞击老化的喙、用爪子拔去厚重的羽毛的老鹰那样，经过了一段时间的与世隔绝，长出了尖利的新喙，披上了轻薄的羽毛，马上就要搏击长空，所向披靡了。她的退隐，用波格丹的话说就是"我们把这里的生活称为尝试，称为两

---

① MODJESKA H. Memories and Impressions of Helena Modjeska: An Autobiography [M]. New York: The Macmillan Company, 1910: 289.

② MODJESKA H. Memories and Impressions of Helena Modjeska: An Autobiography [M]. New York: The Macmillan Company, 1910: 289. 海伦娜的儿子当时仅有 15 岁。

③ 海伦娜启程前就有在美国登台演出的想法，当她在华沙被所签约的剧院的经理和一些朋友们问到她离开舞台后在美国将何去何从时，她的回答是："最有可能的就是学习英语，然后在美国的舞台上演出。"在农场经营显现出惨淡景象的时候，她斩钉截铁："我不能这样生活下去——我必须回到舞台，再次打动人心！"也正如她出国前说的那样，她开始刻苦学习英语。详见：COLLINS M. The Story of Helena Modjeska (Madame Chlapowska) [M]. London: W. H. Allen & Co., 1883: 168.

种生活之间的间隙”(IA，207)。

三、复出：自我重塑的实现

玛琳娜的乌托邦实验是在丈夫波格丹的大力支持下得以进行的，他也是最了解她的人，深知“玛(琳娜)并不是渴望崭新的生活，她需要新的自我。我们的社团是她获得自我的形式；如今，她一心一意要重返舞台”(IA，208)。玛琳娜自己也略感不安，“那种感觉像是恶作剧，像是离家出走，或者说像是撒谎——她很会撒谎”(IA，210)。尽管如此，她还是坚持个人的决定，因为她“又要从头开始，准备重返命运之途。命运之途使她深刻地意识到她没有迷失方向”(IA，210)。所谓的重返命运之途，就是在恢复身心健康之后，继续追寻在表演事业上的成功，通过表演来磨平性别意识烙下的自卑的印记。桑塔格在小说中用第三人称的沉思口吻表露了自己对乌托邦的理解：“乌托邦不是指某个地方，而是指某一段时光，一段极为短暂的时光，是不希望到其他地方去的极为短暂的时间。”(IA，159)玛琳娜在阿纳海姆的生活虽然只是其人生长河里的一朵浪花，但是这朵浪花飞溅而起的能量为她提供了无可替代的动力，推动了她一生中最大的一次飞跃。她的乌托邦社区经历使她认识到即便是在小团体组成的封闭的伊甸园般的世界里，“他者”也是一个无处可遁的低等存在物。在这里，“除了玛琳娜，妇女很少发言。她们似乎认为自己无话可说，说了也会受到批评；做决定是男人的事。农场生活把妇女组织起来，使她们成为新的驯服工具，每个妇女不得不从事她们完全陌生的工作”(IA，159)。玛琳娜如果在这样的环境中谋求超越也只能是空想，甚至也许会逐渐与其他女性同化，直至忘却背井离乡的初衷。在波伏娃看来，使女人注定成为附庸的祸根在于她没有可能做任何事这一事实，“作为生产者和主动的人，她便重新获得超越性”[1]。显然，在农场里，由于妇女们的生产性是被动的，借此获得超越性根本无从谈起。波伏娃还指出，“今日的女人要做出丰功伟业，最需要的是忘掉自我。女人刚来到男人世界，得不到男人的多少支持，还过于专心于寻找自我”[2]。从波兰到美国，玛琳娜经历了三个阶段：在波兰时她是在第二性的位置上忙碌地寻找自我而不得；在乌托邦社区里，她是在竭力

---

① 波伏娃. 第二性[M]. 郑克鲁，译. 上海：上海译文出版社，2015：883.

② 波伏娃. 第二性[M]. 郑克鲁，译. 上海：上海译文出版社，2015：905.

地忘掉自我而不能；她重新走进公众视野，以女演员的身份亮相是发现和寻找新的自我而有所成。而在最后这个阶段，她恢复其演员身份非常重要，按照波伏娃的说法，“有一类女人，由于她们的职业远远没有损害对女性身份的确立，而是加强了它……这些女人力图通过艺术表演超越她们所构成的既定：女演员、女舞蹈家、女歌唱家。在三个世纪中，几乎只有她们在社会中拥有具体的独立，至今她们仍然在其中占据独特的地位”[①]。波伏娃尤其肯定从事艺术表演的妇女具有的独立性以及由此获得的超越性，这种排除了其他妇女的观点不免有失偏颇，但对于深受波伏娃影响的桑塔格来说，借助女主人公在一个全然不同的国度里重返舞台来讲述其超越的过程更具有典型性。

玛琳娜将复出的基地选定为加利福尼亚州的旧金山市，这反映了她日益成熟的心理状态。在她初来美国前往阿纳海姆的途中，旧金山也是她的停靠点之一，大多数波兰人都会在此至少盘桓数日，因为该市“有繁华的波兰人居住区”（IA，134），但是玛琳娜明确表示自己“不想久留”（IA，134），与两位提前赴美进行各种准备的社区成员会合之后就立即离开了。她当时的心情不难理解：既然是破釜沉舟地离开波兰，那么在新的土地上就不要再有所牵连，与波兰相关的一切断绝得越彻底越有利于重新开始。然而，当她真正在美国定居下来，却又抑制不住对故乡的思念之情。在社区生活期间，她专程从旧金山订购了一架钢琴，在音乐声中细细品味离愁别恨的滋味：

> 晚饭以后，他们在一起从事音乐创作。这时他们才意识到自己是多么怀念故土。他们渴望音乐，渴望波兰作曲家创作的音乐……然而，在这个边区村落，在空旷壮观的美国边缘，这些乐曲给人完全不同的感受。肖邦的波洛奈兹舞曲和玛祖卡舞享誉世界，是波兰争取独立斗争的音乐象征，如今似乎成为他们哀怨爱国热情的自然流露。他的小夜曲活泼畅快，一泻千里，如今似乎也因流亡的悲伤和乡愁而变得深沉凝重。（IA，180）

从排斥与波兰相关的一切到不由自主地怀念故土，从刻意疏远到主动投奔

① 波伏娃. 第二性[M]. 郑克鲁，译. 上海：上海译文出版社，2015：905－906.

波兰人的聚居地，玛琳娜已经懂得要完成个人的超越离不开爱国情愫的激励和同胞的支持。旧金山的波兰人真心诚意地欢迎这位昔日的舞台皇后和民族的骄傲，这无疑令她思绪万千："面对远离故土的同胞的热情洋溢的爱慕和敬重，她很难按捺日益强烈的雄心壮志，很难克制担心失败的恐惧。"(IA, 211)不妨说，曾在社区里挥汗如雨地劳作的那个农妇只不过是玛琳娜扮演的无数个角色中的一个，是她在天然的舞台上自由自在的一次即兴表演，"重写了个人和民族的历史：从过去中解放，面向未来"[①]，归根到底，她认为能否成功地重塑自我在于能否征服波兰之外的观众，而眼下最迫切的乃是征服移居国(adopted country)——美国的观众。桑塔格几乎是略带讽刺地点评了女主人公那场言不由衷的乌托邦实验："玛琳娜没有意识到，她在享受乡间淳朴生活的宁静时，内心又是多么深切地怀念城市生活的脉搏和气息。"(IA, 214)玛琳娜已经明确了复出的途径，那就是抛开一直耿耿于怀的性别问题，尽可能地利用一切有利的条件和资源，向美国的舞台发出强劲的冲击。这意味着她有意要挣脱心灵深处那个自卑的"他者"，解放自己，而要达到这一目标，她需要得到同时来自同性和异性的向心力。幸运的是，美国在这个方面为她铺开了一条康庄大道。

首先，她在美国得到了同性的支持。《在美国》第一章的第一句不做任何铺垫地让读者看到了她在波兰遭受女性同行的暴力袭击："下午五点过几分她挨了加夫列拉·埃伯特(Gabriela Ebert)一记耳光。"(IA, 24)随后的倒叙交代了事情的原委：当玛琳娜为一场演出做准备的时候，一名女演员闯入了化妆室，"凶狠的舞台竞争对手迅速向她冲过来，脸涨得通红，满口莫须有的辱骂……一只手臂从空中挥舞下来。她不由自主地扭曲了脸，闭紧双眼，龇牙咧嘴，皱起鼻子。一只戴着戒指的粗大的手掌猛地打在她的脸上，火辣辣地疼"(IA, 24)。从玛琳娜遭到突袭的表现可以看出，这样的羞辱不是第一次，她只是习惯性地闭上双眼，不做任何反抗，安慰自己这不过是对方"对不可企及的成功所作的疯狂评价"(IA, 27)。令人欣慰的是，美国为她掀开了一幅迥异于波兰的画面。她在登台前与一位年轻的美国女孩偶遇，在这个专为豪门贵妇传授演说术的语言教师的无私帮助下，攻克了语言关的很多难题，为舞台上的惊艳亮相打下了扎实的语言

① WAGNER-LAWLOR J A. Romances of Community in Sontag's Later Fiction [G]// CHING B, WAGNER-LAWLOR J A. The Scandal of Susan Sontag. New York: Columbia University Press, 2009: 89.

基础。这个女孩还真诚地表达了对玛琳娜的欣赏之情,在玛琳娜为能否说服剧场经理安排演出计划而彷徨不安的时候给予了她自信,这令玛琳娜感到了感动和鼓舞,因为“这么久以来,还没有一个美国人真正看上我,恭维过我。但如果相信这样一句话,女人的意志就是上帝的意志,我就心满意足了”(IA,219)。当玛琳娜小试牛刀,在加利福尼亚剧院初演后,本来与该剧院签了演出合同的另一名女演员折服于她的表演,不但没有像她在波兰的竞争者那样攻击她,反而还将演出时间拱手相让,并向她演出的成功表示由衷的祝贺。尽管玛琳娜已经做好了忍受妒忌的准备,美国的同行们却并没有对她加以责难,这改变了玛琳娜自己的心态。她坦承“如果想象中的竞争对手获得成功,自己又何尝不会眼红”(IA,251),她甚至在“脑海里闪过一个卑鄙的念头:啊,要是加夫列拉·埃伯特看见自己今天的荣耀该有多好!”(IA,251)不过,美国演员们的开阔胸襟感染了她,她暗暗下定决心要“尽力向这些美国演员学习,完善自己的人格”((IA,251)。玛琳娜从女性友人和同行那里得到了久违的理解和支持,而她以精湛的表演在舞台上逼真地展现的各种女主人公的悲剧性的命运也引发了美国女性观众对人生的思考,比如一个酒馆的女主人就诚挚地向玛琳娜的演技致敬,并且与她交流个人的感悟,把她引为知音,倾吐自己隐藏多年的情感苦痛。玛琳娜乐于与这样的戏迷互动,因为从中可以体会到表演事业的价值和意义,激励自己不断地提高演艺水平。

其次,玛琳娜到了旧金山之后,在与各种男性的接触中,得到了很多帮助,一步步走向成功的巅峰。波伏娃承认“在男女之间始终会存在某些差异”[①],她援引马克思的话肯定“男女之间的关系是人与人之间直接的、自然的、必然的关系……男女之间的关系是人与人之间最自然的关系”[②],并总结“解放女人,就是拒绝把她封闭在她和男人保持的关系中,但不是否认这些关系”[③];也就是说,在男女的确存在自然差异的情况下,妇女一方面要正视这种差异,从差异中寻求平等,另一方面又要改变屈从或敌对的态度,与男性形成和谐的同盟关系,可喜的是,“在男女之间已经出现了前所未有的友谊、竞争、合作、友情”[④]。从联系剧院

① 波伏娃.第二性[M].郑克鲁,译.上海:上海译文出版社,2015:935.
② 波伏娃.第二性[M].郑克鲁,译.上海:上海译文出版社,2015:936.
③ 波伏娃.第二性[M].郑克鲁,译.上海:上海译文出版社,2015:936.
④ 波伏娃.第二性[M].郑克鲁,译.上海:上海译文出版社,2015:935.

经理到选择经纪人和搭档，从登上陌生的旧金山舞台到举行横跨美国的巡演活动，玛琳娜时刻保持着与男性的合作。相形之下，波兰的确是一个巨大的囚笼，玛琳娜深陷其中，有超越之心而无超越之力。为了贬损她的公众形象，削弱她在民众中的影响力，俄国统治当局不惜策划上演了一出诋毁她的闹剧，以一个年长的女演员和她的年轻的丈夫的故事来含沙射影地中伤玛琳娜重新组建的家庭，令她忍无可忍："如果这一切只是涉及我个人倒也罢了。但是，一旦残忍和恶毒的魔爪伸向我钟爱的人，我就会憎恨舞台，因为舞台就是制造痛苦的刑具。"(IA, 50)如果舞台意味着刑具的制造之所，再优秀的女演员也无法在上面尽情地高歌。波伏娃断言"为了取得这最高一级的胜利，男女超越他们的自然差异，毫不含糊地确认他们的友爱关系，是必不可少的"[①]，这种手足关系正是美国赠予玛琳娜的珍贵礼物。

当玛琳娜终于在异乡的舞台成为一颗耀眼的明星时，她为自己跨越万水千山的奋斗之路作了这样的总结："我需要煎熬、挑战和神秘感。我不需要舒舒服服，自由自在。那是使我更加坚强的原因，现在我明白了。我要的是超越自我，你明白我的意思，亨利克。我的意思是不仅仅在舞台上扮演别人、转换角色。"(IA, 294－295)放弃表演是为了更好地表演，磨砺出更敏锐的艺术感悟力，"重构艺术的直觉和技巧、激发永不衰竭的欲望、再塑初生牛犊不怕虎的精神"(IA, 212)。舞台上轻松自如的角色转换是为了锤炼自立自强的信念，如获新生般去品尝幸福的滋味，明白"幸福不能局限于狭小的个人存在，正如你不能把幸福装进带有你名字的匣子。你得忘记自我，忘记你的匣子。有些东西会让你超乎自身之外，充盈整个世界，你得把自己与这些东西联系起来"(IA, 197)。她在美国的重塑最大的成功就是寻找到了新的自我，那就是放下"他者"的重负，跳出自我的圈子，在艺术的殿堂攀登上一级又一级的台阶，真正领悟"幸福有多种形式，为艺术而生存是一种特权，是福分"[②]。玛琳娜以自己的果敢的行动，将《火山情人》和《床上的爱丽斯》里的"他者"们远远地抛在身后，她不是对《火山情人》中最

---

① 波伏娃. 第二性[M]. 郑克鲁，译. 上海：上海译文出版社，2015：936.

② SONTAG S. In America：A Novel [M]. New York：Farrar，Straus，Giroux，2000：369. 此处为笔者翻译，与文中其他引文所用的中文译本略有出入。

具革命性的、“大无畏的方塞卡的延伸”[①],而是对其的一次质的飞跃。

第二节　发现美国:超越新旧世界的偏见

在玛琳娜与追随者们奔赴美国之前,有一段集体独白,反映了他们各自选择美国的原因,可谓五花八门。玛琳娜将美国喻为莎士比亚的戏剧,其友人不解地反驳:“但是莎士比亚的戏剧包罗万象。”她自信地回答:“正是如此。就像在美国。美国意味着一切。”(IA, 82)[②]这应该是小说标题“在美国”的点题之处,而所谓美国意味着一切,最重要的是,它给这群波兰人以“自由的国家”(IA, 82)的期望。正如《美国魂》中的弗拉特法斯小姐振振有词地说的那样,“难道你不知道这是一个自由的国家吗?你是自由的,我也是。我要好好使用上帝和宪法赋予我的自由”(IE, 81)。《在美国》里的里夏德在远洋船只上遇到的一位美国商人也信心十足地称,“在美国,说一千,道一万,如果你明白我的意思,就是每个人都是自由人”(IA, 90)。这是美国人眼里的美国和美国人。那么,对于小说里刻画的19世纪末叶的波兰移民来说,他们眼里的美国和美国人又是怎样的呢?《华盛顿邮报》(*Washing Post*)的“图书世界”(Book World)专栏评论道:“这部小说描述的情感的广度和强度是歌剧式的,对美国的记录是相当细致和富有远见的,其中的各式人物亦令人难以忘怀。”[③]确实,除了玛琳娜,小说中还塑造了许多性格鲜明的人物,而与玛琳娜关系最为密切的两位男性尤其令人瞩目,他们就是玛琳娜的情人里夏德和丈夫波格丹。如果说玛琳娜在美国是通过卸下了“他者”的负担完成了个人意义上的自我重塑,那么透过她与波格丹和里夏德的视角还集中了发现美国的主题。在这一过程中,读者也随着作者的笔触,一一领略他们在这个“自由之邦”遭遇了什么,在近距离的观察和切身的体验之后,他们自身又发生了什么变化。

---

① WAGNER-LAWLOR J A. Romances of Community in Sontag's Later Fiction [G]// CHING B, WAGNER-LAWLOR J A. The Scandal of Susan Sontag. New York: Columbia University Press, 2009: 79.

② 原文为“But there is everything in Shakespeare.” “Exactly. As in America. America is meant to mean everything.” SONTAG S. In America: A Novel [M]. New York: Farrar, Straus, Giroux, 2000: 91.

③ Anon. [EB/OL]. [2010-03-11]. http://www.susansontag.com/SusanSontag/books/inAmerica.shtml.

一、猎奇：新旧世界的初次碰撞

桑塔格在一次演讲中谈到欧洲人与美国人之前的隔阂：

> 这个历史上最富裕和最强大的民族的公民必须知道美国是被人爱，被人羡慕……以及使人气愤的。到国外旅行的为数不少的人都知道，美国人被很多欧洲人视为粗鲁、土气、没教养，并毫不犹豫地以含有前殖民地居民的愤懑的行为来证明这类预期。一些似乎更喜欢访问美国或生活在美国的有教养的欧洲人，则居高临下地把他们的喜欢归因于一个殖民地的开放气氛，正是在这个殖民地里他们可以把“老家”的种种限制和高雅文化的重负抛诸脑后。我想起一位德国电影导演告诉我——当时他住在三藩市——他喜欢生活在美国，“因为这里没有任何文化”。[①]

换言之，对于欧洲人来说，美国是一个令人爱恨交加的国度。以“有教养的欧洲人”组成的玛琳娜的团队，为其开放所吸引，意图将波兰“老家”的种种限制抛诸脑后，逃出桎梏，享受自由。他们虽然来自一个饱受外国势力屡次瓜分、丧失主权的国家，但仍然矜持地保持着大多数欧洲人对美国的居高临下的看法。洛佩特对此很反感，指责桑塔格假托波兰人的眼光，“以假借的距离评论她自己的国家，就好像一颗小行星的天外来客一样。但是除了那些惯常的陈词滥调，她说不出什么别的：美国人沉迷于好大喜功啦，没有真正的文化啦，认认真真地追求幸福啦，唯利是图啦”[②]。但是这未必纯粹是作家本人在倾吐其喜好，她只是忠实于当时欧洲人对美国的看法，近乎写实地将他们的视角呈现出来而已。

其实，即便是在1946年至1947年间，萨特、波伏娃和加缪相继访问美国时，他们对美国也仍然带着一定程度的偏见。据徐贲的考证，萨特在《一份欧洲独立宣言》中断言邪恶并不是一个美国概念，美国人在看待人性和社会组织时，没有悲观意识。波伏娃也说，美国人对罪恶和悔罪没有感觉。美国人太自信，有太多的自由，不能真正体会生存的焦虑和人的异化。就连比较谦和的加缪，也觉得美

① 桑塔格. 同时：随笔与演说[M]. 黄灿然，译. 上海：上海译文出版社，2009：203.

② LOPATE P. Notes on Sontag [M]. Princeton：Princeton University Press，2009：169－170.

国人太物质主义,太乐观,美国没有适合存在主义的社会文化土壤。[①] 美国人或许的确具有以上特征,但徐贲进而指出,美国人的特定传统和性格并不必然成为生存价值和自由意识的障碍,"太多、太深重、太长久的苦难和异化有时反而使人变得淡漠麻痹,狡黠油滑,逢场作戏,犬儒虚无。在不允许自由思想的环境中,他们醉生梦死,得过且过,并不把人的存在的真实、价值和意义放在心上。物质和文化,肉体和精神,其实都不是二元对立的关系"[②]。桑塔格应该也会赞同这样的观点。萨特等人以屈尊纡贵的欧洲惯性思维来看待美国人,这恰恰是桑塔格所不愿看到的。

桑塔格曾经很中肯地总结旅行文学的特点,那就是"在这些对旅行的感受中——异国他乡不是被说成世外桃源,就是说成蛮荒之国——希望与幻灭总是交替出现"[③]。她认为这种有关异国他乡的想象是双向流动的,不只是所谓文明人对野蛮人的俯瞰,"欧洲人游历美国,希望在那儿过上新的、简单的生活;有教养的美国人返回欧洲,认识旧大陆的文明的源泉——通常两者都大失所望"[④]。所以,《在美国》不是如洛佩特所指责的那样,是桑塔格个人观点的倾泻,而是突出新旧世界在碰撞中产生的冲突。洛佩特坚持认为,桑塔格的女主角"是一个太乐观、太沉着的角色以致无法激起真正的冲突。结果就是小说写得毫无生气,仅仅是一部卖弄技巧、机关算尽的小说而已"[⑤]。其实不然,至少在呈现新旧世界在强烈的对比中爆发的巨大的冲击力上,玛琳娜的视角产生了重要的作用。

玛琳娜一踏上美国的土地,到达美国的第一站——纽约,这种冲突就一触即发了。桑塔格借玛琳娜的话赋予了女主角在这场冲突中的主导地位:"一般说来,演员都是热心的观察者,而最迷人的莫过于在纽约这个简陋的舞台上(this rude stage)[⑥],可以观看用各种语言上演的戏剧。世界上每个民族,每个国家,每个部落都能得到展现,至少贫民阶层如此;只要一走出豪华的大街,绝大多数人

---

① 徐贲.萨特与加缪的美国之旅[J].读书,2005,(7):112.

② 徐贲.萨特与加缪的美国之旅[J].读书,2005,(7):120.

③ 桑塔格.重点所在[M].陶洁,黄灿然,等,译.上海:上海译文出版社,2004:328.

④ 桑塔格.重点所在[M].陶洁,黄灿然,等,译.上海:上海译文出版社,2004:330.

⑤ LOPATE P. Notes on Sontag [M]. Princeton: Princeton University Press, 2009: 169.

⑥ 中文译本翻译为"原始的大舞台",笔者认为结合后面句子的内容,用"简陋"比较合适,因为其主要描述的是玛琳娜眼中纽约多民族混杂、贫困丑陋的情形,"简陋"既能突出这个特点,又能修饰"舞台"一词,而"原始"则可能仅仅指涉纽约的落后状态,且与"豪华的大街"矛盾。如果一个地方能够建立起"豪华的大街"(即便在大街之外充斥着贫困),我们还称其"原始"似乎也不够严谨。

都显得非常贫困。纽约如此丑陋我并不惊奇。但我没想到会看到那么多的乞丐和游民。"(IA, 124)玛琳娜视纽约为包罗万象的大舞台,是一个形形色色的人们本色出演的地方,她置身其外,就像细心的观众观望舞台那样饶有兴趣地留意着纽约的点点滴滴。在纽约逗留期间,玛琳娜一行对其失望至极,无论是城市景观、居民形象还是文化生活,都没有给他们留下好的印象。在游览中央公园时,玛琳娜抱怨"这里既没有中央的感觉,也不像公园,说实话,不要把它想象成克拉科夫的新公园,更不要说我们富丽堂皇、绿树成荫的公园了"(IA, 126),其睥睨不屑的心态展露无遗。在书信里说到纽约的街头见闻时,纽约妇女的穿着更是成了波兰人的笑柄。玛琳娜用漫画式的手段描写了一个滑稽的场景:"昨天我们漫步于百老汇,这是纽约主要的大街,一个大个子的妇女穿着又黑又重的裙子,里面还有巨大的裙环,突然晕倒在前面的人行道上。我以为她病得不轻,其实不然。旁边的人说,这样的事在 8 月份会经常遇到。一个马车夫从马车上取下一桶水,漫不经心地洒了些水在她脸上,人们把她扶起来,她又若无其事地继续走她的路。"(IA, 125)相反,玛琳娜她们觉得自己所穿的轻巧的服饰所到之处总是引起纽约妇女的妒忌之情,倒是未尝想过,在纽约妇女眼里,她们或许也是一道滑稽的风景。[①] 至于纽约的戏剧演出情况,作为行家里手的玛琳娜更是大为不屑:"竟没有一家剧院上演莎士比亚的戏剧[②]……除了似乎不值得上演的闹剧和情节剧以外,出于好奇,只有一部轻喜剧值得一看,当然是英国剧。"(IA, 126-127)

这群波兰人把纽约想象成是非之地,是危险重重的野蛮之所,而把自己想象成探险者:"每天早晨,我们当中比较勇敢的人就登上渡船,到纽约去探险,将整整一天的时光消磨在城中。我说比较勇敢是因为乘船渡河的人不多。对大多数

---

① 桑塔格在小说中已经将措辞和语调缓和了不少,与小说相比,莫杰斯卡的回忆录语言更尖刻,反映的姿态更高高在上:"我注意到妇女仍穿着裙环,而这种丑陋的风尚一年多前在欧洲就无人问津了。我以前也在街上看见过这样的裙环,但我以为只有贫困阶层的妇女才穿这个,因为她们花不起钱追求太多变化的时尚……他们(纽约人)不仅盯着我们,甚而对我们指指点点,发出咯咯的笑声。很明显,他们认为我们纤细的裙子有问题,殊不知我们可是按巴黎的最新潮流来定制的。"详见:MODJESKA H. Memories and Impressions of Helena Modjeska: An Autobiography [M]. New York: The Macmillan Company, 1910: 271.

② 这与事实亦有偏差。桑塔格曾对一位采访者说:"你知道吗? 19 世纪 80 年代在我们这个国家有超过 5 000 家剧院,它们上演的一半以上的戏剧都是莎士比亚的作品。简直就是莎翁崇拜(Bardolatry)啊! 每个人至少都能背出几出莎翁戏剧。"详见:ROLLYSON C. Reading Susan Sontag: A Critical Introduction to Her Work [M]. Chicago: Ivan R. Dee, Publisher, 2001: 175.

温文尔雅的同伴来说,曼哈顿太危险,他们盼望着赶快动身,盼望着等待已久的田园风光。”(IA, 124)他们自觉地把欧洲与美国归为新旧两个对立的世界,新世界城市里的粗俗令他们不安,尽管根据参考的各类游记他们应该“得知(在这个问题上旅游者的意见完全一致),在新的世界中温文尔雅并没有什么实际意义”(IA, 84－85),但他们仍然急于去向往已久的广阔的乡村天地寻找伊甸园般的理想世界。玛琳娜等人对纽约之旅感到失望实乃意料之中的事,桑塔格称,旅行本身曾经是一种反常的活动。浪漫主义者认为从根本上说自我就是一个旅行者——一个不断追寻、无家可归的自我,他归属于一个根本就不存在或已经不复存在的地方;那是一个理想化的世界,与现实世界形成鲜明的反差。他们认为这种追寻是没有止境的,因此目的地是不明确的。旅行从此成为现代意识和现代世界观的先决条件——是对心中的渴望和绝望的宣泄。从这个意义上说,每个人都是潜在意义上的旅行者。[①] 这种隐喻化的旅行与萨特阐述的存在主义的超越观几乎不谋而合,那就是其永远都是一个不断追寻、难以企及的过程,真正的终点“从没有给出,终点是随着我们跑向它而创造和计划的”[②]。对波兰人来说,纽约一旦真实地出现在他们面前,有关纽约的种种想象就在现实面前化为泡影。不难预见,当他们到达阿纳海姆的定居点时,他们仍然会遭遇渴望与绝望的循环考验。

不过,同样的城市在另外两位波兰人眼里却没有如此不堪。作家里夏德和另一名社区成员朱利安(Julian)作为先遣部队,率先抵达了纽约。后者虽然在远洋轮船上就“已经流露出对旧世界的眷恋,似乎为了掩盖怀旧之情,他表现出一副对新世界如鱼得水的感觉”(IA, 85);但对于两人流连于曼哈顿所见到的并不文明的一面,比如“布利克大街的酒吧中半裸的女人坐在男人的大腿上,男人们衣着随便,斜躺在椅子上……闷得发慌的房客把简陋的小床、木板拖到太平梯和人行道上睡觉”(IA, 106)等,他很乐意帮助里夏德打消顾虑,解释说“纽约的贫民窟与利物浦的贫民窟在含义上大相径庭,因为纽约人满怀希望”(IA, 106)。其实,在作家里夏德看来,玛琳娜等人所排斥的纽约的一面正是吸引他的地方。他甚至希望纽约的文明程度还要再低一点,因为使他最为心动的是“纽约的粗鄙

① 桑塔格.重点所在[M].陶洁,黄灿然,等,译.上海:上海译文出版社,2004:329.

② 萨特.存在与虚无[M].陈宣良,等,译.北京:生活·读书·新知三联书店,2014:261.

和傲慢无礼。的确,他怀疑自己是不是更喜欢30年前的纽约:狄更斯当年痛骂过的这座城市,在鹅卵石街道上成群的猪四处闲荡"(IA, 107)。他喜欢纽约在杂乱之中透露出的生机勃勃的城市气息,与欧洲的城市相比,纽约有其独特的魅力:"当他第一次身临其境,来到圣彼得堡和维也纳的时候,他并不感到吃惊,这两座城市与图画上描绘的并无二致。但纽约却产生了如此神奇的魅力,或者说,也许是各种各样毫无现实根据的梦想、期望和恐惧使美国、使哈美利加(Hamerica)变得神秘莫测"(IA, 106)。纽约还是令里夏德消除心理阴影的地方。在船上时,他曾经为了一探统舱旅客的生存状态而下到底舱,结果被人胁迫着与一个处境悲惨的雏妓发生了性交易。他感到心情十分沉重,到了纽约之后,便迫不及地找到一处妓院,"心灵又逐渐洋溢着温暖与幸福"(IA, 108)。里夏德和朱利安先行来到美国是为了寻找一个适合未来的乌托邦社区的落脚点,而正是在妓院休息室里,里夏德与一位美国记者的交谈直接影响了他们的决定。这位已经著书立说的记者在得知里夏德的情况后告诉他:"那么你还没有看见真正的美国。到纽约以外去。在纽约人们只知道挣钱,除此之外什么都不关心。走出纽约,往西去,到加利福尼亚去。那才是天堂,人人都想到那儿去。"(IA, 109)

尽管玛琳娜和里夏德对纽约的感觉好恶不一,但二者的共同点都是以普通游客猎奇的心理来观看一个新的世界。美国多民族交融的现象也为他们的猎奇之旅增添了不少奇异的感受,那些不同肤色的种族简直就是不可理喻的化外之民。虽然桑塔格声称已经弱化了女主人公极端种族主义的一面,但小说里还是借着她的视角,捕捉了几个有代表性的镜头。玛琳娜在参观费城百年博览会时专门去观看了市政厅里有关印第安人的展览。在写给好友的信中,她不忘描述一位著名的印第安勇士的蜡像:"我对印第安人的脸部表情印象极深。残忍的小黑眼睛、粗糙蓬乱的头发、像动物一样的大嘴。这一切刻画得清清楚楚,目的是想把印第安人描绘成魔鬼,激发起人们的仇恨。在这里,你丝毫找不到我们儿童冒险读物中对印第安人的崇敬。"(IA, 132)此处看似是为印第安人鸣不平,但"残忍的""粗糙蓬乱的""像动物一样的"修饰语却是玛琳娜主观添加的,所以与其说是蜡像刻画的问题,不如说是玛琳娜观看时内心既定印象的投射。其实在这群自愿移民到美国的波兰人眼中,除了欧洲白人,其他种族莫不是怪异丑陋,阴森可怖。比如他们走水路去阿纳海姆的途中经过加勒比海沿岸地区,黑人老妇"喝得醉醺醺的","老板一个个凶神恶煞,全都带着扁平的草帽,穿着白睡衣,简直丑得不可言喻”(IA, 135)。见到这些深肤色的人们后,与玛琳娜随行的巴巴拉(Barbara)和雅各布(Jakub)之间有一段意味深长的对话,前者用颤抖的声音问加利福尼亚是不是有许多非洲人,雅各布马上提醒她不要忘了还有黄种人,巴巴拉于是非常恐惧,而女仆阿涅拉(Aniela)干脆吓得失声哀叫:“啊,夫人,我们要到中国去吗?你可没有说我们要去中国啊!”(IA, 136)这些空穴来风的恐惧来自先入为主的想象和偏见,他们初遇美国,就像惊骇地窥见一个深不可测的龙潭虎穴,与故国的经历形成了强烈的反差。

二、狂欢:自由之地的激情释放

里夏德受到美国记者的启发,和朱利安一起,确定了加利福尼亚就是他们寻找的自由之乡,即便美国的都市没有赋予他们任何人间天堂的联想。“欧洲任何一座中等城市都比美国的城市漂亮,更加文明”(IA, 186),但无论如何,“美国还有自己的美国,还有人人都梦想去的更好的地方,你不觉得这具有鲜明的美国特色吗?”(IA, 109)加利福尼亚就是这样一个所在,承载着寻梦人的期待,希望“享受这个国家能够提供的最好的东西。就像这里的猎人一样,打猎远远不只是消遣,而是必需,是实际生活和精神生活的需要,是对自由独特的体验”(IA, 187)。在描写阿纳海姆的那段乌托邦岁月里,桑塔格正是围绕玛琳娜、波格丹和里夏德这个三人组合[①]的感情纠葛来刻画他们在远离故土的地方对自由的体验,与他们情感的发展相伴的是他们各自对美国的进一步了解。正如有人感叹“桑塔格使用信息量丰富的、优雅的语言,独出心裁的对话,充满激情的独白,以及一则则日记,将读者更深地引入一个强大的女演员的令人着迷的历史旅程……桑塔格再次以她那将历史转换为引人入胜的小说的天赋打了一个胜仗”[②],《在美国》采用了多种叙述方式,叙述主体也不停转换。[③] 其中,波格丹的日记是一个特别值得关注的内容,揭示了一段美满婚姻背后的秘密。

---

① 在《火山情人》中,桑塔格描写了两个相安无事的三人组合:凯瑟琳、爵士和威廉,以及埃玛、爵士和纳尔逊。《在美国》同样有这样一个三人组合:玛琳娜、波格丹和里夏德。在这些三人组合中,丈夫总是对妻子和妻子的情人在其眼皮底下发展感情视而不见,甚至以毫不干涉来表示默许。这在《恩主》中也有所体现:希波赖特借故离开,深夜不归,好让对妻子有所爱恋的送煤小伙留在家里。

② Anon. [EB/OL]. [2010-03-11]. http://www.susansontag.com/SusanSontag/books/inAmerica.shtml.

③ 有关这一方面的论述,详见:顾明生.虚构的艺术:从《在美国》看苏珊·桑塔格叙事艺术中的糅合技巧[J].国外文学,2011,(3):119-126.

在展望未来的桑塔格研究方向时，郝桂莲注意到："桑塔格曾在自己的随笔论文中多处论及同性恋现象，尤其在《关于"坎普"的札记》中相当明确，在她数部小说中也都有同性恋人物或内容出现，但无论是欧美学界还是中国学界都尚未对这一现象进行除了表面事实之外的深入研究……评论界需要对这一部分内容更加关注。"[①]事实也确实如此：桑塔格在处女作《恩主》中就一笔带过了希波赖特和作家让·雅克的同性性行为；在《我们现在的生活方式》中也影影绰绰地暗示了一群放浪形骸的年轻人之间复杂交错的性关系；《火山情人》中，威廉因为难以克制对少年的欲望而屡屡遭到驱赶；《在美国》中表现出最明显的同性性取向的则当属玛琳娜的丈夫波格丹。这也是桑塔格第一次动用较多的篇幅来刻画一个有着根深蒂固的同性恋情结的人物，并且不再是像以往一样用遮遮掩掩的手法蜻蜓点水般点到即止，而是用最能揭示人物内心的日记来一吐心曲。波格丹的第一则日记记录了去看牙科大夫拔牙的事情，被施用了麻药后他昏昏睡去，"醒来焦急不安。在麻药的作用下我说了些什么呢？我在做甜蜜的梦，梦见——不过，我肯定是用波兰语说的，所以谁也听不懂。但是，如果我老是叫他的名字又会怎样呢？"(IA，188)紧接着的第二篇日记寥寥数语："古铜色的皮肤。颧骨。肮脏的念头。"(IA，188)此时的波格丹已经流露出难以抑制的同性爱欲，这与此前叙述中他的形象几乎是判若两人。高尚的爱国者、温情的丈夫、慈爱的继父……瞬间露出了不为人知的一面。到了美国之后，他刚开始还心存顾虑，怨恨和担心自己的同性倾向："被囚禁的欲望，高度紧张，生怕到了国外会被释放出来。该死的欲望。不过，我一方面强烈地被这些男孩吸引，另一方面又全身心地爱玛(琳娜)，这并不奇怪，我始终爱她。"(IA，193－194)波格丹实际上已经在质疑自己对玛琳娜的感情了，但就像《恩主》里的希波赖特那样，他还处在一个自欺的阶段。不过，在"自由之国"这个诱人的口号鼓动下，他终于还是决定放任自己的激情，沉迷于对少年的迷恋。

波格丹在波兰时一直努力克制自己的性取向，出于对玛琳娜的崇拜，他不顾家人反对和社会地位的悬殊，坚持娶有过婚育史的玛琳娜为妻，在他的日记在小说里"公布"之前，读者看到的只是一个用情专一、单纯善良的贵族青年，但是当他暴露了自己的同性恋身份后，他与玛琳娜的婚姻不免具有了掩人耳目的性质。

---

① 郝桂莲. 苏珊·桑塔格在中国的接受与研究展望[J]. 当代外国文学，2010，(3)：155.

玛琳娜似乎有所察觉，在人前她要处处维护波格丹的形象，表现出享受幸福婚姻的模样，但是在独自与里夏德相处时，不免敞开心扉，一吐为快："喔，婚姻一点不单纯！波格丹不单纯。我觉得波格丹够复杂的了。"(IA，198)虽然她不知道(或者是假装不知道)波格丹的复杂到底源于什么，但她作为妻子，还是对其有着无限的信任和包容，只是闪烁其词地说："波格丹曾经有过一次特殊的痛苦经历，使生活变得十分艰难，甚至弄不清(但她不能解释)自己到底是谁。"(IA，199)这句话点出了波格丹遭遇的身份危机，也能很好地解释他在毫不熟稔农业生产的情况下，轻而易举地同意玛琳娜的决定，置贵族家庭和最疼爱他的祖母于不顾，远涉重洋，去过"妇唱夫随"的生活。他一度迷失自我，同玛琳娜一样，也急切地需要建构一个新的身份，确定自我的存在。同性恋在19世纪的欧洲是一大禁忌，以时处维多利亚时代的英国为例，与玛琳娜的原型海伦娜有过交往的唯美主义大师奥斯卡·王尔德(Oscar Wilde，1854—1900)因为坚持"无法言说的爱"，有伤风化，当众接受审判，法官在判决词中称："做这些事的人可以说完全没有羞耻之心，人们也别指望会对他们产生什么影响。这是我审判过的最坏的案子。"[①]王尔德最终锒铛入狱，潦倒而死，而处于异族疯狂瓜分和严苛统治中的波兰，其人民连最基本的民族自由都不能享受，如何奢谈不容于世的同性恋恋情？美国，向波格丹掀开了人生全新的一页。波格丹如此评述波兰与美国的区别："波兰到处都是纪念碑。我们纪念过去，因为过去代表命运。我们是天生的悲观主义者，坚信曾经发生过的将来还会发生。也许乐观主义的定义就是否定过去具有的力量。在美国，过去并不重要。在美国，现在并不是对过去的进一步肯定，而是取消和代替过去。对过去任何形式的依恋都十分淡薄，这可能是美国人最突出的特征。这使美国人显得肤浅单薄，但这也使他们强健有力，充满自信。他们不会因任何事情而气馁。"(IA，204)无论是国家大事还是个人私事，波兰都装载着波格丹不堪回首的往事，与之相比，美国的土地上充盈的乐观主义情绪能使他从过去的痛苦中解脱出来，他首先要为那头将他折磨得太久的猛兽打开大门，任其在美国广袤的天地间恣意驰骋。

农场的生活模式产生的"只有引起肉欲的东西"(IA，159)，从波格丹的日记中，我们看到的是他在此期间为肉欲所惑的一部"猎艳"史。除了波格丹，激情萌

---

① 孙宜学.审判王尔德实录[M].桂林：广西师范大学出版社，2005：291－292.

动的还有里夏德。他之所以不惜一切代价地追随玛琳娜，乃是因为玛琳娜是他的灵感源泉和梦中情人。不过在波兰，他只是将对玛琳娜的爱深藏于心，不曾有过明确的表露。到了美国，在冷眼旁观了社区里一对对貌合神离的夫妻后，他不禁大胆地质问："难道就不容许摆脱婚姻的束缚？难道就不容许传送新鲜的性爱能量？"(IA, 156)他就在波格丹的眼皮底下，主动向玛琳娜发起了追求。美国为他的情感急速发酵提供了适宜的土壤，使他克服了在波兰默默仰视玛琳娜的卑微心理。在到达美国之前，他就已经有所期盼："要敢想，要把自己想象成更优秀的人，想象成自己并不是(现在还不是)的人。他就要前往的国家不就是预示着真正的自由吗？"(IA, 84)与波格丹相似，他在感情上宣称对玛琳娜无限忠诚，但忍不住经常寻花问柳，尽情地置身声色狂欢之中。玛琳娜对此虽然洞若观火，但她不仅从来不加点破，而且在里夏德强大的攻势下半推半就地成了他的情人。颇有意思的是，波格丹对他们二人的关系同样了然于胸，但也是采取了刻意回避的态度。桑塔格曾经说过："我认为愉悦是一个绝妙的东西。不过一部部小说的问世不仅仅是为了愉悦。我认为它们是一种情感教育。它们延伸了你的感情。它们使你……它们应该使你更具有怜悯之心，对其他的人类更……能将心比心。"[①]这不仅是针对读者而言，对小说中的人物也一样适用。波格丹对当地男孩的畸恋以及玛琳娜和里夏德的婚外恋情在同步发展且相安无事，这多少是他们将心比心，彼此心照不宣、互相成全的结果，也是他们初遇美国时猎奇心理的延续，将美国看成一个截然不同于波兰的放纵之地，无所顾忌地追求肉欲的满足。无怪乎波格丹坦言："美国人有发明创造和亵渎神灵的才能，在这里没有不可能的事情。"(IA, 205)

三、认同：禁绝之爱的平静回归

针对有人批评桑塔格过于关注欧陆，从未看到过美国的只鳞片爪，一位评论家说，如果果真如此，那么在《在美国》里，桑塔格就像其主人公那样，多多少少同这个国家达成了和解，至少在以下意义上是如此："作为一个地方，美国允许人们卸去过去的自我，成为自己想要成为的人。美国，之于桑塔格，再也不是人性的

① Anon. [EB/OL]. [2010 - 06 - 09]. http://www.pbs.org/newshour/conversation/jan-june01/sontag_02-02.html.

压迫者,不是强迫人们顺从的桎梏,而是一片有着无限机遇的土地和一个不加间断地测试人类的可能性的实验。"[①]她将男女主人公们置于这个实验场,让他们以新奇和陌生的眼光打量一番后将其当成一个可以置婚姻、家庭、伦理道德于不顾的、激发原始冲动的地方,但随着他们对这个国家的认识逐步加深,他们又开始冷静地审视自己的激情。

在玛琳娜的波兰社区里,波格丹是改变得最为彻底的一个。当他勤勤恳恳地忙碌于田间地头,又禁不住一个个少年的诱惑而陶醉于禁绝之爱时,他是在努力地寻找一个新的自我。但是当一切浮华散尽,他重新面对自己时,终于意识到这一切是何其虚幻:

> 午夜时分,我到外面散步,走了好远。远离我们的居住地,在浩瀚而又率直的自然环境中,头上是无边无垠的夜空,我突然被人类关系无限虚假的幻影所困扰。我觉得我对玛(琳娜)的爱纯属弥天大谎。她对我的感情、对儿子的感情、对我们社团其他成员的感情,也同样是谎言。我们半原始、半田园式的生活是谎言,我们对波兰的向往是谎言,婚姻是谎言,整个社会构成的方式也不过是谎言。但是,即使明白是谎言也无济于事,我仍不知道该怎么办。与社会决裂,成为革命者?我天生是个怀疑主义者。离开玛(琳娜),去追随无耻的欲望?我无法想象没有她的生活将会如何。(IA, 195)

这是波格丹经历的最严重的一次心理危机,他不仅否定了自己,而且否定了与他有关的一切,不知何去何从。不伦的欲望、社区的失败、成员的溃散、经营不善带来的沉重的经济损失,都使他的情绪低落到了极致。然而,无论他的情感世界如何波涛汹涌,玛琳娜依然是激流中坚不可摧的磐石,是他最强有力的精神支柱,因此,尽管他于深深的失落中将一切视为谎言,可是一想到玛琳娜,他又从种种怨念中挣脱出来,无法想象如果缺少了玛琳娜,"生活将会如何"。美国固然有其野性的一面,生机勃勃地孕育着无穷的可能性,但真正掌握着个人新生的还是自己,就如同里夏德遇到的美国记者所说的那样:"这个国家就是这样。我们什

① IANNONE C. At Play with Susan Sontag [J]. Commentary, 2001,111(2): 58.

么都要尝试一下。这是理想主义者的国家。你对美国的印象不是这样吗?”(IA, 109)波格丹领悟到:“为实现完美的天性而进行尝试虽败犹荣,如果缺少了像我们这样的人,世界将黯然失色。”(IA, 208)这是他对自己的重新认识和肯定,而标志着他思想成熟的是他明白了“美国没错,错在我们自己,失败的原因在于我们自己”(IA, 205)。他悄悄地收敛起一度热烈绽放的激情,耐心地处理玛琳娜一走了之后混乱不堪的农场事务,得知里夏德在旧金山陪伴即将复出的玛琳娜,他编造了一个从马背跌落摔伤无法前往的借口,以便妻子能够安心地接受里夏德的照顾和关爱。这无疑是明智之举,玛琳娜正是由此“知道自己永远离不开这个男人的原因。因为他宽容,因为他给了她足够的自由空间”(IA, 290)。

《纽约客》有一篇文章评论道:“这本书的精彩之处在于……小说家和随笔作家、纯真与世故的有趣对比。从世故中衍生出《在美国》的另一个精妙之处,那就是如翻花绳游戏[①]一般出现的变化无穷的意义。”[②]这种比较精当的解读点出了小说的两个特点:其一,肯定了桑塔格不忘像在其他小说中一样,时隐时现地僭越小说家的身份,以随笔作家的口吻和风格进行点评或抒发个人的感受;其二,暗示了《在美国》乃是与亨利·詹姆斯小说主题的反向互动。美国的纯真遇上欧洲的世故正是詹姆斯小说里不断重现的主题,《在美国》则置换了二者之间的导向性,以欧洲的世故来审视美国的纯真,同样也打开了一个万花筒般的世界,让人去琢磨其中“变化无穷的意义”。在不同的阐释者眼里,思想复杂的波格丹对妻子无条件的支持和宽容固然会有不同的意义,但从桑塔格本人对欧洲与美国,即旧世界与新世界的差异所做的分析中,我们或许能发现作者最想表达的那重意义。桑塔格毫不讳言,“欧洲经验与美国经验之间的鸿沟却是实实在在的,这鸿沟建立在历史的重要差异、对文化角色的看法的重要差异、真实或想象的记忆的重要差异上”[③],但是在所谓的新旧之间不一定要非此即彼,掌握二者的平衡才是和谐之道,因此她主张“‘旧’与‘新’是世界上一切情感和定向的两个长期存在的极。我们不能没有旧,因为在旧事物中包含我们所有的过去,我们所有的智慧,我们所有的记忆,我们所有的悲伤,我们所有的现实感;我们不能不相信新,

---

① 翻花绳游戏,英文为“cat's cradle”,是用双手的手指穿过毛线或橡皮筋,通过不同的组织方式,可以做出各种不同的图形。

② Anon. [EB/OL]. [2010-03-11]. http://www.susansontag.com/SusanSontag/books/inAmerica.shtml.

③ 桑塔格. 同时:随笔与演说[M]. 黄灿然,译. 上海:上海译文出版社,2009:206.

因为在新事物中包含我们所有的活力,我们所有的乐观的能量,我们所有的盲目的生物渴望,我们所有的遗忘的能力——治疗的能力,它使和解成为可能"[①]。以波格丹为例,即便他在新大陆要把自己打造为一个全新的人,但也无法摒弃欧洲的过去——当他走上征程时,欧洲生活的印记已经与之形影相随了,这当然也包括他对玛琳娜的爱。对于土生土长的美国人而言,过去也许的确并不重要,但对于来自欧洲的移民而言,过去已经被镌刻于内心深处,他们要做的,就是在新与旧之间找到最合适的平衡点,在美国心平气和地生存下来。同样,玛琳娜能够超越"他者"身份,也是在新旧之间找到了微妙的平衡,没有其"旧"时的表演基础,她无法在"新"的土地上完成自我重塑。在与玛琳娜分别期间,波格丹通过电报告知她自己在尝试驾驶飞行器,并且在与玛琳娜见面后绘声绘色地讲述了飞行的感受。众所周知,随着 19 世纪工业革命带来的科学和技术的巨大飞跃,不断有人试图突破空气的束缚,但都失败了。莱特兄弟(Wright Brothers)1896 年才开始着手研究飞机,1903 年 12 月 17 日他们试飞成功,首次完成了完全受控制、持续滞空不落地的飞行,标志着第一架真正意义上的飞机的诞生。从时间上来看,小说中波格丹开始探寻飞行器是在 1877 年前后,此时尚无任何飞行成功的记录,所以虽然他言之凿凿地一次次声明自己参与了飞行,玛琳娜对此却另有想法:她已经明白了困扰着丈夫的到底是什么了。她口头上表示相信波格丹确实参与了飞行冒险,但暗示波格丹大可不必以飞行为借口:"我想你爱我。丈夫的爱。友情。但是,我们都知道,世界上还有其他形式的爱。"(IA, 343)而且她还大度地安慰波格丹:"我希望你相信,我一直都盼望你能找到自己需要的东西。"(IA, 343)这看似隐语,难以理解,不过,"其他形式的爱"一针见血,波格丹也就心领神会了,他把自己在美国的情色体验具体化为对飞行器的探究,是游离于坚实的土地上的、不切实际的危险举动。因此他坦率地承认"我的确和胡安·马雷、乔一起上天试飞过"(IA, 344),而这两个名字都是在他的日记里出现过的同性恋对象的名字,夫妇二人猜字游戏般的交流也因此明朗化。波格丹真诚地表白那段恣意狂欢的日子使他再度迷失:"当时我想我会孤零零地消失,也许我希望飞行器直冲云霄,然后坠毁。"(IA, 343)但在美国亲身体验的新事物还是具有"治疗的能力",由于"美国会医治欧洲人的创伤"(IA, 191),他已然度过了艰

---

① 桑塔格. 同时:随笔与演说[M]. 黄灿然,译. 上海:上海译文出版社,2009:207.

难的彷徨期："我已经定型了，无法更改。木已成舟。你就是我的美国。始终是你。当我在……那里的时候，我——你无法想象我是多么想念你。"（IA，343）从讳而不言到心有灵犀的沟通，波格丹和玛琳娜的婚姻经受住了新世界的考验，而波格丹再次回归现实，视玛琳娜为"我的美国"，这份温情不禁令人想起马克·吐温笔下那对人类的始祖之间相濡以沫的平凡而伟大的爱情，当夏娃逝去，亚当在她的墓前低语："她在哪里，哪里就是伊甸园。"[①]

至于玛琳娜与里夏德的婚外情缘，也在狂热的激情后归于沉寂。在接受了里夏德的爱情之后，玛琳娜一时沉浸其中，"她不再是社区的领袖，暂时也不是妻子，也不是母亲——她无须对任何人负责，只想我行我素。（她这样做过分吗？）"（IA，216）括号里的问句既可以是作者的提问，也可以视为玛琳娜对自己的行为的自问。对于这个问题，桑塔格会给出肯定的答案。她表示：

> 不用说，我把写长篇小说、短篇小说和戏剧的作家视为一种道德力量……一位坚守文学岗位的小说作家必然是一个思考道德问题的人……这并不是说需要在任何直接或粗鲁的意义上进行道德说教。严肃的小说作家是实实在在地思考道德问题的。他们讲故事。他们叙述、他们在我们可以认同的叙述作品中唤起我们的共同人性，尽管那些生命可能远离我们自己的生命。他们刺激我们的想象力。他们讲的故事扩大并复杂化——因此也改善——我们的同情。他们培养我们的道德判断力。[②]

在《我，及其他》中，桑塔格就积极探讨了自由的本质，强调自由离不开责任。玛琳娜这种弃基本的道德规范和个人责任于不顾的行为自然是在桑塔格批判的范畴之内。作为严肃的小说家，她通过讲故事来培养读者的道德判断力，就像《恩主》中希波赖特把安德斯太太当成商品出卖还自以为是为她谋幸福那样，其人其行就遭到了作者的冷嘲热讽，而读者在这一问题上的道德判断应该也不会与作者有太大的背离。在意乱情迷中"就像玛琳娜觉得自己理应得到赞誉一样，

① 吐温．亚当夏娃日记（中英文对照本）[M]．谭惠娟，译．杭州：浙江文艺出版社，2003：248.

② 桑塔格．同时：随笔与演说[M]．黄灿然，译．上海：上海译文出版社，2009：218－219.

她觉得自己有接受里夏德爱情的自由。如果有一个声音对她说,这种田园牧歌似的生活不可能长久,她也会充耳不闻"(IA, 251)。这只是短暂的田园牧歌,因为"里夏德听到了这个声音,感觉到了这个声音如影随形,无处不在……里夏德想,我当时就应当跟她讲清楚,让她把我看成是转瞬即逝的光"(IA, 251)。里夏德在痛苦的抉择之后,从这段恋情中抽身而出,玛琳娜也在反思之后"感激地发现,在舞台上,女人私通都要受到惩罚,无一例外。但是,现实生活不同,现实生活并不一定是一出情节剧"(IA, 279)。玛琳娜和波格丹也达成了默契:"设想去年长期分离的时候,玛琳娜和波格丹都各自在寻找自己感情的需要——他们彼此心照不宣,也不需要编造谎言强求对方相信。爱情,夫妻间的爱情,充满了无言的宽容。他们要宽容相待。"(IA, 290)他们在这片土地上重拾信心,在超越新旧世界的偏见的同时,也实现了个人的一次超越。美国,既不是想象中的世外桃源,也不是想象中的蛮荒之地,它是真实的存在:"无论怎样想象,在美国始终能找到符合自己的某种答案。你内心深处始终不能完全相信美国确实存在。然而,美国确实存在!"(IA, 106)与这片土地认同,实实在在地栖居于此,才是确定个人身份的有效途径。在某次采访中,桑塔格声言:"以前,我不理解现代的力量。我只感觉到过去比现在要庞大,欧洲文化明显大于美国文化。美国总是充斥着释负,与过去决裂。我后来想,我们为什么不兼收并蓄呢?这是非常美国式的想法,我得插上一句。以新的眼光来看待欧洲与美国的问题……岂不是很好?……为什么非得选择?这才是非常美国式的。"[①]玛琳娜在阿纳海姆期间居住的房子里曾经挂着"海纳百川"[②]的座右铭,无论是有意还是无意,这个座右铭都透露出美国的包容性。

当我们回顾桑塔格四十余年的文学生涯,将她的处女作《恩主》与"压轴"之作《在美国》进行一番比较时,不难发现一个耐人寻味的现象:写作时的作者与其创造出来的人物在年龄上几乎是颠倒过来的。风华正茂之年的桑塔格着意刻画的是一个在黄昏之年回首往事的人物,而时值暮年的桑塔格笔下却出现了一

① Anon. [EB/OL]. [2010-09-23]. http://www.theatlantic.com/past/docs/unbound/interviews/ba2000-04-13.htm

② 根据中文译本的注释,"海纳百川"(E PLURIBUS UNUM)是古罗马诗人维吉尔的诗句,意为"One out of many"。这句诗长期以来一直被作为美国的座右铭,意指美国作为多民族大熔炉的包容性。直到1956年,美国国会才正式将国家座右铭改为"In God we trust"。

个与她写作《恩主》时差不多年纪的活力四射的女性。《恩主》和《死亡之匣》中人物形象之所以暮气沉沉、略显枯燥乏味，是因为避免留下明显的作者痕迹、试图与人物的处境相一致以及为了强化小说的哲理性。作者固然在写作中倾诉了自己的理想和追求，但她为此付出的代价是由于不被大众认可而失去了成为一名小说家的信心。《在美国》是作者有意为之的一种调适和修正，当玛琳娜踏上轰轰烈烈的超越之旅时，她的创造者——已然年迈的桑塔格依然跳动着一颗年轻之心——也豪情万丈地挑战并憧憬着征服一个新的高度，完成一次新的超越。

结论　行者无疆：行动与写作的不懈求索

存在主义的影响深深地渗透在桑塔格的虚构作品里：初出茅庐的她，在《恩主》和《死亡之匣》里思索存在；如日中天的她，在《我，及其他》里探讨自由；激情回归的她，在《火山情人》和《床上的爱丽斯》里书写“他者”；成熟历练的她，在《在美国》里畅谈超越。一位研究者如此评论桑塔格与存在主义的亲缘关系：“因其坚定的人道主义倾向，对个人力量的肯定，以及强调与自由并行不悖的责任，存在主义中的诸多关键思想在桑塔格的作品里一直回响不绝。”[①]在相对于其散论而言数量不多的长、短篇小说和剧作里，桑塔格将存在主义的核心思想融合其中。

这位勤奋的作家在长达四十多年的写作生涯中固然向世人呈上了许多光彩夺目的思想珍宝，比如“坎普”“反对阐释”“沉默的美学”“新感受力”等等，但恰恰是她一度不被看好的文学创作者的身份给予了她最大的成就感。她乐于在尽情发挥想象力的写作中严肃地传达自己对人生的感悟和对世界的认识，称自己是

① WALKER J A. Sontag on Theatre [G]// CHING B, WAGNER-LAWLOR J A. The Scandal of Susan Sontag. New York: Columbia University Press, 2009: 129.

"好争斗的审美者和几乎从不避世的有道德的人"[①]，追求"道德之美，此乃20世纪大多数作家无意以求的一种品性"[②]。有人在深深追思这位文坛健将时感佩她"将自己描述为一个'追求严肃的狂热者'，这一点与她过人的智慧结合在一起足以使她成为某种令人望而生畏的存在。但她并非一个没有悲悯之心的人，事实恰恰相反……桑塔格的声音是毫无倦怠的，但常常好像是从道德迷雾的荒野中发出的呐喊，带着几许迷惑，几许含糊"[③]。如果说桑塔格的确"迷惑"过，那么这个曾经茫然的作家只是在早期写作《恩主》和《死亡之匣》的那位将写作比为做梦的、编织一个个令人眼花缭乱的梦境的年轻写手。从虚构作品的角度来看，1963年的处女作《恩主》和2000年的《在美国》正好标志着桑塔格做梦和圆梦的漫长历程，但无论这个过程有多么艰难，桑塔格一直没有放弃的就是文学的社会功能以及文学家的社会职责。

萨特坚持文学的"介入"(engagement)[④]功能，要介入到社会生活中，而介入的提法"准确地回答了三个具体的问题"：

第一个问题：写什么？回答：写今天。

第二个问题：为什么，或者更准确地说是为谁而写？回答：为今天而写。

最后一个问题：写给谁看？回答：给多数人。[⑤]

但是正如列维解释的那样，萨特在《什么是文学》中没有说文学"应当"介入，

① 此处笔者采用的是译者黄梅的译法，参见：桑塔格.重点所在[M].陶洁，黄灿然，等，译.上海：上海译文出版社，2004：320.原文是"a pugnacious aesthete and a barely closeted moralist"，参见：SONTAG S. Thirty Years Later... [M]// Where the Stress Falls: Essays. New York: Farrar, Straus, Giroux, 2001: 270.程巍所译的《反对阐释》中也收录了这篇文章，译文为"好战的唯美主义者和几乎与世隔绝的道德家"，参见：桑塔格.反对阐释[M].程巍，译.上海：上海译文出版社，2003：355.笔者认为黄梅的译法也许更接近原作的意思。

② 桑塔格.反对阐释[M].程巍，译.上海：上海译文出版社，2003：63.

③ MCGILCHRIST M R. Susan Sontag: 1933—2004[J]. Sophia, 2005,44(1): 147.

④ 关于"介入"，萨特使用的词是"engager"(动词)和"engagement"(名词)。《存在与虚无》的英文译者解释道："多少有些不得已，我决定使用英语的'engage'和'engagement'来代替萨特的'engager'和'engagement'，原因很简单，因为没有哪个英语单词能完全传达其法语意义。在法语里，'engager'包含有'commitment''involvement'和'immersion'，甚至还有'entering'的意思，也包含了英语里的'engagement'的意思。"参见：SATRE, J P. Being and Nothingness [M]. Trans. BARNES H E. Reprinted by China Social Sciences Publishing House (Beijing), 1993: 291, footnote.其实，萨特的《什么是文学》最早的英语译本采用的就是这种译法，具体参见：SATRE, J P. What is Literature [M]. Trans. FRECHMAN B. New York: Philosophical Library, 1949.此外，"互联网哲学百科全书"网站(Internet Encyclopedia of Philosophy)在介绍萨特的哲学时，使用的也是"engagement"一词，参见：Anon. [EB/OL]. [2012-12-28]. http://www.iep.utm.edu/sartre-p.

⑤ 萨特.萨特文学论文集[M].施康强，等，译.合肥：安徽文艺出版社，1998：103-109.

没有说对于文学，介入是义务，是法规，是使命。萨特之所以没有这样说，原因很简单："因为文学介入是自然而然的，自发的，而且从某种意义上说，是不言而喻的……那是因为，文学是用文字写成的，这一事实必然会导致文学的介入。"[①]桑塔格用自己的行动给出了同样的答案。她的人生历程是由一个个跌宕起伏的旅行故事组成的。在她为《恩主》的中文版写下序言的时候，她的人生即将走向终点，此时她回顾自己的一生，如是写道："《恩主》讲述了一个旅行的故事。这是一次生命之旅、精神之旅。这一旅行以达到平和或曰宁静而结束。当然，我不会提倡这样的宁静，这也并非是我为自己觅得的宁静。我在自己的生命之旅中，远远超越了《恩主》里的幻想的技巧和包裹着反讽的反刍。"[②]的确，她不是一个沉溺于幻想和纸上谈兵的知识分子，而是萨特式的行动主义者；她的行动，无论是身体上的，还是精神上的，都是"智力痛苦的产物"[③]；疑惑使她痛苦，痛苦使她思考，思考使她行动，而"旅行就是阐释，旅行就是解除重负"(IE, 31)，于是她一次次地踏上求索的旅程。

桑塔格最早将写作与行动结合起来的是其政治旅行。20 世纪 50 年代末，卡斯特罗领导的古巴革命取得成功，桑塔格于 1960 年 9 月赶往古巴，"尽情感受那里的革命激情和文化"[④]；1967 年底她走上街头加入历时三天的反越战抗议，赢得了北越政府的"好感"，于 1968 年 5 月受邀赴河内，进行为期两周的访问，见证了越战时期北越人民的精神面貌和生活状态；1973 年她终于实现了孩提时的梦想，得到中国政府的邀请，来到了魂牵梦绕的中国，进行为期 6 个星期的考察与参观，此时的中国正处于"文化大革命"时期。在赴中国之前桑塔格就满怀期待地写下了《中国旅行计划》[⑤]，虽是一篇虚构作品，但真实的成分不容置疑，表达了她的向往之情，因为她对中国有着难以割舍的感情：她的父亲在中国做生意，正值壮年却客死中国，葬于中国。

值得一提的是，关于古巴和越南的旅行，桑塔格都分别予以了书写：1969 年

---

① 列维. 萨特的世纪：哲学研究[M]. 闫素伟，译. 北京：商务印书馆，2005：97.

② 桑塔格. 恩主[M]. 姚君伟，译. 上海：上海译文出版社，2007：中文版序 3.

③ 萨特的《圣热内》是为让·热内的作品写的序，结果一发不可收拾，写成了一个大部头的长篇论文，最后单独成书。桑塔格认为这篇不同寻常地冗长的作品序言是"智力痛苦的产物"，萨特在写作时感受到了强烈的思想冲击，非一吐为快不可。

④ 王予霞. 苏珊·桑塔格纵论[M]. 北京：民族出版社，2004：36.

⑤ 国内有研究者误认为这篇文章是桑塔格结束中国之行后所写，一与事实不符，二也与标题不符。

她发表了《关于(我们)热爱古巴革命的正确方式的一些思考》("Some Thoughts on the Right Way (for us) to Love the Cuban Revolution");1968年她更是在结束对北越的访问后立刻写下了著名的《河内之行》("Trip to Hanoi")。但是耐人寻味的是桑塔格结束了她的中国之行后却出人意料地对此行不置一词,即便是在1981年的第二次到访后,她也仍然没有专门撰文描述或评论,只在《影像世界》("The Image-World", 1977)[①]和《对旅行的反思》("Questions of Travel", 1984)[②]中对一些细节略有提及。这个罕见的情形似乎并未引起任何研究者的注意,其实如果结合她的《影像世界》来看,大致可以揭开谜团。《影像世界》举了一个耐人寻味的例子:意大利著名导演米开朗基罗·安东尼奥尼(Michelangelo Antonioni, 1912—2007)摄于1972的纪录片《中国》。他因为躲开官方安排的既定拍摄目标和地点,拍摄了大量真实的中国生活场景而受到中国政府的强烈谴责,被认为是一部"反华影片",除了在全国范围分发抨击的文章之外,还大规模地组织各界群众进行了一场声势浩大的批判活动。桑塔格对中国"文化大革命"的憧憬被彻底击碎,安东尼奥尼的遭遇使她认识到除非歌功颂德,否则她任何其他形式的书写都可能会遭受与安东尼奥尼的纪录片相似的命运。[③] 1975年,《河内之行》中那个彬彬有礼地款待她的北越政府竟然将她的书列为禁书,不能不说是一个极大的讽刺。她的几次政治之旅使她开始质疑自己的立场,变得慎重起来。有人评论道,当她在随笔和虚构作品中选择把她的旅程称之为"某某之行"——河内之行,中国之行时,在20世纪60年代"思想转向"的意义上来说,这种选择表示一种"精神上的旅行"是积极的,但"较真地来说,就这些旅行最终改变了意识和良知的程度而言,该选择标志着这些旅行是'丢脸的'旅行,是公开的失误或失策,最终戏剧性地改变了桑塔格的观

---

① 桑塔格.论摄影[M].黄灿然,译.上海:上海译文出版社,2008:151-178.

② 桑塔格.重点所在[M].陶洁,黄灿然,等,译.上海:上海译文出版社,2004:326-344.

③ 直到去世前,桑塔格对中国的印象多少还停留在20世纪70年代,以为如今的中国,在接待外国游客时依然是"有严格的程序,每一步都精心设计,同时千方百计地讨好他们,送他们返程还会赠送精美的小装饰物和书籍让他们带到外面的世界去";而外国游客能去的地方也无外乎是"杭州附近的同一家产茶公社,上海的同一家自行车厂,北京的同一个'胡同居委会'"。具体论述详见:桑塔格.重点所在[M].陶洁,黄灿然,等,译.上海:上海译文出版社,2004:333.她担心在这样的行程中,自己只能充当一个无所负载的游客,但是她不知道的是,中国在三十多年的改革开放的进程中,正以一种开阔的胸襟展现崛起中的蓬勃生机,欢迎世界各地的友人前来真正地认识和了解一个全新的国家。

点，从理论上说，也由此改变了她的读者的观点”[①]。但桑塔格是一个不仅敢于言说，而且勇于承认错误的人，她坦言自己被反美帝的斗争吸引，曾自嘲地说：“在1963年至1968年，我愿意相信反美的所谓第三世界国家可能会发展另一种合乎人道的政治，不同于以前殖民地的状况……结果是，实际情况并非如此，但是在我关注世事的一生中，这五年似乎并不太长，不算犯错误很久吧。”[②]这实际上饱含了她深深的无奈，因为她认为自己尚未看到一种理想的政治体出现。

桑塔格后来否认自己的政治性，称：“我曾经以为自己对政治感兴趣，但是多读历史之后，我才开始觉得我对政治的看法是非常表面的。实际上，如果你关心历史，你就不会太关心政治。”[③]这说的是她开始阅读大量历史材料，为后期的历史题材创作积累知识，这个说法有一半是对的，那就是她愿意承认自己政治观点的不足。但至于关心历史就会偏离对政治的关注，实际情况却并非如此，正如丹尼尔·门德尔松(Daniel Mendelsohn)指出的那样，恰恰是在她的历史题材小说中，透露出她是一个矛盾的混合体：

> 桑塔格自己为我们提供了最有用的隐喻来理解她：她那充满了意志力的折腾劲，以及在她的生活和工作以及政治上高悬的看起来无法解决的紧张和冲突都能够得以解释了……这在《火山情人》中能找到答案。这部作品在两个极其重要的世纪和两种无法妥协的世界观中矛盾地摇摆不定，比她自己所写的其他东西更能清楚地向我们展现在她自身中不安的分裂。[④]

就作家的政治参与性而言，她的分裂是因为在重大事件面前忍不住高调发言，但是由于对局势认识不深有时不可避免地失言而不得不修正和重申观点。

---

① CHING B, WAGNER-LAWLOR J A. The Scandal of Susan Sontag [M]. New York: Columbia University Press, 2009: 5.

② 桑塔格，陈耀成. 苏珊·桑塔格访谈录：反对后现代主义及其他[N/OL]. 黄灿然，译. 南方周末，2005-01-06 [2013-08-03]. http://www.southcn.com/nfsq/ywhc/ls/200501060743.htm.

③ 桑塔格，陈耀成. 苏珊·桑塔格访谈录：反对后现代主义及其他[N/OL]. 黄灿然，译. 南方周末，2005-01-06 [2013-08-03]. http://www.southcn.com/nfsq/ywhc/ls/200501060743.htm.

④ MENDELSOHN D. The Collector [J]. New Republic, 2009, 240(6): 38.

她采取的规避措施是把政治参与置换为道德关怀，比如针对萨拉热窝事件[①]，她与采访者的对话就很明确地完成了这种置换："我去那里的意图，并非要作政治介入。相反，我的冲动是道德上的，而不是政治上的。"[②]桑塔格坚信："所有的人都对社会负有责任，无论他们的职业是什么。这种责任甚至不是'社会的'责任，而是道德的责任。我有一种道德感，不是因为我是一个作家，而是因为我是一个人。"[③]尽管如此，桑塔格的所言所行依然具有鲜明的政治参与性，在她辞世后出版的随笔与演说集中，两位编者评论道："桑塔格生命的最后几年是持续的政治参与的几年，一如这些报刊文章所表明的。这方面的参与，兼顾起来颇困难，但是就像她想尽量挤时间来写书，尤其是写小说一样，世界事件同样强烈地激起她做出反应、采取行动并促请其他人也这么做。她参与是因为她不能不参与。"[④]这一说法得到了戴维·里夫(David Rieff)的证实，他也认为："她不知道的，是如何筑起一道墙，使她自己与文学以外的承担，尤其是与她从越南战争到伊拉克战争的所有政治介入隔开。虽然我非常欣赏她那篇关于阿布格莱布监狱的酷刑照片的文章……但我真希望这不是她著作中最后一篇重要作品。"[⑤]

戴维·里夫以旁观者的身份审视母亲的一生，看出了她的文学活动与政治介入密不可分，而且他也认同母亲的这种介入精神。其实也正是通过他，桑塔格了解到萨拉热窝的状况并且在他的建议下奔赴危险重重的纷争之地。另外一位支持者应该是爱德华·萨义德(Edward Said)，他曾以崇敬的姿态"拜见"过桑塔格。在发表于萨拉热窝围困事件之后的《知识分子论》(*Representations of the Intellectual*, 1994)中，他认为："宣称只是为了他或她自己，为了纯粹的学问、抽象的科学而写作的知识分子，不但不能相信，而且一定不可以相信。"[⑥]他同时指出，在介入模式上，"知识分子并不是登上高山或讲坛，然后从高处慷慨陈词。知

---

① 在炮火连天的萨拉热窝围困期间，桑塔格将个人生死置之度外，与萨拉热窝的戏剧爱好者们一起合作，导演了《等待戈多》，她在一篇文章中写道，在演出临近结束时，在"信使宣布戈多先生今天不会来但明天肯定会来之后弗拉迪米尔们和埃斯特拉贡们陷入悲惨的沉默期间，我的眼睛开始被泪水刺痛……观众席鸦雀无声。唯一的声音来自剧院外面：一辆联合国装甲运兵车轰隆隆碾过那条街，还有狙击手们枪火的噼啪响"。详见：桑塔格. 重点所在[M]. 陶洁，黄灿然，等，译. 上海：上海译文出版社，2004：381.

② 桑塔格，陈耀成. 苏珊·桑塔格访谈录：反对后现代主义及其他[N/OL]. 黄灿然，译. 南方周末，2005-01-06[2013-08-03]. http://www.southcn.com/nfsq/ywhc/ls/200501060743.htm.

③ 桑塔格，贝岭，杨小滨. 重新思考新的世界制度：苏珊·桑塔格访谈纪要[J]. 天涯，1998，(5)：11.

④ 桑塔格. 同时：随笔与演说[M]. 黄灿然，译. 上海：上海译文出版社，2009：序 4.

⑤ 桑塔格. 同时：随笔与演说[M]. 黄灿然，译. 上海：上海译文出版社，2009：前言 7.

⑥ 萨义德. 知识分子论[M]. 单德兴，译. 北京：生活·读书·新知三联书店，2002：93.

识分子显然是要在最能被听到的地方发表自己的意见，而且要能影响正在进行的实际过程，比方说，和平和正义的事业。”[①]不过，从桑塔格自身来看，她还是希望能够在文学与政治之间划出一条界线。在与诺贝尔文学奖获得者、南非作家纳丁·戈迪默（Nadine Gordimer，1923—2014）关于作家职责的对谈中，她援引契诃夫的话说，“作家与政治的关系主要是一种逃离的关系，作家决不能允许自己因他人希望你表达一种进步的观点便为之所束缚”[②]，然而她自己仍然“一生多次公开表明过自己的立场，但是，我始终觉得我是自愿的，我担当了风险——结果常常令人很不舒服”[③]。戈迪默反问：“你为什么要那样干呢？你是有选择余地的。譬如，你为什么那样关注越南战争，投入那么多精力创作关于这场战争的作品，可能还公开发表了一些讲演？”[④]她的回答是无奈的：“我当时认为，成为作家是一种特权，我在社会上处于一种有特权的位置，我要公开发出声音，当时情况紧急，我认为自己能够以声音来影响人们，让他们去关注我热切关注的东西。”[⑤]也许她对自己产生的影响并不满意，没有达到理想的效果，因为个人的力量毕竟是有限的，个人的声音也毕竟只能为一部分人所听见。无论桑塔格如何将政治介入置换为道德关注，无论她在公共事件的参与中是否有所失误，都不会改变这样一个事实：正是她的各种积极参与，她赢得了“美国公众的良心”的美誉。

桑塔格从正式进入公众视野到因病辞世，一直是一个话题不断的人物。当她在政治介入中左右为难时，虚构作品为她提供了另一种选择，使她在另一个战场上继续驰骋。这种在“彼处”的文字倾泻不失为另一种形式的思想绽放，其中所传达的仍然是作者入世的关切之情。桑塔格曾经表达道：“位于最高成就水平上的艺术创造，往往要求有才能的人发展一种异禀，在精神上同时居住于两个地方。凡·高对他正在画的法国南部风景兴奋莫名，遂写信告诉弟弟提奥，说他‘实际上’是在日本。”[⑥]所谓“在精神上同时居住于两个地方”，桑塔格在智性活动中不乏这样的“异禀”。就在她一边以大量的随笔和长短不一的论文一次次搅

① 萨义德.知识分子论[M].单德兴，译.北京：生活·读书·新知三联书店，2002：85.
② 桑塔格，戈迪默.关于作家职责的对谈[J].译林，2006，(3)：201.
③ 桑塔格，戈迪默.关于作家职责的对谈[J].译林，2006，(3)：201.
④ 桑塔格，戈迪默.关于作家职责的对谈[J].译林，2006，(3)：201.
⑤ 桑塔格，戈迪默.关于作家职责的对谈[J].译林，2006，(3)：201.
⑥ 桑塔格.重点所在[M].陶洁，黄灿然，等，译.上海：上海译文出版社，2004：390.

动思想界和学术界乃至社会各界时，她仍然留出一片天地，在那里“诗意地栖居”，并用另一支神奇的笔，向习惯了她锋芒毕露的批评风格的读者奉上一部部虚构作品。在不同的阶段，桑塔格的虚构作品亦呈现出不同的主题，但它们的产生，不是象牙塔里的遁世想象，而是镌刻着鲜明的时代印记。从《恩主》到《在美国》，我们都能看到桑塔格一直试图与“现在”对话，把对当下的关注倾注到作品里。

桑塔格在一次讲座中说道，“文学是精神旅行：旅行到过去……旅行到其他国家。（文学是可以把你载到任何地方的运载器。）文学是在一个更好的标准的指引下，批评我们自己的现实”。[①] 桑塔格是一个在文学的王国里漫游的旅人，期望着没有边界的旅行，而她在旅行中的现实关怀表明，她是一个脚踏实地的旅行者。巴特曾惊恐地发现，“我越是向作品发展，我就越是掉入写作之中；我甚至接近了写作的难以支撑的底部；发现是一处荒凉；出现了某种致命的、令人心碎的丧失同情心的情况：我感到自己不再是富有同情心的（对于别人，对于我自己）”[②]。桑塔格没有像巴特这样，她的文学之旅越是深入，她就越能与自己构建的笔墨世界融为一体，怀着写作的虔诚试图与笔下的人物交流，去展现、理解或批评他们的所作所为。在她的旅行中，她实际上已经模糊了时间的维度，过去、现在甚至未来都可以在作者的参与下迅速切换，时间存在于她的意识之中，而“意识的时间就是在时间化着的人的实在，它是作为对自身来讲未完成的整体，它就是趋向一种作为非整体化因素的整体之中的虚无。这一整体在自我之后奔驰，同时又进行自我否定，它不会在自身之内找到其超越的任何界限，因为它就是它自身的超越，它在向着它自己自我超越，在任何情况下，它都不会存在于某一瞬间的界限之中”[③]。她的超越是未完成的，旅行也因而没有终点，用《在美国》结尾的最后一句话——著名演员布斯[④]的独白来说就是“我们的旅途还很漫长”（IA, 362）。

有人认为，由于桑塔格“创作的思想基础是存在主义，所以作品带着悲观主

① 桑塔格. 同时：随笔与演说[M]. 黄灿然，译. 上海：上海译文出版社，2009：184.
② 巴特. 罗兰·巴特随笔选[M]. 怀宇，译. 天津：百花文艺出版社，2005：91.
③ 萨特. 存在与虚无[M]. 陈宣良，等，译. 北京：生活·读书·新知三联书店，2014：199-200.
④ 美国演员埃德温·布斯（Edwin Booth），其弟弟约翰·W. 布斯（John W. Booth）刺杀了林肯总统。

义和虚无主义思想倾向”[①]，这比较符合桑塔格写作时的心境，作者本人也承认：

> 我意识到我的写作源于一种极度的悲观主义。我想，我们的确生活在这样一个时代，即我们都在某种方式上体会到这是一个危机四伏的时代。这个时代已经摧毁了许多东西，已经丧失了许多东西，还要丧失更多的东西，我们体会到对作为作家的我们的要求（我认为也是对作为人类成员的我们的要求——为什么不可以呢？）既是激进的，又是保守的。它是激进的要求，因为我们要帮助消除社会中的丑恶现象，创造出某些能够有助于消除冤屈、声张正义的东西。同时，我们也是保守的，因为我们知道，在这一进程中，有多少我们珍爱的东西正遭到摧毁。很难称我们是保守主义者还是激进主义者，因为我们领教过这两种冲动。这就揭示我们作为作家的境况：一种是文明进程的一部分，另一种是越来越厉害的野蛮进程的一部分。[②]

我们也许能够从中体会到桑塔格在自觉承担社会职责时遭遇到的分裂感以及由此产生的痛楚。不过，无论桑塔格选择何种方式介入，她对文学的热爱一直持续到生命的最后一刻，这一点是她与精神上的导师萨特最大的分歧之处。她抱怨：“对文学的热爱以及一种传教士般对文学的蔑视困扰着萨特。这位本世纪最伟大的‘文人’在他生命的最后几年里用那个贫乏的字眼‘文学的神经症’来侮辱文学以及他自己。”[③]塞尔斯说：“桑塔格在作品中再造了自己；她把自己浇铸到整个的事业之中。”[④]但桑塔格更愿意跳出自我的圈子：“要让自己汲取更多的外在现实，但仍沿用现代主义的工具，以便面对真正的苦难，面对更广大的世界，突破自恋和自闭的唯我论。”[⑤]这就是她作为作家/知识分子的入世之情，这种入世，正是从令人悲观的现实中看到自己积极介入的价值。

在不断发展的人类社会中，“恶”始终存在，但不可能形成主流的力量，否则

---

① 王予霞. 苏珊・桑塔格纵论[M]. 北京：民族出版社，2004：187.

② 桑塔格，戈迪默. 关于作家职责的对谈[J]. 译林，2006，(3)：202.

③ 桑塔格. 重点所在[M]. 陶洁，黄灿然，等，译. 上海：上海译文出版社，2004：93.

④ SAYRES S. Susan Sontag：the Elegaic Modernist [M]. New York：Routledge，1990：148.

⑤ 桑塔格，陈耀成. 苏珊・桑塔格访谈录：反对后现代主义及其他[N/OL]. 黄灿然，译. 南方周末，2005 - 01 - 06 [2013 - 08 - 03]. http://www.southcn.com/nfsq/ywhc/ls/200501060743.htm.

人类早已陷入“死无葬身之地”的泥淖。坦然接受“恶”的现实并不是将一切交付于虚空，而是要更加珍惜和维护生活中的“善”。列维纳斯说得非常中肯：“如果说，哲学就是存在之诘问，那它就已经意味着对存在的担承。如果说，哲学不仅仅是这个诘问，那是因为，它可以让我们超越这个诘问，而不是去回答它。超越存在之诘问，所得到的并非一个真理，而是善。”[①]桑塔格认为作家具有担承这个超越任务的优势，因为作家是受难者的典范：“既发现了最深处的苦难，又有使他的苦难升华（就实际意义上而非弗洛伊德意义上的升华而言）的职业性途径。作为一个人，他受难；作为一个作家，他把苦难转化成了艺术。”[②]从这个意义上来说，桑塔格也以实际的行动超越了对存在的纯然诘问和疑惑。

桑塔格去世后，巴黎是其长眠之所。戴维·里夫在回忆录中写道：

> 我母亲安葬在巴黎蒙帕纳斯（Montparnasse）公墓。如果你从爱德加举纳大道的正大门进入，就会发现，你朝我母亲的墓走过去的时候，西蒙娜·德·波伏娃的墓几乎就在你的右边。塞缪尔·贝克特留下的全都埋在一块朴素的灰色花岗岩墓碑下，一百米开外那块乌黑发亮的墓碑下面埋的就是一个名叫苏珊·桑塔格的美国作家的尸骨，不管它原先是什么，现在都只不过是用防腐药物处理过的遗体所剩之物。我母亲的友人、作家埃米尔·齐奥兰的墓在另一个方向约两百米处。萨特、雷蒙·阿隆（Raymond Aron），及颇负盛名的波德莱尔也都葬在那里。[③]

这应该是桑塔格心仪的所在，一位爱戴她的学者总结得极为恰当：“蒙帕纳斯是一个完美的地方，把美国和欧洲交融在一起，桑塔格与其他伟大的、有创造力的人们长眠于此：波伏娃、萨特……”[④]这位终其一生鞭策着自己快步向前的行动主义者终于可以停下脚步，在这里与她倾慕的伟大的思想家和文学家们尽情交流了，她要向这些先哲们讲述自己的一生是如何将哲学之思转化到现实之

① 列维纳斯. 从存在到存在者[M]. 吴蕙仪，译. 南京：江苏教育出版社，2006：11.

② 桑塔格. 反对阐释[M]. 程巍，译. 上海：上海译文出版社，2003：48.

③ 里夫. 死海搏击：母亲桑塔格最后的岁月[M]. 姚君伟，译. 上海：上海译文出版社，2011：111.

④ STIMPSON C R. Susan Sontag [J]. Australian Feminist Studies，2005，20(47)：160.

思和实际行动中，使哲学走下高高的神坛，温暖并警示着芸芸众生的生活。不过，她的阐释者们依然无法止步，因为她那极其丰富的精神遗产是难以穷尽的宝藏。也许我们需要记住的是，无论给她贴多少个标签，也不能忽略她是一个立足现实的大无畏的介入者。

桑塔格也许高高在上，但不是为了发表曲高和寡、不切实际的言论，而是将目光掠过她熟悉的美国和欧洲，望向更远的地方，在知识分子，尤其是"公共知识分子"被宣判为"公共越多，智识越少"[①]的尴尬境地中，坚守自己的精神家园，带着那么一点理想主义，固执地强调："虽然知识分子有各种类型，有民族主义的和宗教信仰的，但我坦言自己比较喜欢世俗的、超越民族偏见的、反集团的那一类……谈到知识分子，我所指的是'自由的'知识分子，是超越自身职业的、技术的或艺术的专门技术，重视（因此绝对捍卫）精神生活的人。"[②]她的行动与写作见证了她作为一个入世的知识分子所进行的不懈的求索。

① 详见：波斯纳.公共知识分子：衰落之研究[M].徐昕，译.北京：中国政法大学出版社，2002：167－220.

② 桑塔格.重点所在[M].陶洁，黄灿然，等，译.上海：上海译文出版社，2004：353.

参考文献

英文文献：

ANDERSON P, FRASER R, HOARE Q, et al. Conservations with Jean-Paul Sartre [M]. London: Seagull Books, 2006.

BARRETT W. Irrational man: A Study in Existential Philosophy [M]. New York: Anchor Books, 1990.

BEATTIE A, SHANNON R. The Best American Short Stories 1987[M]. Boston: Houghton Mifflin Co., 1987.

BERNSTEIN M, ROBERT B. Women, the Arts, & the Politics of Culture: An Interview with Susan Sontag [G]// POAGUE L. Conversations with Susan Sontag. Jackson: University Press of Mississippi, 1995: 57 - 78.

BIRKERTS S P. Literature: The Evolving Canon [M]. Boston: Allyn & Bacon, 1993.

BLOOD S. Baudelaire and the Aesthetics of Bad Faith [M]. Stanford: Stanford University Press, 1997.

BOOTH W C. The Rhetoric of Fiction [M]. Chicago: The University of Chicago Press, 1961.

BROTHERS C. Educating the Heart [J]. Meanjin, 2004,63(1): 73 - 86.

BRUSTEIN R. Deconstructing Susan [J]. New Republic, 2000,223(24): 25 - 26.

CARVAJAL D. So Whose Words Are They, Anyway? A New Sontag Novel Creates a Stir by Not Crediting Quotes From Other Books [N]. The New York Times, 2000 - 05 - 27 (B9).

CASTLE T. Desperately Seeking Susan [J]. London Review of Books, 2005,27(6): 17 - 20.

CHARLES J, SHELLEY M. Core Collection: The New Stars of Historical Romance [N]. Booklist, 2010 - 09 - 15(40).

CHING B, WAGNER-LAWLOR J A. The Scandal of Susan Sontag [G]. New York:

Columbia University Press, 2009.

COLLINS M. The Story of Helena Modjeska (Madame Chlapowska) [M]. London: W. H. Allen & Co., 1883.

COTKIN G. Existential America [M]. Baltimore: The Johns Hopkins University Press, 2003.

DEKKER G. The American Historical Romance [M]. New York: Cambridge University Press, 1987.

DICKSTEIN M. Gates of Eden: American Culture in the Sixties [M]. New York: Basic Books, Inc. Publishers, 1977.

FIELD E. The Man Who Would Marry Susan Sontag and Other Intimate Portraits of the Bohemian Era [M]. Madison: The University of Wisconsin Press, 2005.

FREMONT-SMITH E. Review of Death Kit [N]. The New York Times, 1967-08-18 (31).

FRIES K. AIDS and Its Metaphors: A Conversation with Susan Sontag [G]// POAGUE L. Conversations with Susan Sontag. Jackson: University Press of Mississippi, 1995: 255-260.

GALBRAITH J K. The Affluent Society [M]. New York: Mariner Books, 1998.

GROOT J de. The Historical Novel [M]. London and New York: Routledge (Taylor & Francis Group), 2010.

HARDING J. The Restless Mind [J]. The Nation, March 2007: 31-36.

HEIDEGGER M. Being and Time [M]. Trans. JOAN S. Albany: State University of New York Press, 1996.

IANNONE C. At Play with Susan Sontag [J]. Commentary, 2001,111(2): 55-58.

JENKYNS R. Eruptions [J]. New Republic, 1992,207(11/12): 46-49.

JOHNSON A. Romance as Metaphor [J]. The Nation, October 1992: 365-368.

KAKUTANI M. Love as a Distraction that Gets in the Way of Art [N]. The New York Times, 2000-02-29(E8).

KAUFFMANN S. Interpreting Miss Sontag [J]. New Republic, 1967,157(10): 24-46.

KENNEDY L. Susan Sontag: Mind as Passion [M]. Manchester: Manchester University Press, 1995.

LONG E. The American Dream and the Popular Novel [M]. Boston: Routledge & Kegan Paul plc, 1985.

LOPATE P. Notes on Sontag [M]. Princeton: Princeton University Press, 2009.

LUBBERS L. A Way of Feeling is a Way of Seeing [G]// CHING B, WAGNER-LAWLOR J A. The Scandal of Susan Sontag. New York: Columbia University Press, 2009: 171-187.

MAHON J. Existentialism, Feminism and Simone de Beauvoir [M]. New York: St. Martin's Press, Inc., 1997.

MCCAFFERY L. Death Kit: Susan Sontag's Dream Narrative [J]. Contemporary Literature, 1979,20(4): 484-499.

MCGILCHRIST M R. Susan Sontag: 1933—2004[J]. Sophia, 2005,44(1): 145-147.

MCGRATH C. A Rigorous Intellectual Dressed in Glamour [N/OL]. The New York Times,

2004－12－29[2010－09－09]. http://www.nytimes.com/2004/12/29/books/a-rigorous-intellectual-dressed-in-glamour.html? mcubz=0.

MENDELSOHN D. The Collector [J]. New Republic, 2009,240(6): 33－40.

MILES Jr R E. Awakening from the American Dream: The Social and Political Limits to Growth [M]. London: Marion Boyars Ltd, 1977.

MODJESKA H. Memories and Impressions of Helena Modjeska: An Autobiography [M]. New York: The Macmillan Company, 1910.

MORRIS P S. Sartre on the Transcendence of the Ego [J]. Philosophy and Phenomenological Research, 1985,46(2): 179－198.

NEWMAN E. Speaking Freely [G]// POAGUE L. Conversations with Susan Sontag. Jackson: University Press of Mississippi, 1995.

NUENZ S. Sempre Susan: A Memoir of Susan Sontag [M]. New York: Atlas & Co. Publishers, 2011.

OZICK C. Susan Sontag: Discord and Desire [J]. New Criterion, 2006,24(7): 78－80.

PLATIZKY R. Sontag's The Way We Live Now [J]. Explicator, 2006,165(1): 53－56.

POAGUE L. Conversations with Susan Sontag [G]. Jackson: University Press of Mississippi, 1995.

POAGUE L, PARSONS K A. Susan Sontag: An Annotated Bibliography 1948—1992[M]. New York and London: Garland Publishing, Inc., 2000.

RAVENEL S. The Best American Short Stories of the Eighties [M]. Boston: Houghton Mifflin Co., 1990.

RIEFF D. Swimming in a Sea of Death: A Son's Memoir [M]. New York: Simon and Schuster, 2008.

ROLLYSON C. Reading Susan Sontag: A Critical Introduction to Her Work [M]. Chicago: Ivan R. Dee, Publisher, 2001.

ROLLYSON C, PADDOCK L. The Making of an Icon [M]. New York: W. W. Norton, 2000.

SAID E W. Representations of the Intellectual [M]. New York: Pantheon Books, 1994.

SANTONI R E. Bad Faith, Good Faith, and Authenticity in Sartre's Early Philosophy [M]. Philadelphia: Temple University Press, 1995.

SATRE, J P. Being and Nothingness [M]. Trans. BARNES H E. Reprinted by China Social Sciences Publishing House (Beijing), 1993. Copyright: New York: The Philosophical Library, Inc., 1993.

SATRE, J P. What is Literature [M]. Trans. FRECHMAN B. New York: Philosophical Library, 1949.

SAYRES S. Susan Sontag: The Elegaic Modernist [M]. New York: Routledge, 1990.

SELIGMAN C. Sontag and Kael: Opposites Attract Me [M]. New York: Counterpoint, 2004.

SHOWALTER E. Review of In America [N/OL]. Newstatesman, 2000－06－05[2010－10－10]. http://www.newstatesman.com/200006050052.

SONTAG S. A Susan Sontag Reader (Introduction by Elizabeth Hardwick) [M]. New York: Farrar, Straus, Giroux, 1982.

SONTAG S. Against Interpretation and Other Essays [M]. New York: Farrar, Straus, Giroux, 1966.

SONTAG S. Alice in Bed: A Play in Eight Scenes [M]. New York: Farrar, Straus, Giroux, 1993.

SONTAG S. As Consciousness is Harnessed to Flesh: Journals and Notebooks 1964—1980 [M]. New York: Farrar, Straus, Giroux, 2012.

SONTAG S. At the Same Time: Essays and Speeches [M]. Paolo Dilonardo and Anne Lump, Foreword by David Rieff. New York: Farrar, Straus, Giroux, 2007.

SONTAG S. Communism and the Left [J]. The Nation, February 1982: 229 - 231.

SONTAG S. Death Kit [M]. New York: Farrar, Straus, Giroux, 1967.

SONTAG S. I, etcetera [M]. New York: Farrar, Straus, Giroux, 1978.

SONTAG S. In America: A Novel [M]. New York: Farrar, Straus, Giroux, 2000.

SONTAG S. On Courage and Resistance [J]. The Nation, May 2003: 11 - 14.

SONTAG S. On Photography [M]. New York: Farrar, Straus, Giroux, 1977.

SONTAG S. Reborn: Journals and Notebooks 1947—1963[M]. New York: Farrar, Straus, Giroux, 2008.

SONTAG S. Regarding the pain of Others [M]. New York: Farrar, Straus, Giroux, 2003.

SONTAG S. Some Thoughts on the Right Way (for us) to Love the Cuban Revolution [J]. Ramparts, April 1969: 6 - 19.

SONTAG S. Styles of Radical Will [M]. New York: Farrar, Straus, Giroux, 1969.

SONTAG S. The Benefactor [M]. New York: Farrar, Straus, Giroux, 1963.

SONTAG S. The Volcano Lover: A Romance [M]. New York: Farrar, Straus, Giroux, 1992.

SONTAG S. Under the Sign of Saturn [M]. New York: Farrar, Straus, Giroux, 1980.

SONTAG S. Where the Stress Falls: Essays [M]. New York: Farrar, Straus, Giroux, 2001.

SONTAG S. Women (photographs by Annie Leibovitz, essay by Susan Sontag) [M]. New York: Random House, 1993.

SONTAG S, IVO V H, RICHARD S. Another Alice's Wonderland, As Susan Sontag Found It [N/OL]. The New York Times, 2000 - 10 - 29[2011 - 05 - 13]. http://www.nytimes.com/2000/10/29/theater/another-alice-s-wonderland-as-susan-sontag-found-it.html.

SPAN P. Susan Sontag, Hot at Last [G]// POAGUE L. Conversations with Susan Sontag. Jackson: University Press of Mississippi, 1995: 261 - 266.

STIMPSON C R. Susan Sontag [J]. Australian Feminist Studies, 2005,20(47): 157 - 160.

STROUSE J. Alice James: A Biography [M]. Cambridge: Harvard University Press, 1999.

TIDD U. Simone de Beauvoir [M]. London and New York: Routledge (Taylor & Francis Group), 2004.

TOBACK J. Whatever You'd Like Susan Sontag to Think, She Doesn't [J]. Esquire, July

1968：59-61,114.

TOWERS R. Verbal Constructs [N/OL]. The New York Times，1978-11-26[2011-03-03]. http://www.nytimes.com/books/00/03/12/specials/sontag-etc.html.

TOYNTON E. The Critic as Novelist [J]. Commentary，1992,94(5)：62-64.

WAGNER-LAWLOR J A. This Rude Stage：Enacting Utopia and the Utopic Sensibility in Sontag's In America [J]. Women's Studies，2008,37(8)：1008-1029.

WAGNER-LAWLOR J A. Romances of Community in Sontag's Later Fiction [G]// CHING B，WAGNER-LAWLOR J A. The Scandal of Susan Sontag. New York：Columbia University Press，2009：78-105.

WALKER J A. Sontag on Theatre [G]// CHING B，WAGNER-LAWLOR J A. The Scandal of Susan Sontag. New York：Columbia University Press，2009：128-154.

WARNER S O. The Way We Write Now：The Reality of AIDS in Contemporary Short Fiction [J]. Studies in Short Fiction，1993,30(4)：491-500.

WOOD M. Susan Sontag and the American Will [J]. Raritan，2001,21(1)：141-147.

ZOX-WEAVER A. Introduction：Susan Sontag：an Act of Self-creation [J]. Women's Studies，2008,37(8)：899-907.

中文文献：

奥斯本. 时间的政治：现代性与先锋[M]. 王志宏，译. 北京：商务印书馆，2004.

巴雷特. 非理性的人：存在主义哲学研究[M]. 段德智，译. 上海：上海译文出版社，2007.

巴特. 罗兰·巴特随笔选[M]. 怀宇，译. 天津：百花文艺出版社，2005.

波伏娃. 第二性[M]. 郑克鲁，译. 上海：上海译文出版社，2015.

波斯纳. 公共知识分子：衰落之研究[M]. 徐昕，译. 北京：中国政法大学出版社，2002.

布思. 隐含作者的复活：为何要操心？[G]//费伦，拉比诺维茨. 当代叙事理论指南. 申丹，译. 北京：北京大学出版社，2007.

陈文钢. 新感觉诗学：苏珊·桑塔格批评思想研究[M]. 南昌：江西人民出版社，2008.

陈怡. 纪念桑塔格《床上的爱丽斯》出版[N/OL]. 东方早报，2006-12-27[2010-05-18]. http://book.sina.com.cn/news/b/2006-12-27/1244208213.shtml.

程巍. 中产阶级的孩子们：60年代与文化领导权[M]. 北京：生活·读书·新知三联书店，2006.

程巍. 译者卷首语[M]//桑塔格. 反对阐释. 程巍，译. 上海：上海译文出版社，2003.

崔卫平. 苏珊的敌人[J]. 中国新闻周刊，2005，(2)：59.

迪克斯坦. 伊甸园之门：六十年代的美国文化[M]. 方晓光，译. 南京：译林出版社，2007.

董小川. 20世纪美国宗教与政治[M]. 北京：人民出版社，2002：123-124.

段德智. 西方死亡哲学[M]. 北京：北京大学出版社，2006.

费伦，玛汀. 威茅斯经验：同故事叙述、不可靠性、伦理与《人约黄昏后》[G]//赫尔曼. 新叙事学. 马海良，译. 北京：北京大学出版社，2002.

冯俊. 开启理性之门：笛卡儿哲学研究[M]. 北京：中国人民大学出版社，2005.

谷红丽. 一曲嬉皮士的悲歌：重读诺曼·梅勒的小说《我们为什么在越南？》[J]. 当代外国文学，2005，(3)：129-135.

顾明生. 虚构的艺术：从《在美国》看苏珊·桑塔格叙事艺术中的糅合技巧[J]. 国外文学，

2011,(3):119-126.
海德格尔.存在与时间[M].陈嘉映,王庆节,译.北京:生活·读书·新知三联书店,1999.
郝桂莲.流连忘返:《火山恋人》的叙事时间分析[J].当代外国文学,2009,(2):118-124.
郝桂莲.静默与喧嚣:《在美国》的历史书写[J].外国文学评论,2011,(1):124-137.
郝桂莲.苏珊·桑塔格在中国的接受与研究展望[J].当代外国文学,2010,(3):152-157.
加缪.加缪文集[M].郭宏安,等,译.南京:南京译林出版社,2001.
黄灿然.译后记[M]//桑塔格.同时:随笔与演说.黄灿然,译.上海:上海译文出版社,2009.
黄梅.桑塔格与《沉默的美学》(桑塔格散文选前言)[EB/OL].人民网《读书》频道,2006-09-08[2012-09-15].http://book.people.com.cn/GB/69839/70769/70792/4796531.html.
靳凤林.死,而后生:死亡现象学视阈中的生存伦理[M].北京:人民出版社,2005.
克鲁格曼.美国怎么了?一个自由主义者的良知[M].刘波,译.北京:中信出版社,2008.
柯英.狂想与沉迷:论《床上的爱丽斯》中的性别反抗意识[J].戏剧(中央戏剧学院学报),2010,(3):108-112.
柯英.穿越时空的对话:论《火山恋人》的作者型叙述声音[J].当代外语研究,2010,(11):17-21.
兰瑟.虚构的权威:女性作家与叙述声音[M].黄必康,译.北京:北京大学出版社,2002.
里夫.死海搏击:母亲桑塔格最后的岁月[M].姚君伟,译.上海:上海译文出版社,2011.
李均.存在主义文论[M].济南:山东教育出版社,1999.
李小均.漂泊的心灵,失落的个人:评苏珊·桑塔格的《在美国》[J].四川外语学院学报,2003,(4):71-75.
廖七一.历史的重构与艺术的乌托邦:《在美国》主题探微[J].外国文学,2003,(5):70-75.
列维.萨特的世纪:哲学研究[M].闫素伟,译.北京:商务印书馆,2005.
列维纳斯.从存在到存在者[M].吴蕙仪,译.南京:江苏教育出版社,2006.
刘丹凌.从新感受力美学到资本主义文化批判:苏珊·桑塔格思想研究[M].成都:巴蜀书社,2010.
刘守兰.狄金森研究[M].上海:上海外语教育出版社,2006.
刘耀中.诺斯替思想和现代[J].读书,1990,(12):103-106.
刘禹.美国著名文艺评论家苏珊·桑塔格逝世[EB/OL].新华网,2005-01-11[2012-03-03].http://news.xinhuanet.com/herald/2005-01/11/content_2443878.htm.
柳鸣九.从选择到反抗:法国20世纪文学史观(50年代——新寓言派)[M].上海:文汇出版社,2005.
柳鸣九.自我选择至上:柳鸣九谈萨特[M].北京:东方出版社,2008.
陆扬.死亡美学[M].北京:北京大学出版社,2006.
罗利森,帕多克.铸就偶像:苏珊·桑塔格传[M].姚君伟,译.上海:上海译文出版社,2009.
莫德尔.文学中的色情动机[M].刘文荣,译.上海:文汇出版社,2006.
努涅斯.永远的苏珊:回忆苏珊·桑塔格[M].阿垚,译.上海:上海译文出版社,2012.
帕佩尔诺.陀思妥耶夫斯基论作为文化机制的俄国自杀问题[M].杜文鹃,彭卫红,译.长春:吉林人民出版社,2003.
庞元正,丁冬红.当代西方社会发展理论新词典[M].长春:吉林人民出版社,2001.
萨特.存在主义是一种人道主义[M].周煦良,汤永宽,译.上海:上海译文出版社,2012.

萨特.存在与虚无[M].陈宣良,等,译.北京:生活·读书·新知三联书店,2014.
萨特.萨特散文[M].沈志明,施康强,译.北京:人民文学出版社,2009.
萨特.萨特文集:第7卷(文论卷)[M].施康强,译.北京:人民文学出版社,2000.
萨特.萨特文学论文集[M].施康强,等,译.合肥:安徽文艺出版社,1998.
萨特.萨特哲学论文集[M].潘晗庆,汤永宽,魏金声,等,译.合肥:安徽文艺出版社,1998.
萨特.他人就是地狱:萨特自由选择论集[M].周煦良,等,译.西安:陕西师范大学出版社,2003.
萨义德.知识分子论[M].单德兴,译.北京:生活·读书·新知三联书店,2002.
桑塔格.沉默的美学[M].黄梅,等,译.海口:南海出版公司,2006.
桑塔格.重生:苏珊·桑塔格日记与笔记(1947—1963)[M].姚君伟,译.上海:上海译文出版社,2013.
桑塔格.床上的爱丽斯[M].冯涛,译.上海:上海译文出版社,2007.
桑塔格.恩主[M].姚君伟,译.上海:上海译文出版社,2007.
桑塔格.反对阐释[M].程巍,译.上海:上海译文出版社,2003.
桑塔格.关于他人的痛苦[M].黄灿然,译.上海:上海译文出版社,2006.
桑塔格.火山恋人[M].李国林,伍一莎,译.南京:译林出版社,2002.
桑塔格.火山情人[M].姚君伟,译.上海:上海译文出版社,2012.
桑塔格.疾病的隐喻[M].程巍,译.上海:上海译文出版社,2003.
桑塔格.激进意志的样式[M].何宁,周丽华,王磊,等,译.上海:上海译文出版社,2007.
桑塔格.论摄影[M].黄灿然,译.上海:上海译文出版社,2008.
桑塔格.死亡之匣[M].李建波,唐岫敏,译.南京:译林出版社,2005.
桑塔格.同时:随笔与演说[M].黄灿然,译.上海:上海译文出版社,2009.
桑塔格.我,及其他[M].徐天池,申慧辉,等,译,上海:上海译文出版社,2009.
桑塔格.在美国[M].廖七一,李小均,译.南京:译林出版社,2008.
桑塔格.在土星的标志下[M].姚君伟,译.上海:上海译文出版社,2006.
桑塔格.中国旅行计划:苏珊·桑塔格短篇小说选[M].申慧辉,等,译.海口:南海出版公司,2005.
桑塔格.重点所在[M].陶洁,黄灿然,等,译.上海:上海译文出版社,2004.
桑塔格,贝岭,杨小滨.重新思考新的世界制度:苏珊·桑塔格访谈纪要[J].天涯,1998,(5):4-11.
桑塔格,陈耀成.苏珊·桑塔格访谈录:反对后现代主义及其他[N/OL].黄灿然,译.南方周末,2005-01-06[2013-08-03].http://www.southcn.com/nfsq/ywhc/ls/200501060743.htm.
桑塔格,戈迪默.关于作家职责的对谈[J].译林,2006,(3):200-203.
申丹.叙事、文体与潜文本:重读英美经典短篇小说[M].北京:北京大学出版社,2009.
申慧辉.从一间屋子到一张床[J].读书,2002,(9):95-98.
申慧辉.迎风飞扬的自由精神:苏珊·桑塔格及其短篇小说[M]//桑塔格.我,及其他.徐天池,申慧辉,等,译.上海:上海译文出版社,2009:7.
盛宁.二十世纪美国文论[M].北京:北京大学出版社,1993.
斯泰格沃德.六十年代与现代美国的终结[M].周朗,新港,译.北京:商务印书馆,2002.

孙宜学. 审判王尔德实录[M]. 桂林：广西师范大学出版社，2005.
孙志明. 萨特自由观述评[J]. 江西社会科学，1983，(1)：138－142.
谭志君. 萨特自由观新探[J]. 湘潭大学学报，1996，(5)：78－79.
特罗洛普. 如今世道[M]. 秭佩，译. 重庆：重庆出版社，2008.
童. 女性主义思潮导论[M]. 艾晓明，等，译. 武汉：华中师范大学出版社，2002.
吐温. 亚当夏娃日记(中英文对照本)[M]. 谭惠娟，译. 杭州：浙江文艺出版社，2003.
万俊人. 萨特自由观的重新评价[J]. 江汉论坛，1987，(12)：39－43.
王予霞. 苏珊·桑塔格与当代美国左翼文学研究[M]. 北京：中国社会科学出版社，2009.
王予霞. 苏珊·桑塔格纵论[M]. 北京：民族出版社，2004.
袁晓玲. 桑塔格思想研究：基于小说、文论与影响创作的美学批判[M]. 武汉：武汉大学出版社，2010.
徐贲. 萨特与加缪的美国之旅[J]. 读书，2005，(7)：112－121.
徐贲. 人以什么理由来记忆[M]. 长春：吉林出版集团有限责任公司，2008.
许建. 于无声处觅弦音：从《沙堡》看艾丽丝·默多克的另一种自由[J]. 外国文学评论，2010，(3)：84－93.
姚君伟. 桑塔格最后的日子：戴维·里夫的《在死亡之海搏击》及其他[J]. 外国文学动态，2008，(3)：12－15.
叶廷芳. 加缪：把哲学变成美学[N]. 文汇报，2010－02－28(8).
尹戈. 萨特：自由的神话到自由的悲剧[J]. 湖南师范大学社会科学学报，1995，(3)：66－72.
张莉. "沉默的美学"视阈下的桑塔格小说创作研究[M]. 北京：外语教学与研究出版社，2016.
张莉. 分裂的自我，沉默的言说：苏珊·桑塔格小说创作概说[J]. 小说评论，2012，(3)：210－214.
张新樟. 试论诺斯替宗教修行的理论和实践[J]. 宗教学研究，2005，(3)：61－66.
郑春生. 拯救与批判：马尔库塞与六十年代美国学生运动[M]. 上海：上海三联书店，2009.
周思源. 被流放的女性群像：关于《床上的爱丽斯》的戏剧反思[J]. 戏剧文学，2011，(7)：43－46.
周维培. 美国当代戏剧史[M]. 南京：南京大学出版社，1999.

索 引

后　记

我在图书馆看书，如果没有特定目标，往往只选择那些看起来无人翻阅的书籍——它们的主要特征都是被一层薄薄的灰尘覆盖，书封与内页严丝合缝，似乎不屑于为人关注，心有灵犀地牢牢守护着一个个铅字的秘密。十年前的一天，我就这样从书架上拿起了一本没有过任何借阅记录的书，却猝不及防地与封面上一个黑发披肩、韶华已逝的女人四目相对。她在凝视，眼神却又似乎游移在别处，无法捉摸。封面用醒目的红色字体写着："美国公众的良心，一个真正知识分子的标本。"她就是桑塔格，我此后十年的研究对象。

桑塔格的著作，即便在今天的图书馆里也仍然蒙着灰，但书封与内页之间，常常能透进光，很微弱，但很坚定。像我这样纯属偶然地被她打动的读者，不会"涌"现，但一定会一再地出现。

本书是在我的博士论文的基础上修改而成的。首先要感谢的，是我的导师王腊宝教授，他不嫌我资质愚钝，给了我最热情的帮助，使我有幸再次走进十梓街一号，在美丽的校园里继续追寻自己的梦想。王老师深厚的学术积淀、宽广的学术视野、循循善诱的细致教导令我终身受益。师母王丽萍老师对我也是多有鼓励，让我树立信心，勇往直前地走下去。我还要感谢导师组的朱新福教授，他谦逊和蔼、博学宽厚，是我今后待人处世的榜样，能得到他的鼎力相助，是我的幸运，更是我在学术之路上不断前行的驱动力。而提到学术之路，我要特别感谢刘海平教授，因为正是在他的引领之下，我才开始走上文学研究的道路，欣喜地看到了一片广阔的天地。

我还得到了苏州大学外国语学院的徐青根、方红、宋艳芳、姜艳红、黄芝等老师的指点和帮助；王丽亚教授、朱晓映教授都对我的研究提出了宝贵的意见，令我茅塞顿开。姚君伟教授时刻关注国内外的桑塔格研究动向，提携后进，以深厚的桑塔格研究功底帮助我克服一道道难关，他博大的胸怀和无私的帮助令我感动不已。

我要感谢我的同届学友黄洁、王静、李震红、王云、荣月婷以及同门的张哲、毕宙嫔、杨保林、侯飞、华苏扬、王丽霞，大家互相扶持，彼此宽慰，度过一段段艰难的时光。

祝平教授、徐晓晴教授是我的良师益友，罗媛、刘新芳、王劼、陈振娇、孔一蕾、郭雯、蔡隽、赵诚、綦亮、佘军、钟燕的友谊和帮助也是我收获的宝贵财富。从事桑塔格研究还让我收获了郝桂莲、张莉、顾明生等学术同好的友情，她们和我一样都为桑塔格的魅力所折服，并为彼此的默契而欢欣。

当我将目光移至自己的家庭，更是诸多感慨。在我断断续续的求学过程中，对女儿桐桐多有忽略，但她依然成长为一个身心健康、乐观坚强的孩子，令我颇为欣慰；我的先生任劳任怨，以他超强的耐心和宽容忍受我的坏脾气；我的父母和公婆都默默地支持着我，尤其是我的母亲汪萍，她以深沉的爱润泽着我的小家，她没有机会书写自己的故事，写出自己的著作，我要在这里写下她的名字，感谢她给予我永远都报答不完的爱。

我要感谢的人，还有很多很多，此处不能尽言，只能无声地为这些点亮我生命中一个又一个精彩瞬间的人祝福。当然，最后我必须还要感谢桑塔格。她的深邃无法穷尽，前方的路，没有尽头，我又要踏上新的征程，遇到更多美好的人……

2017 年夏　苏州